郑宏 著

退休了，我们航海去！

天津出版传媒集团
天津人民出版社

图书在版编目（CIP）数据

退休了，我们航海去！ / 郑宏著 . -- 天津：天津
人民出版社, 2023.8
ISBN 978-7-201-19510-0

Ⅰ . ①退… Ⅱ . ①郑… Ⅲ . ①日记 – 作品集 – 中国 –
当代 Ⅳ . ① I267.5

中国国家版本馆 CIP 数据核字 (2023) 第 096751 号

退休了，我们航海去！
TUIXIU LE WOMEN HANGHAI QU

郑宏　著

出　　版　天津人民出版社
出 版 人　刘　庆
地　　址　天津市和平区西康路 35 号康岳大厦
邮政编码　300051
邮购电话　（022）23332469
电子信箱　reader@tjrmcbs.com

责任编辑：岳　勇
特约策划：苏爱丽
特约编辑：张素梅　刘亚玲
装帧设计　马　佳

制版印刷　三河市龙大印装有限公司
经　　销　新华书店
开　　本　710 毫米 ×1000 毫米　1/16
印　　张　18
字　　数　287 千字
版次印次　2023 年 8 月第 1 版　2023 年 8 月第 1 次印刷
定　　价　98.00 元

目录

中国人的休闲航海（代序） 01

自序：享受壮美的航海人生 03

N

01 接"丹云号"回家 07

02 第一次单飞 10

03 探访大青针岛 14

04 去大鹏游艇会 20

05 迎接远方的老同学 24

06 精心打造移动的"家" 27

07 儿子来船上过夜 32

08 海上欢度中秋节 35

09 帆船上的国庆假期 37

10 帆游维多利亚港 44

11 从海上看珠海航展 47

12 改船 54

13 万山群岛小长航 59

14 二零一七年元旦假期 66

15 再访大青针岛 69

16 大年之后的第一批客人 74

17 去南海油田 76

W

18 扬帆下海南 82

19 昔日同窗，欢聚一堂 87

20 琼州海峡西行 89

21 淳朴的海尾人 91

22 东方渔港遇险记 95

23 惊心动魄感恩角 98

24 到三亚了 102

25 返航途中收获满满 108

26 有这样一群航海人 112

27 策划帆游东南亚 116

28 启航——南中国海环游 119

29 他乡遇故知 123

30 难熬的八天八夜 125

31 海岸警卫队的人来了 133

32 第一次在国外做帆船补给 134

33 在乌卢甘湾避风 137

1

S

34 飑线急袭，丹云号搁浅   140

35 去善良人的村庄看看   143

36 丹云号来了小外宾   146

37 与好人告别   149

38 风景如画爱妮岛   151

39 与 APO REEF 有缘无分   158

40 在民都洛岛过大年   160

41 海豚湾   163

42 从吕宋岛返航   166

43 我的航海游记获奖了   168

44 三下海南，匆匆忙忙   170

45 帆船连着你我他   174

46 西沙，我来了！   178

47 靠泊三亚的日子   184

48 离开美丽的海南岛   188

49 偶遇"海上桂林"   191

50 怪事连连北部湾   196

E

51 船长守信，一诺千金   202

52 与老友一起玩长航   206

53 南海中最孤独的小渔村   211

54 两对夫妻的航海   215

55 长航团队的最佳组合   221

56 船长第一次喝得酩酊大醉   223

57 他想买帆船   228

58 深圳直航永乐环礁   232

59 华光礁探秘   240

60 半途折返的西沙行   244

61 航行千里只为见你   251

62 航海人生之感悟   258

63 丹云号的母港——东部湾游艇会   261

64 多多——荣誉航海狗   266

附录 丹云号私家航海经验分享   270

后记   281

中国人的休闲航海（代序）

杨威

每个人的内心都藏着一片海。这片海不会随着年岁的增长而干涸，也不会随着阅历的增加而褪色，它永远是那么蓝。当内心的海和大海相遇，每个人都会情不自禁地发出感叹：大海，我来了！

当帆船荡漾在白云蓝海之间、浪花绿岛之侧，我们的心也静静地躺在大海上，仿佛所有的喧嚣、纷争、烦躁都和我们无关。远处的城市好像在另外一个世界里。这就是作者和我最美好的航海体验。

实际上，大海离我们并不远。国家的发展和现代科技的加持，给我们创造了亲近大海的方便条件，一条不大的帆船、一段闲暇时光，足矣！当然，我这里说的是休闲航海。

一般大众都是通过各种媒体看到帆船的。屏幕上展现给我们的，是惊涛骇浪里的环球航海英雄，争先恐后的帆船比赛。在人们的印象里，帆船就是看看热闹，跟老百姓生活不沾边。但是在本书中，你会发现帆船的可爱，帆船生活的惬意。读完本书，你一定会说，我也可以过上帆船生活。

环保和低成本是帆船的优势，而低技术门槛使它更亲民，成为大众航海手段。作者和我是一对老夫妻，作者 61 岁，我 66 岁。2015 年我们买了帆船，从零起步，开始了我们的休闲航海生活。至今已经航行 2 万海里，航迹遍布南中国海的每一个角落。虽然和几对著名的环球航海的中外夫妻相比，我们还属于起步阶段，但是我兑现了买船时的诺言：做第一个带着中国老太太航海的中国老头。

阅读本书，你会了解到：我们是怎么起了航海的念头的，是如何选择自己的帆船的，老人是怎么学习帆船的，年纪大是否适应帆船生活，又是怎样设计航线的，如何看天气，怎么找锚地……总之，休闲航海的所有内容，都会在你的深入阅读中呈现。我相信，当你读完本书，必将浑身充满活力，跃跃欲试，恨不得马上开始帆船生活。

我们了解到，帆船在发达国家是大众消费，非常多的退休老人选择了帆船生活。他们有的从欧洲西海岸出发，跨过大西洋，去加勒比群岛帆游；有的从北美洲西海岸南下，到南太平洋诸岛帆游；有的从澳大利亚东海岸出发，向西北航行，在印度尼西亚、菲律宾、马来西亚、泰国帆游。其中的逍遥自在、惬意快活可想而知。这样的航海让我们听起来可望而不可及，而他们做起来却稀松平常。这些航海大军中不乏 80 多岁的老人。作为中国第一代休闲航海老人，我也要努力航行到 80 岁。

以上，是我对航海的理解。如果提升到国家海洋战略的高度，休闲航海更有其不可替代的意义。我们都知道南海的九段线是中国南部疆域界限。九段线正是来自我们祖先的帆游之地。祖先们驾驶帆船，首先发现南海岛礁，并在这些岛礁上生产生活，南海岛礁才成为我国的领土。试想，如果这些岛礁旁天天有我国的帆船游弋，那么这些岛礁的主权归属还有什么可争辩的呢？如果太平洋、大西洋、印度洋都有大量的中国帆船航行，对于中国的"一带一路"倡议和国际影响力的提升都有很大意义。

有一个帆船界都知道的数字，中国的巡航帆船保有量仅有 5000 艘，而美国有 30 万艘。我们可以设想，如果与中国国内生产总值第二的国力相对应，把中国的帆船保有量提升到 15 万艘，那将是什么景象。第一，创造出万亿级的消费市场；第二，整个南海、东南亚乃至各个大洋将到处是挂着五星红旗的帆船。作为中国航海人，此情此景让我心潮澎湃！

好了，我就不多说了，还是让作者自己告诉你吧……

自序：享受壮美的航海人生

2011 年，我和丈夫杨先生先后办理了退休手续。得益于深圳改革开放的成功所形成的优越生活条件，使我们能够在退休后，无忧无虑地生活。于是我们夫妻一起自驾，游走于祖国的大江南北，其间也穿梭于世界各地。

在大洋洲旅游时，湛蓝的海面上，那点点白帆在我们心中打下了烙印。据导游说，新西兰平均每 4 个人就拥有一条帆船。在国外，夫妻俩退休后以船为家，开着帆船环游世界各地的生活方式并不稀奇。我们以此推断出这样的结论：驾驶帆船在大洋上航行的感觉一定妙不可言，而且一定令人身心愉悦，有利于健康。于是我们内心开始向往这样的生活，这就是还没有进入普通中国人视野的休闲航海生活。

恰巧，杨先生骑行锻炼时发现了合正东部湾游艇会。该游艇会环境优美，收费合理，关键是离我家近。玩帆船的条件都具备了，我们决定买帆船。

杨先生开始参观游艇展、收集帆船资料、报考游艇驾照，并通过厦门一家公司从德国巴伐利亚进口了一条可以环游世界的 41 尺巡航帆船，并以我的乳名命名为"丹云号"。2015 年 10 月，我们去厦门把"丹云号"接回东部湾游艇会。从此，我们以船为家，过上了休闲航海生活。

如今，我们在航海的路上已送走 7 个春夏秋冬，航迹遍布整个南海，航程达 2 万海里。

航海，让我们夫妻精诚团结，共同面对风雨，共赏一片美景。对于航海的经历备感难忘与珍贵，于是，我以日志的方式，真实地记录了我们的航海生活，把部分航海日志分享在"我要航海网"上，并有多篇航海日志刊登在《深圳·文化天地》《莲花山》《深圳老年》等杂志上，曾获得"莲花山杯"全国优秀游记散文奖。

航海扩大了我们的社交圈，拓宽了我们的知识面。我们自学了许多有关帆船维修维护及与航海相关的知识。在新的社交圈中，我们认识了一群豁达、健康、乐于助人的航海人，也让我们经历了前半生从未有过的人生体验，我们收获了健康、勇敢及坚忍。

网友们见证了我们的成长、蜕变，我们从航海"小白"成为受人尊敬与佩服的杨船长和飘姐（也有人叫"丹云姐"）。目前，我们是国内年纪最大的在岗帆船船长和女水手。网友们说："你们是中国休闲航海的开拓者。""你们活出了人生精彩，是老年人的标杆与楷模。""你们的现在就是我未来生活的模样。"

现在，我将几年来写的航海日志整理出版，其中有 10 余篇未曾发表过。除我的航海日志以外，我在书中还收录了我先生杨船长发表在"我要航海网"上的帖子。他的帖子偏重于修船及操船的技术探讨，总结了他在改造帆船中的一些经验教训。

希望通过此书，让更多的人了解休闲航海，了解大千世界里一对中国退休夫妻的航海人生；更希望通过此书，有更多的人加入到帆游船队中来。

其实，每个人的心中都有对蔚蓝大海的向往。那抹蓝，幽幽泛光，神秘无限，等着你、等着我、等着他……

郑宏

丹云号

DAN YUN HAO

DANYUN

HANGHAI

2015–2021

01

接"丹云号"回家

2015年的10月8号,我和老公从深圳赶到了厦门。当天下午,丹云号的卖方,厦门慕恩海洋公司的吴总热情接待了我们。一番寒暄过后,吴总带我们来到了香山码头,她指着一条崭新的41英尺巴伐利亚帆船对我们说:"瞧,那就是你们的船。"我看到浮桥边静静地卧着一条白色的帆船,船头,由老公亲笔题写的遒劲行书"丹云号"赫然入目。

我们小心翼翼地登上帆船。帆船分上下两层,生活区域在下层船舱内。当我进入船舱的那一刻,真是被惊艳到了,这条帆船可谓麻雀虽小五脏俱全。舱内居然有三间卧室、两个洗手间,两个冰箱、厨房、客厅、餐桌,还有微波炉、煤气灶和烤箱。地面、墙壁贴着木板,实木质地的房间门及楼梯。整个舱内用料考究,做工精细,真不愧是德国工业出品!它让我感到温馨、安逸、称心。我和老公上上下下地看着、摸着,有点不敢相信,这条船从此就属于我们了。但是我们坚信这条船的可靠设计和质量,能保证我们在大风大浪中安全航行。

帆船的操作区域在甲板上方,有前帆、主帆、两个舵盘以及调帆用的两堆绳索,还有磁罗经、导航仪及几个显示屏。船上的好多仪器我都是第一次见到。

吴总在厦门请了两名优秀的船长,帮助我们把丹云号开回母港——广东惠州合正东部湾游艇会码头。

丹云号是新船,零长航经历的我们不知道备航时要准备哪些物资,只是从家里带来三条床单和三床冷气被。经验丰富的陈和池船长给我列了个清单，我照单采购了一大堆物品，包括便携卡式炉及配套的小煤气罐、不锈钢锅、开水壶及方便面、牛奶、蛋糕、饮用瓶装水、卫生纸、一次性碗筷、晕船药等生活用品，还有手电筒、扳手、螺丝刀、钳子等维修工具。

10月10号上午，丹云号启航离开厦门香山码头，也开启了我和老公首次乘坐帆船的长航之旅。

陈和池船长介绍说：海面浪高有两米，风力5级，属于正常航行状态。

尽管来之前我已做好航海的心理准备，还提前吃了晕船药以防晕船，可当我真的上了船，身体却极度不配合。很快，我出现了严重的晕船反应，头疼、呕吐，出了不少尴尬事。

当天晚上，眼前漆黑的世界给我带来些许恐惧。我躺在船舱里被帆船摇晃得来回翻滚，只有紧紧抓住床边趴着，才能睡上一小会儿。

再后来，我把被子抱出舱外，睡在长凳子上。其间，人和被子多次滚到甲板上。

第二天早上，我起来刷牙，漱口水吐了自己一身，就是吐不到洗手盆里。还有，因没有帆船时刻摇晃的概念，仍采用在陆地上的平衡方式在船上活动，两天后，我的身体被船上的桌子角及硬物体撞得满身青紫。

所以每当我遇到第一次长航体验的帆友时，总会提醒他们在帆船上每移动一步，都要抓住船上的扶手或绳索，以免身体被碰伤。

和我相比，老公的状态却非常好，他不晕船，能吃能睡，还能在摇晃的船舱里看帆船的英文说明书。第二天在船上煮面的活他也包下来了。在航行中，两位船长教我们如何把舵，讲解各仪表上的数据所代表的含义。

12号凌晨，经过42小时的连续航行，丹云号平安抵达惠州合正东部湾游艇会码头。

就这样，我晕晕乎乎、跌跌撞撞、狼狈不堪地完成了人生第一次长航。

丹云号

02
第一次单飞

　　休息两天后，老公迫不及待地拉着我来到码头，老公洗船，我整理丹云号内务。收拾完毕，老公想开丹云号出去遛遛。可问题来了，这帆船怎么启动呢？我们虽然参加了卖方组织的三天小帆船驾驶培训，老公也考取了游艇驾照，但从没真正单独开过帆船啊。

　　正在一筹莫展之时，码头资深船长阿力来到丹云号和我们搭话。老公马上请他上船并向他请教。他知道我们是新手，于是有问必答，还亲自操船，将丹云号开出港池转了一小圈。就这么一会儿，老公除了学到了干货，对驾驶帆船也有了底气。我们对这位不吝赐教的船长非常感激。

　　为了能安全驾驭帆船并为以后的远航做准备，老公先后买了十几本相关的书籍学习。

　　10月18日这天，我们第一次独自担当船长和水手职责，将丹云号开出了港池。我们发现，纸上谈兵容易，真要实际操作并不那么简单。

　　随着帆船的移动，我俩紧张起来。因帆船只有前进和后退档位，没有刹车，风和洋流的作用使得帆船不停地飘摇，生手很难控制。只有我们的小船员——宠物狗多多很坦然，东张西望，不时地站起来看看大海。

　　第一次驾驶帆船出海，老公很谨慎，不敢航行太远，且全程没敢升帆。船还没开到惠州海湾大桥，便掉头返航。进入港池内，老公放慢船速，小心翼翼地进入停泊位，我手抓缆绳，从右侧船舷边跳到浮桥上，把缆绳系在羊角上，第一次完成水手的停泊系缆工作。

此后，我们俩在大亚湾海域连续操练了半年的时间，我亦改口称他为"船长"。在这期间，船长把书本知识和实践操作相结合，尽快熟悉船上各种设备的名称、功能、使用方法，熟悉导航，学会看海图和风图，设计航线，等等。总之，凡是与帆船航海有关的知识和技能，他都在抓紧时间掌握。

为了练胆量，我们还曾多次在湾内岛屿附近抛锚过夜。

2016年4月的一天，也是买船后的第六个月。船长对我说：我们可以驶出大亚湾，去看看外面的世界了。

于是，船长选择了一个风和日丽的天气，我们带着小狗多多，带了很多吃的和用的，还准备了钓鱼竿，计划来个小长航，实际检验一下我们的航海能力。

丹云号经过3个小时的航行，驶过了桑洲岛，来到大亚湾出口，前面就是宽广的南海了。

此刻，海面上风高浪急，帆船摇晃得很厉害，我有点害怕了。最致命的是，我又开始晕船了，而且相当严重，头疼欲裂。脑海里只有一个念头：以后决不航海了，实在太受罪了！

我对船长说：我受不了了，返航吧！否则我宁愿跳入大海，在海里漂着也比在船上舒服。

船长天生是航海的料，不知道晕船为何物。但看到我实在痛苦，不得不掉头返航。

庆幸的是，我并没有轻易放弃航海。此后，

第一次坐帆船

11

我在多次实战性的小长航中，寻找克服晕船的方法，努力使自己坚强起来。日积月累，我们的胆量变大了，开船的技术提高了，能做到随机应变、妥善处理突发情况了。在惊涛骇浪中，我们一次次化险为夷。

驶向光明

03
探访大青针岛

　　2016年5月12日，一大早，我和船长简单用过早餐，提着行李、蔬菜、水果，带上我们家的宠物狗多多，开车出发。今天出海，目标是大青针岛，又名针头岩。

　　到了码头，船长开始做航行前的检查，10:30启动发动机。船长负责操舵，我站在浮桥上麻利地依次解开4条缆绳，然后一步跨上徐徐行驶的帆船，整理好缆绳，收起碰球。

　　丹云号帆船缓慢地离开泊位，驶出游艇会闸口。船长熟练地操作帆船避开了海面上的蚝田，丹云号穿过惠州跨海大桥，很快来到一片较为宽敞的海域。

　　船长将船头迎风，打开了自动舵，向我下达指令："升主帆！"

　　这时，船长走向前甲板，我站在船舱门口操作台的位置，把主帆的吊索顺时针缠绕在绞盘上。我俩配合默契，快速地拉动着主帆吊索，让主帆的小三角慢慢伸向天空，直到主帆升满，接着出前帆。船长调好帆，我操舵调整船头方向，最后，船长关闭发动机，让帆船完全利用风力前行。

　　升主帆的过程，很需要体力，我和船长都有点气喘吁吁。要知道，专业团队至少需要4个人配合才能完成，何况我俩都是近花甲之人，不容易！

　　丹云号利用风帆自动行驶，时速3节多。这时，我进入船舱拿出罐装啤酒和一些零食，把酒倒入酒杯，我们坐下来，开始他一口我一口地喝了起来，那种轻松和惬意无以言表。

我们漫不经心地看着不远处正在打鱼的小渔船，看着移动着的两岸风光，同时回忆着时光流年。船长的脸上一直挂着笑容，分明在说：我又出海了，我的血压又开始正常了。多多也在东张西望地看着什么，真是爽歪歪啊！

正午刚过，左前方就是巽寮湾海域，我开始进舱做午饭了。

不到一个小时，我把做好的饭菜端出舱，船长说，他已经把船速调快了，时速达到 5 节了。我们开始享用午餐。

我们的船头与巽寮湾相悖，当帆船接近奇船锚地时，发现附近有几条满载建筑垃圾的渔船，几个人正挥舞着铁锹往海里倒着垃圾。此刻，我美好的心情立刻消失，仿佛听见大海在哭泣。对此，我们能做些什么呢？唯有一声长叹！

下午 3 点左右，我俩都觉得有点奇怪，为什么走了 3 个小时，我们的船还在巽寮湾附近呢？我们终于找出了问题，原因是：我们为了追求船速，航行轨迹是扁"之"字形，虽然船速加快了，但航行的效率却很低。船长知错就改，立即调整主帆和前帆角度，提高航行效率。

巽寮湾终于从我们眼前消失了，我们的前方是一个私人海岛——三角洲岛，海岛的影子渐渐清晰起来。

10 多年前的一天，我们和亲友共三家人曾经到这个岛上过周末。该岛以石奇、沙白、水清而著称。

我们在这里晨泳、玩沙滩排球，在海上打鱼，在石头缝里捉海参和海胆，在夜幕下跳草裙舞……几个孩子在沙滩上欢快地跑着跳着，年轻的我们说着笑着，那快乐的情景历历在目，仿佛就在昨天。

下午 5 点多，丹云号接近桑洲岛，航线指示要从一片狭窄的水域通过。可这时，云淡风轻的天空一下子变得乌云密布，海面上风高浪急，天空还飘起了小雨。帆船顶着风浪艰难前行，船帆不时被大风刮得呼呼直响。我负责操舵，船长第一次在大风大浪中独自完成了缩帆的操作。

天渐渐暗了，我趴在舱门口，从挡风篷布的透明窗口向外观望，不时向船长报告着前方几点方向有礁石、灯标或渔网，看不清时就用强光手电筒照着前方。

晚上 8 点左右，帆船终于艰难地来到了计划中的航行目标，在惠东双月湾的平海湾海域抛了锚。

待丹云号完全停稳，我才进舱做晚饭。不一会儿，简单的饭菜一端出，船长好

多彩的黎明

饿极了，一连吃了三碗饭。洗完澡，看了一会儿电视，到晚上 10 点左右，疲劳的我们便头枕波涛，进入了甜美的梦乡。

在迷迷糊糊中，我感觉到船体在移动，睁开眼睛，扭头看了一眼电视机上方的电子钟，已经是午夜 12 点 04 分。我起身走出舱外，见船长躺在长椅上盖着被子睡得正香。我环视船的周围，被吓出一身冷汗：原来我们的船走锚了，而且离一座山很近。此时，船长也醒了，他立即启动发动机，重新打开了导航系统。走锚的警报声正在"滴滴"地叫着，从海图上看，帆船的走锚距离至少超过了一海里。庆幸这个海湾没有其他渔船和蚝田，否则后果不堪设想。我马上起锚，船长重新选地方抛锚，也不敢再关闭导航系统了。感谢苍天，这是一次多么及时的领悟啊！

第二天清晨 6 点，我们起床，洗漱完毕，开始起锚准备离开平海湾。谁知又一件不幸的事件发生——丹云号的船底居然缠上了丝挂渔网。我心慌了，不知道丝挂是缠上了龙骨还是缠上了发动机的螺旋桨。船舱里有潜水装备，可我俩都不会用，怎么办？还是船长沉稳老练，只见他不慌不忙，先来个倒挡，再来个前进挡，他判断丝挂缠着了龙骨，并无大碍，于是加大马力前进。一会儿工夫，丝挂终于与船体脱离，丹云号解放了。我松了口气，抬头望了望平海湾，湾湾的海湾真像一个弯弯的月亮。海面微风细浪，岸上高楼林立，貌似繁华。太阳从高楼后面露出笑脸，洒下万道金光，我看见在远处的一条小渔船上，一对渔民夫妇正忙着下网，这是一幅多么令人遐想的景致啊！

此湾尽头的左前方是稔平半岛，也叫大星山，据说登上大星山的观景台，能鸟瞰到平海湾和红海湾这两片半月形湾畔形成的壮阔美景。大星山脚下，有一个亚洲大陆唯一的海龟自然保护区——海龟基地。这一带是惠州著名的风景区。右前方是圣告岛，与它相邻的大岛叫小星山（也叫浪咆屿）。

8 点 30 分，丹云号驶出平海湾。

这时候，海风很大，海面像烧开的一锅水，翻滚着白色的浪花，船头在 3 米高大浪的推动下忽高忽低，发出啪啪的响声。船长坐在凳子上打着盹儿，我操着舵尽情地环视大海，第一次看到了 360 度海天相连的景象。让我奇怪的是，整个海面上居然没有一条船，也没有一个岛屿，只有孤独的丹云号。

此刻，我感觉海面就像一个巨大的鼓面，随即，眼前出现舞蹈家黄豆豆在鼓面上跳《醉舞》的舞蹈画面。而此时，我与我的一叶小舟丹云号也在大大的鼓面上跳舞呢，与浪共舞！

半小时之后，帆船接近大青针岛海域。这时，海浪更加猖狂，船头像跳跃的大鱼不停地颠簸摇摆。也是第一次遇到这么大的风浪的多多，从昨天下午开始一直躲在它的窝里，不吃不喝，不拉不尿，只做一件事——发抖。因为它不肯在船上排便，所以就用不吃少喝来自我控制，它的自律让我心疼。

船长打完盹儿，精神了许多，对我说想试一下顺风换舷。于是，我俩开始操作，他操舵，我一手松左缭绳，一手拉右缭绳，此时船突然来了一个大倾斜，舱里传来稀里哗啦的声音，餐桌上和沙发上的东西飞了一地，一片狼藉。船头转了一圈才平稳了下来。为什么会这样呢？是我们操作不当吗？

因为丹云号风速风向显示仪暂时失灵，我们心里始终没底，决定安全第一，放弃前行，立刻返航！

船长重新做航线规划，选择最佳路线返回游艇会。

当丹云号进入大亚湾海域后，一路顺风顺水，下午 3:30 安全靠港。咦！两天下来我竟然没有晕船，好现象。我对身边的多多说：你也要加油啊！

04
去大鹏游艇会

2016 年 5 月 20 日，天气阴。

昨天晚上，我和船长的手机都收到了广东省应急办和气象局发布的今明两天天气预告短信：广东大部分地区有 8 级以上大风和雷雨。

船长说已经有一周没见到丹云号了，今天还要开船去大鹏游艇会看一看。我们也是第一次开船去大鹏游艇会，去那里有两件事要办：一是去拜访大鹏游艇会船艇部的张经理，二是船长请人帮我们制作一个主帆帆套，制作人住在大鹏游艇会附近，需要来我们船上量一下尺寸。

我们开车前往东部湾，途中特意去了霞涌的海鲜市场买了新鲜的鱿鱼、蚝仔和一条大白花鱼。

东部湾海面上吹着微风，远处有几只小渔船在移动。船长检查了一下船体情况，我们便起航离港。

主帆和前帆全部升起，左侧后风，丹云号平稳地驶向目的地。

中午 12 点左右，丹云号已过小圆洲岛，开始驶向白头洲岛，我进舱开始做饭。谁知这个时候天气骤变，海面上刮起了狂风，帆船似摇篮般摇摆。

在船舱里，我双腿分开，一腿前一腿后站立，并顶住固定物，腹部则顶住炉灶台面的木边，我在心里嘀咕着，以后在船上做饭可不能像陆地家里那样按时按点，得见缝插针，无风时赶快做。但眼下只能硬着头皮洗菜做饭。

突然，一个巨浪打来，操作台上的盆碗从这头滑向那头，装蚝仔的碗一下又扣到了洗菜池里，我只得将蚝仔捡起来重新洗好。在一阵手忙脚乱后，我晕船了。原计划做辣椒炒鱿鱼和蚝仔煎鸡蛋的，现在都改成白灼，我赶快洗了一个土豆和几片大白菜，随便切几刀扔进锅里倒上水先煮着。我冲出舱外坐了下来，看着远方，以缓解晕船的不适。

海面上开始飘着小雨，渐渐地，雨点由小变大，由弱变强。我心中默念：丹云啊，你现在绝不能晕船。

丹云号小心谨慎地绕过白头洲，海面情况开始变得复杂起来：船多、岛多、礁石多，浪大、风大、雨大。

我一直站在舱门口，透过遮雨棚的小窗口给船长当眼睛。甲板上全部湿了，船长脱掉湿衣服换上雨衣，赶到前甲板整理被风吹得呼啦啦响的主帆，我则跑去操舵，迎着风。狂风暴雨再次袭来，顷刻间我浑身上下湿透。

恐惧、紧张、无奈！在船上，虽然船长是总指挥，但我还是忍不住埋怨道："明明知道有大雨，你还要出海。为什么要违背自己定的'安全第一、休闲航海'的原则呢？没有要紧的事何必冒险呢？"

船长则一遍遍地安慰我："快了快了，还有一海里就到了。"

这一海里真长！得！既然来了我就不做懦夫，打起精神，和船长同舟共济，顶风冒雨，勇敢前行。

下午2点过后，丹云号终于穿过了大辣甲和小辣甲海域。这时，雨变小了，海面也变宽了，我们这才轮流进舱狼吞虎咽地吃了午餐。

船长开始打电话和大鹏游艇会的张经理联系，确定大鹏游艇会的具体位置、明显地标及如何进港等问题。

终于，我们远远地看到了深圳七娘山下高高的瞭望塔和杏黄色的楼房，它们越来越近。当远远看到港池内许多桅杆伸向天空时，从未有过的亲切感油然而生。

进了闸口，左边是深圳浪骑游艇会，右拐是大鹏游艇会。码头上大型的游艇和帆船非常抢眼，60英尺的法国博纳多帆船就有两条。

我刚跳下船，等候多时的张经理微笑着快步走到我身边，为我撑起了雨伞。顿时，我感觉好温暖，有种回家的感觉。

张经理开车带我们来到他的办公室休息。张经理很阳光，非常热爱自己的工作，一直激情洋溢地为我们介绍大鹏游艇会的情况。大鹏游艇会和浪骑游艇会共同为中国杯帆船赛提供基地服务，这里离香港很近，帆航只需两个小时。与其他游艇会不同的是，大鹏游艇会不收会籍费，只收管理费。35 英尺以下的帆船每月收 1500 元管理费，35 英尺以上的帆船每月收取 3000 元管理费。最吸引我们的是，对于三证齐全的帆船可以在此免费停泊 3 天。

张经理说：我和老婆说过，将来我退休了就带她去航海。真没想到今天就见到了现实版的。我敢说，你们二位是全国第一对退休航海老夫妻。太了不起了！

据了解，目前全国大帆船的总量不超过 4000 条，帆船航海多以年轻人和竞技为主。像我们这把年纪才接触帆船的人寥若晨星，已近六旬的女性跟随老公去航海的就我一个。回顾与船长相识、相爱、相守 36 年的岁月，我何尝不是幸福着他的幸福，悲伤着他的悲伤呢？嫁鸡随鸡嫁猴随猴吧（船长属猴）。人只能活一次，青春已逝，如果再不疯狂就真的老了。

傍晚，做帆套的师傅上船量好尺寸就走了，雨也停了。我们带着多多步行 1.5 千米到深圳七星湾游艇会附近的农家乐美美地吃了一顿晚饭，借此安抚一下我惊恐的心。吃完晚饭回到船上，又开始下雨了，而且是倾盆大雨，不喘气儿地下了一夜。

几乎整夜未眠的我，早上起来心情有些沮丧，因为雨还在下。我在心里喊道：老天爷！能让雨歇歇吗？我要起航回家。

我冒着小雨，撑着雨伞上岸遛狗，看见码头上穿着专业航海服的年轻人三五成群地走向自己的帆船，开始忙碌起来。大鹏游艇会浓浓的帆船氛围感染了我，能与他们为伍，内心窃喜。

回到船上，船长告诉我一条好消息：惠州东部湾游艇会运营部的高经理和王总也来到了大鹏游艇会。中午，高经理还请我们吃了午饭。

饭后，天气开始转晴，一片片蓝天拨开云层露出头来。船长决定返航，抓紧时间赶路。高经理在岸上帮我们解缆绳，与我们挥手告别。

在回来的路上，我和船长一直聊着昨天的航行细节，总结经验教训。我们觉得有必要制定多条预案以应对突发事件。但无论怎样，经过此次风雨历练，我们收获颇多，给船长远航的信心又增加了几分。

帆船航海真不简单，不仅要学习很多专业知识，还要在实际操作中积累经验，尤其要临危不惧、胆大心细，还要有战胜困难的坚强意志。不经风雨怎能见彩虹？我看见，前方有一个女汉子正在向我招手。

余晖映帆

05
迎接远方的老同学

2016年5月28日，今年首个低气压小台风于昨天下午4点在广东阳江沿海登陆。受台风影响，今天的天气将会时阴时晴，雨也时下时停。今天船长的6位大学同学要来惠州东部湾，体验我们的丹云号帆船。

中午12点左右，6位同学和一位失联多年的朋友刘先生抵达了东部湾悦海酒家213房。船长是1977年我国恢复高考后考上大学的现役军人。当时他班上的同学年龄差距很大，最大的与最小的相差17岁，船长的年龄处于中间。

今天来的6位同学，是属于年龄偏小的那伙人，不知道当年意气风发、每天唱着《年轻的朋友来相会》的年轻人，究竟为四化建设流过多少汗？一了解，今天的他们个个都很成功。其中，一位是博士生导师并任国家级金融机构总经理，一位是平安银行某分行行长，一位是深圳某区国税局局长，一位是某航空公司投资部总经理，还有一位是腰缠万贯的地产商。天哪，都是大咖级的人物。

饭桌上几轮寒暄互动之后，气氛慢慢沉闷下来，毕竟大家分别来自北京、海南、武汉、深圳等不同地区，有的30年未见，生活理念及爱好都有较大差距，最大的变化是他们年龄虽小但活力不足，患有"三高"等富贵病的就有好几个。

下午，天气不见好转，我们还是按原计划出海了。8条汉子上船，啤酒、饮料、水果摆满甲板上的小桌，41英尺的丹云号第一次接待这么多的人，船上显得有些拥挤。

大家开始聊着关于海和帆船的话题，聊我的启蒙帆船教练——亚锦赛冠军陈和池，聊那位受人尊敬的大哥——航海家魏军。

　　魏军是中国航海界领军人物，一直致力于推广普及帆船运动。他于2002年创立了厦门顽石航海俱乐部，此俱乐部在世界航海宝典——*WORLD CRUISING ROUTES* 一书中被提及，也是此书提到的中国唯一一个航海俱乐部。2011年11月，他率"厦门号"的7名船员从厦门出发，横跨四大洲、三大洋，经316个昼夜，驾驶中国帆船首次完成环行地球一周的壮举。因此，魏军被誉为中国大帆船航海第一人。

　　在2015年的7月底，帆船卖方为我们举办了为期3天的帆船理论与实操的培训，结业时，魏军大哥亲自为我们颁发了证书。我们还有幸与魏军大哥共进了晚餐。餐间，平易近人的魏军大哥与我们分享了许多环球见闻与航海知识。他的两句话让我印象最深，对我鼓励最大。当时船长问："魏哥，你说航海危险吗？开帆船，什么样的团队组合最好呢？"魏大哥回答："航海不危险！现在的帆船安全性都很高。要说组合，我认为夫妻组合最好，能长久，互相包容。"

我与魏军船长

失联多年的刘先生也聊起了他自己的航海经历。听说他是运动员出身，今天我才知道他曾经是职业帆船运动员。如今他仍活跃在帆船界，每年都要参加几次专业级的比赛，如中国杯、司南杯、泰王杯等帆船赛。他的团队去年参加第九届"中国杯帆船赛港深拉力赛"还获得了冠军。今天他在船上，我自然就失业了，他配合船长跑前跑后地忙碌着，我在一旁偷偷地观察他的动作，一个字：帅！

愉快的体验没过多久，台风雨又下起来。遮阳棚下全都湿了，一伙人进入舱里躲雨。刘先生却仍在风雨中忙着，他一丝不苟地帮着船长降帆、叠主帆、捆绑带，随便找个地方就能坐下，管它是干还是湿。

今日的体验是在有风、有雨、有浪的情况下进行的，对首次登帆船的人来讲印象不够美好。博士生导师聂同学最后提出一个尖锐的问题：现在去哪儿旅游坐飞机都很方便，你们为什么非要花那么多钱买帆船呢？这个问题我也想得到答案，为什么买帆船？为什么有人把航海称为"蓝色鸦片"？这些问题有待时间去验证。

帆船靠港了，雨也停了，朋友们开车离去。此刻，游艇会路边的凤凰树花开得正艳，我和船长的心情也和花儿一样美好。

06

精心打造移动的"家"

2016 年 6 月 12 日，天气预报说今日是小雨转中雨。最近一段日子，我一直在参加舞蹈排练和演出，再加上端午节的原因，我已经 21 天没见到丹云号了，还真想它。

经过前前后后 8 个月的帆船实操训练，结合我们的实际情况，觉得"安全第一，休闲航海"的方式最适合我们。本着这个理念，为让丹云号真正成为我们"流动的家"，使我们海上生活的舒适度与陆地接近，船长可谓煞费苦心。在不改变船体外观的情况下，他自行设计并对丹云号进行了一系列的技术改造，计划中的改造项目大大小小有20 多项，近期已完工的有：①安装逆变器，船上 12 伏电压可以转换为 220 伏电压，在没有岸电的情况下也能在船上用电烧水、煮饭；②安装卫星电视，方便在亚太海域能收看天气预报及电视节目；③在遮阳棚上安装六块太阳能板，理论上可以在天晴的条件下每天发电 3 度；④利用船体空间定制和安装海水淡化机；⑤购置和安装备用发电机；⑥安装移动式空调，在有岸电的情况下使用，免受蚊虫侵扰。

依据我们确定的原则，今天本不该出海，但明天上午巴伐利亚（中国）代理商维修部的人要来为丹云号做检修，检修地点定在深圳大鹏游艇会，所以今天务必要赶到大鹏游艇会。

上午 10：30，丹云号起航了，帆船的两面大帆完全张开，尽情地拥抱大海。此刻，我深深地吸了一口气，让大海的味道浸润我的心扉。

这个季节以南风为主，今天的航线又是正顶风，丹云号只能以"之"字前行，航行效率较低。

大海的情绪真是瞬息万变，帆船刚过巽寮湾，我们就看见左前方一大片灰黑色云雾正快速地飘移过来，大雨将至，船长和我立即拿出雨衣穿在身上。

云雾裹挟着风雨来了，海面上开始白浪滔滔，阵风超过 28 节。其间有几个大浪托着丹云号在波峰浪谷间上下起伏，我们如同坐在过山车上，好在我已经开始适应船体的摇摆了。

午后两点左右，开始中雨转小雨，经历过风雨考验的我们，一直很淡定，俩人就着雨水吃着饼干和肉干，竟还能谈笑风生。

船长对我说："你真棒！没哭过一次，如果是别的老娘们早就吓哭了，你现在已经是铁老娘们了。"

我逗趣说："那就是我现在已经没女人味儿了呗。"

船长马上更正道："不对不对，你是温柔的铁老娘们。"

说说笑笑，把云说散了，把雨笑停了。大海的魅力在于不仅给人宽广与自由，还给人惊险与挑战，在带给人刺激的同时，能最大限度地激活人的潜能，使人的内心逐渐变得强大。

下午 4 点左右，丹云号顺利进入大鹏游艇会的闸口，站在高处的保安小伙热情、大声地和我们打招呼，并告诉我们停泊的位置。

丹云号在向泊位停靠时，旁边巴伐利亚船上的几个小伙子放下手里的活，主动走过来帮忙接缆绳，帮我们系好。航海人无私的互助精神令我心存感动。这时，游艇会的张经理也来到了我们船边，和他再次相见，格外亲切。

傍晚，散步回来，我拿起美籍华人翁以煊先生写的自传《征帆》读起来。记得去年 6 月的一天，深圳罗湖区老干部舞蹈队的一位队友听说我们家买了帆船，就送给我这本书。当时我们家买的帆船还在德国工厂，我也从未接触过帆船，读完这本书，了解了很多有关帆船的术语及相关的航海知识，真切感受到作者在单人环球过程中的艰辛和磨难。如今，已经有了航海经历的我，再次翻阅此书，感触颇多，更加敬佩翁以煊了。

翁以煊生长在北京，1980 年，21 岁的他到美国留学，1992 年，他用 5 张信用卡买了一条 33 英尺的二手帆船。到他 38 岁时，又换了一条 38 英尺的二手帆船，船名叫"信天翁"。为实现环游世界的梦想，他放弃了一切（包括女朋友）。1998

翁以煊探访丹云号

年 12 月 14 日，他谢绝了所有人的赞助，也没有请任何媒体跟踪报道，更没有庞大的后勤保障团队，他怀揣着帆游世界的梦想和对大海的痴恋，孤身一人扬帆启航驶出金门桥，途经三大洋和四大洲，成功穿越了五大角。他的帆船到访过 26 个国家，历时 3 年半，航程 3 万多海里，成为我国大陆首位独自驾驶帆船环游世界的孤胆英雄，他是华人的骄傲！

也许是广东天气太热的原因，丹云号船身两侧玻璃窗的螺丝出现爆裂，经过联系，德国的帆船制造厂家在两个月前给我们寄来了一套新玻璃。第二天上午，我们就在大鹏游艇会等人来换玻璃。

中午 11 点多，德国巴伐利亚游艇中国总代理杰特赛特公司售后服务总监、33 岁的德国帅哥 Paul 带着邓工和另外一位香港工程师来了，小狗多多兴奋地跟每个人打招呼、献媚。

Paul 说一口流利的英语，此时，他心里很纠结，不知道 4 个小时之内会不会下雨，因第一道工序大概需要 4 个小时才能完成。船长随口说了一句：不会下雨。

Paul 马上反问一句："你能确定吗？这可是你说的，那我们开始干活吧。"

工作一开始就没再停下来，当得知他们没吃中饭，我马上煮了粥，冰箱里还有 10 个自己包的肉粽子，我全都拿出来蒸热。

工作场所噪音四起，胶屑满舱，没办法炒菜，我只做了凉拌腐竹木耳，还有广和腐乳。饭做好后，我几次催他们吃饭，可 Paul 都不吃，他真轴啊！他就担心 4 个小时后会下雨，一定要坚持完工再吃饭，其他两位帮手也不敢停下来，就一直饿着肚子。

Paul 做事条理清晰，每个工序开始前都把该工序要用的所有零配件整齐地摆放成一排，苦活累活亲自干，认真负责有担当。

人终究不是铁打的，下午 4 点他终于累得瘫坐在遮阳棚下，张开嘴巴喘气，一个劲说头晕，身上的衣服全部湿透了，滴着水。我赶快从冰箱里拿出一罐啤酒递给他，趁机让他快吃饭。他不再推脱，拿起粽子解开绑绳大口吃起来，喝粥的时候，他夹起一整块腐乳塞进嘴里，急得我说不出话，因为压根儿我就不知道"腐乳"用英语怎么说。他看着我，把腐乳咽了下去，没有评价中国腐乳的味道如何。

一直到下午 5 点，丹云号换好了新玻璃，这期间一直没下雨。

第三天上午，Paul 再次过来打玻璃胶。他在船上来回走动时，小狗多多总是对着他叫。他问我们：今天小狗对他的态度为什么和昨天不一样？老公解释说：昨天你干活很吵，它讨厌噪音。所以它不喜欢你了。船长的话逗得 Paul 哈哈大笑。最后，我只得把多多关进一个房间不让它出来，Paul 这才安心继续工作。

更换玻璃窗的工作完成后，Paul 又顺便帮丹云号解决了另外一个大问题——帆船的侧推一直不能持续工作，超过 3 秒钟保险丝就会烧断。我们一直找不到原因，船长为此买了一包保险丝备着，每次使用侧推都小心翼翼。为解决此问题，卖船方厦门"慕恩海洋"的吴总和她的员工没少费心，一直不停地给 Paul 发邮件、打电话，请求他给检查一下。Paul 终于同意检查，这次他还真找到了问题的根源。因巴伐利亚生产 12 伏和 24 伏两种直流电供电系统的船，工厂是按 24 伏系统给 12 伏系统的丹云号配备的保险丝，保险丝安数不匹配，实属大乌龙也！如果不是 Paul 亲自检查，这个问题恐怕要伴随丹云号终生了，我发自肺腑地感谢 Paul 和吴总。

6 月 15 日早上，船长用 88 频道与港口保安联系请求出港获准，丹云号启航驶出闸口。船长计划去深圳知名海钓区域三门岛。

丹云号出港口后右转，往三门岛方向行驶。帆船左侧是一排高山，不知是地理位置的原因还是天气的原因，海风时不时地跳出来捣蛋，帆船几次被吹得大角度倾斜并原地转圈，完全失去了舵效，舱里稀里哗啦又是一片狼藉。我不知所措，后背直冒冷汗，紧紧抓住把手以保持身体平衡。船长启动机器，迎着风先让帆船平稳下来，然后收起前帆，调整主帆角度，冲出海风带，改变航向回家。

　　"师傅领进门，修行靠个人。"沿途，船长和我一起琢磨刚才是怎么回事，总结这种情况下如何让船保持平稳，如何卸掉帆力。我们在实践中又获得了经验，甚是喜悦。在海上漂的人，不仅要敬天敬海还要敬风，要具备听风、看水、观天、善变的能力，见风使舵，顺势而为，才能乘风破浪。帆船航海，的确是智者与勇者喜爱的运动。

　　过了小辣甲，顺风顺水，丹云号靠一面主帆，船速就达到了 6 节，这时，兴致极好的船长打开船舱里的音响，我们一路高歌驶回东部湾。

07
儿子来船上过夜

今天是 2016 年 8 月 20 日，星期六。我和船长为期一个月的俄罗斯贝加尔湖之行及内蒙古草原之行结束了，整个行程快乐圆满，令人难忘。

今天的计划是帆船休闲两日游，航行目标是大鹏游艇会及大辣甲岛。今天将有两位帅哥与我们同行，一位是帆船爱好者、直升机驾驶员小周，另一位是我的儿子。儿子 16 岁赴美求学，在加州大学毕业，如今是深圳金融界的一位白领。小周曾是深圳一家公司的文员，因喜欢大海与蓝天，先考取了游艇驾照，又花费 20 余万元考取了直升机驾照并当上了直升机飞行员。我很欣赏现在的年轻人，他们非常明确自己的生活目标并能为之奋斗。

上午 11 点，丹云号起航了，有了小周这位现成的水手，我这个老太太水手暂时失业，短暂的失业让我有一种幸福感。

海面风平浪静，风速只有 5 节左右，我们一路开着发动机前行。在大亚湾转了 10 个月了，两岸楼盘及海中岛屿的名字和位置已嵌入脑中。

大亚湾位于广东省东部，大鹏半岛和稔平半岛之间，总面积 650 平方千米。海岸轮廓曲折多变，形成近岸水域"大湾套小湾"的隐蔽形势。其主要港湾有烟囱湾、巽寮湾、东部湾、范和港、澳头港、小桂湾、大鹏澳。海湾中岛屿众多，有港口列岛、中央列岛、辣甲列岛和沱泞列岛等。

下午 3 点多，丹云号顺利抵达大鹏游艇会，我再次见到熟悉的港池、熟悉的船

我儿子潜水

和熟悉的人，心情愉悦。特别是再次见到清澈海水里那些色彩斑斓的鱼儿，更是让我兴奋不已。船长和小周忙着停船，和熟人打着招呼，我则打开后甲板，坐在船边看水里的鱼，我小声地向它们说：Hello！它们似乎听懂了我的语言，一对对、一群群地在水里高兴地跳着华尔兹。

我们来大鹏游艇会是为了接儿子，他在深圳上班，工作繁忙，经常东西南北地飞，见他一面不容易。今天他将和我们一起度过他的帆船第一夜。

下午 6 点左右，儿子从深圳开车赶来，他和小周在大鹏游艇会潜水俱乐部租了两个氧气瓶，我们就再次起航向对面的辣甲群岛方向前行。辣甲群岛含大辣甲和小辣甲两个岛群，大辣甲由 6 个岛组成，原称"大六甲"，因本地潮州话的"六"念辣，习称"辣甲岛"。大辣甲面积 2.64 平方千米，岛上植被茂盛，海水清澈，有多个天然沙滩，盛产贝类，如今尚未开发。岛上有零散的铁皮房和露营爱好者的帐篷。我们在大辣甲的北部离岛约 60 米处抛锚，此时，圆圆的、橙黄色的月亮从海面升起，我首次见到这么大的月亮，仿佛唾手可得。

男人们跳进海里畅游，我则在仓里忙着煮饭。当四菜一汤端上餐桌时，小周有些吃惊，兴奋地说：这么丰盛啊，我从海南搭朋友参加"司南杯"比赛的帆船回来，一碗方便面都没有，就吃饼干和水果了。儿子带来了一瓶白酒，男人们开始了畅饮。

夜里，我既担心走锚，又担心儿子晕船睡不好，几次醒来，看他没有任何不适应，睡得很踏实，我才安心去睡。

次日，我们的帆船先绕大辣甲岛一周，近距离地观赏美丽的辣甲岛，然后选了个最佳抛锚地点下了锚。两个小伙子穿上潜水服潜入海底寻宝，船长这个老小伙则在海面游泳，我就坐在船上看着他们抓海胆、海螺，偶尔发呆放空心灵。他们玩得都很嗨。接近中午时，我们返回大鹏游艇会，午饭后，儿子和我们道别，他带着战利品返回深圳，日落时，丹云号返回了它的家。

这次航行，船上前后水箱共 350 升的淡水，在没有洗衣服的情况下，不到两天全部用光，还不含饮用水。"节约使用淡水"的问题我们必须重视了！看来让航海生活接近陆地标准还只是个美好的愿望。即便如此，我仍然很享受这半山半海、半农半渔的退休生活。

08
海上欢度中秋节

2016 年 9 月 15 日，中秋节。

我弟弟阿鹏一家带着朋友姜先生一家开车来到东部湾游艇会，与我们共度中秋佳节 。

下午 1 点多，丹云号载着三家人起航，驶向巽寮湾。

海面风速在 15 节左右，偶尔阵风达 20 节，右后侧风。我和船长升起主帆，出了前帆，帆船以正常角度倾斜前行。

这时，客人们有点紧张了，特别是第一次体验帆船的姜先生一家，面面相觑，双手本能地想抓住点什么。只有我的侄女可欣依然那么淡定从容。她一直坐在最后边靠左船舷的位置上，不曾移动。她所处的位置离水面很近，只见她目视前方，任凭海风吹乱秀发，这位毕业于美国伊利诺伊大学的女孩儿还真有大将风范。

这时，船长开始给大家科普帆船知识，他说：你们不要害怕，我这条船下面有个两吨重的龙骨，是用来保持船的平衡的，功能类似于不倒翁。放心吧，这条船的抗风能力达到八级呢，帆船倾斜是它正常的行驶状态。

我也说：对帆航来讲，今天的风最好，你们真正体验到坐帆船的感觉了。

客人们这才像吃了颗定心丸般长长地松了口气，面目表情开始恢复自然。

客人们开始正常活动起来，聊天、拍照、喝茶、品美食。在深圳某银行担任部门老总的弟媳阿红很有心，带了一条百搭的橘色羊绒围巾，特别上镜。单人照、夫妻照、全家福，照得欢天喜地。在深圳某医院担任科主任的弟弟带来了月饼、水果及其他小吃。姜先生带来了一箱新疆产的奶啤。我第一次喝这种似酒似奶似汽水的饮料，酸甜爽口，真是好喝。奶啤是一种含有多种维生素、赖氨酸、叶酸及蛋白质的健康饮品，但含有 3 度酒精度，儿童不宜饮用。

　姜先生是我弟媳的同学，和我们认识多年了。他字写得潇洒，还可以用任意人名赋诗，在深圳有自己的工作室。船长也是喜爱书法之人，专攻草书。每次见面，他们总要相互切磋、相互学习。

　弟弟阿鹏说："我和深圳九三学社领导聊天时，说我姐买了条帆船，领导们听后非常惊讶，反问道：'帆船是外国人玩的，中国也有这样的人吗？'"

　看来，国人对帆船，特别是对休闲式帆船航海生活了解不多，总认为那种生活离我们很远。中国太需要普及与宣传帆航了。这一天，大伙儿玩得其乐融融，十分开心。一直到日落西山时，丹云号才开始返航。

　在岸上吃过晚饭后，全体人员回到丹云号上赏月，我也是第一次在丹云号上过中秋。此刻，风清气爽，皓月当空，天上的月亮与水中的月亮相映媲美。有人在不远处的沙滩上放烟花，我们有的喝茶，有的品红酒，吟风咏月，你一句我一句地对着古人关于"月"的美妙诗句。

　船长的话匣子又打开了，他仔细介绍自己对丹云号做的每一项改造工程，男士女士齐夸船长知识丰富，动手能力强。与亲友们在一起的时光总是愉悦的，但又是短暂的。到午夜时分，他们上岸回酒店休息。

　我收拾完甲板上的食物、茶杯，望着海上皎洁的明月，思乡之情油然而起，远方的亲人们啊，你们是否安好？

09

帆船上的国庆假期

2016 年 10 月 2 日，国庆长假的第二天，我们又要出海了，我们将在帆船上过完国庆长假。

回想起从 20 世纪 90 年代初开始，每逢假日，我们就会开着车带着老人、孩子到处旅游，我们蜻蜓点水般游览了中国众多的旅游景点及风景名胜之地。当景区门前人头攒动，当黑压压的人头遮挡住了眼前的美景，当高速公路的路面成了停车场，中国假期的旅游大军里就不再有我们的身影。因为我们已经把陆地旅游改为海上旅游了。今天，丹云号将载着我的亲朋好友，共度国庆假日。

早上，我带上从松鹤山庄打包来的一只卤鸭，还有我自己做的蛋糕、排骨烧板栗、五花肉烧黄豆、泡青瓜、一条冻海鱼以及自家种的海南四角豆、红薯苗、折耳根等蔬菜和水果，大袋小袋地往车上搬。酷爱坐车的小狗多多明白了我们的意图，兴奋地跳着叫着第一个上了车。

上午 9 点左右，丹云号到达东部湾游艇会。自从有了帆船，这里便成了我们与家人和朋友聚会的天堂。今天要来的是船长在深圳的多年工作伙伴兼老友——刘律师和李律师一家人。

趁着等客人的时间，船长先洗船，再检查设备，我忙着处理中饭和晚饭要吃的食材。

11 点左右，刘律师带着一大堆钓鱼用具先到了，他很喜欢海钓，来了就坐在浮桥边钓起鱼来。由于路上堵车，到下午 3:30，李律师一家人才匆匆赶到。

丹云号带着两家人驶出码头，穿过跨海大桥，直奔坪峙岛。李律师一家是第一次坐帆船，他们兴奋异常，拿着相机在帆船的不同位置来了一通拍照。

距离坪峙岛约 500 米处，我们抛锚停船。此时正好夕阳斜下，骄阳褪去了白天的淫威，正是游泳的最佳时刻。

船长打开后甲板，放好水梯和救生圈，我也换好泳衣，为大家做下海的示范。除刘律师之外，所有人都展示出自己不同的动作跳入大海，极为有趣。

平静的海面上荡漾着我们的欢声笑语。此刻，偌大的海面，已完全属于我们。海浪带着我们的笑声流向四面八方，大伙的心情就两个字：畅快！

今天，船长还安排了一个逃生训练内容，即在海里如何爬上橡皮艇。每个人都用自己的方法尝试爬上橡皮艇。在我往上爬的时候，才意识到自己想简单了，我使出洪荒之力才爬上了橡皮艇。这一刻，年近六旬的我不知该为我还能爬上救生艇感到开心，还是该为无情的岁月夺走了我敏捷的双腿而感到忧伤。美国留学生小李公子还总结了最佳的爬艇方法。

天色渐暗，船长决定返航。可众人仍然意犹未尽。我先进舱洗澡换衣服，慢慢等他们。

晚上 7 点，帆船靠港，我便开始做饭了。我打开煤气灶和电炒锅，一边炒一边蒸，半小时后，一桌丰盛的饭菜呈现在众人面前。

老友聚会话题多多，今天大家关注的话题是：如何过好自己的退休生活。65 岁的刘律师说：我原来计划退休后买个房车带着太太周游全国，没想到退休后身体大不如从前，我的计划要落空了，很是遗憾！

明年即将退休的李律师说：我一直想找个新的爱好来打发退休生活，但目前还没找到。

这时，船长则极力推介他的帆船生活，列举航海人生的种种好处。是啊，人的一生很短暂，短暂得来不及享用美好年华就已经身处迟暮。如何健康快乐、有质量地度过下半生，是我们必须面对的问题，我们这些退休人士能为自己任性地活一次吗？

一直到深夜 11 点多，朋友们才不舍地离开丹云号开车返回深圳。我和船长住在船上，期待第二天的到来。

10 月 3 日，无风无浪，又是一个绝佳的好天气。今天，儿子和他的女友茜茜要来码头坐船出海，并约定中午在船上吃饭。

上午，无聊的我突然心血来潮想玩皮划艇，这皮划艇都买了两年了，我还从未玩过。在以前，船长用车把皮划艇拖到我家旁边的水库里玩，有了丹云号之后，他便把皮划艇拖到码头，放在丹云号边的浮桥上。老公称它为"丹云2号"。每次来游艇会，只要有时间，他都会划上半个小时。

船长买的是偏专业的赛艇，细长，对人身体的平衡力要求很高，稍不留神就会人仰艇翻。我今天已做好了湿身的准备，换上泳衣，小心谨慎地坐进狭小的皮划艇里。皮划艇摇摇晃晃，感觉人没了重量，抓着浮桥边的手迟迟不敢松开，直到认为自己找到平衡点了，才放了手。

细长的皮划艇在水中颤颤悠悠一顿乱撞，我挺直腰板努力保持平衡。船长在浮桥上大声喊着，教我如何用脚踩舵转弯控制皮划艇。慢慢地，皮划艇变得温顺，听我指令了。我在港池内划了约5分钟，安全上岸，首秀成功！马上发个朋友圈嘚瑟一下。

到了中午，儿子和茜茜带着他们共同的朋友小晴姑娘来到船上。茜茜是英国留学回来的硕士生，小晴姑娘曾在加拿大留学，他们俩都是深圳海归会的活跃分子。

下午我们还在昨天的地点抛锚，开始游泳。今天的洋流很大，一不留神人就会被冲出很远，要花费很大的力气才能游回来。黄昏时分我们回到码头，晚餐吃卤鸭面。孩子们意犹未尽，决定晚上去钓鱿鱼。

晚上7点多，丹云号再次起航，我们在游艇会闸口和大桥中间的位置抛了锚。6月前后是广东钓鱿鱼的旺季，但今晚能否钓到心里真没底。钓鱿鱼的方法很简单，不需要什么技术，有灯光和专门钓鱿鱼的钩即可。

当晚，我们钓了很久都没有见到一只鱿鱼，我和船长首先没有了耐心，于是放下钩坐着聊天，观赏夜景。就在我们失去信心准备返航时，儿子"哎呀"叫了一声，我急忙跑过去，儿子正举着鱼竿，钓到的鱿鱼喷了他一身一脸的黑墨，引得大家一阵大笑。他第一次钓没经验。钓到鱿鱼后应该先让鱿鱼把墨吐掉再慢慢拉出水面，这样墨就不会喷到身上了。这时，大家的积极性即刻回来了，几个人轮流钓，小晴姑娘的钩接二连三地上鱿鱼，手气最佳！当晚共钓鱿鱼11条。我把鱿鱼表面用淡水冲洗了几遍，锅中水开后倒入整只鱿鱼，煮2分钟捞出，备好酱油芥末，招呼大家进舱品尝鲜甜的鱿鱼。这种吃法我今年才学会，原汁原味，味道十分鲜美。

丹云号靠港已是晚上11点，儿子他们开车回深圳了，我和船长则继续留在船上

我儿子钓了一条马鲛鱼

过夜，因为还有一批客人要来。

　　10 月 4 号，早上 7 点多，人称"豪哥"的香港人，还有小庞以及深圳的小曹来到我们船上，我们今天要结伴去三门岛打鱼。

　　人的一生因工作或生活状态的改变，总会重新认识一批人，然后又慢慢地淡忘一批人。从买丹云号开始，"无龄感"的船长陆陆续续认识了很多卖船的、玩船的及修船的人。有几个 80 后玩船的阳光帅哥总是围着他，大家成了很好的玩伴。如果没有丹云号，我们一生都没有机会和这个群体的人打交道，更不会与"我要航海网"这个专业网站结缘。

　　小庞是个很朴实的 90 后小伙，广东茂名人。他是 62 英尺"东能一号"游艇的船长，东能一号游艇的泊位在丹云号泊位前面，所以小庞要上船时必须经过丹云号。他每次经过丹云号时都会来船上聊天喝茶逗狗，慢慢地彼此之间熟悉起来。小庞将他打理船的经验与我们分享，老公跟他学会了钓鱿鱼、摸青口、捞螃蟹。豪哥有一条 20 英尺的二手游艇也停在港池内，听说他是自由潜水高手，具有深潜 10 多米打鱼的本领。小曹是豪哥的朋友，他曾是国际业余高尔夫球循环赛的选手，巅峰时段的成绩是 70+ 杆。

　　今天风速只有 3 节，东部湾与三门岛的直线距离不到 20 海里，丹云号全程开发动机行驶。小曹是第二次上帆船，晕船反应强烈，固执的他不肯服晕船药，下决心一定要克服晕船问题，因他爱大海也爱帆船。

　　中午 12:30，我们抵达三门岛附近，小岛上有餐馆及正在开发的建筑工地，简陋的码头边堆满了沙石，一群群的驴友漫步海岛。性急的豪哥早早就穿上下半身潜水服并用手提着上半截衣服，丹云号锚还没下稳，他就迫不及待地翻入海中搞侦查去了。船停稳后，小庞和小曹开着橡皮艇带着吃的喝的去岛屿近处寻宝，我和船长则留在船上，煮了两碗面加了个煮蛋吃点水果作为午餐。正午的太阳，火辣刺眼，船长不会潜水就在帆船附近游泳，我就躲在船舱里一边休息一边听音乐。

　　下午 4 点左右，他们开着小艇回来了，小曹远远地就朝我们喊：你们猜猜，豪哥今天抓到什么宝贝了？

　　等小艇靠近我们，我才看见小艇里有一只漂亮的大海龟，海龟脑袋上那晶莹剔透的大眼睛透着善良，看着我们。此外，他们还打了一条一尺长的乌头鱼，抓了大半桶海螺。

待他们仨上了丹云号冲凉换好衣服，我们起锚返航。

回归途中，法律意识极强的船长说：海龟是国家二级保护动物，咱们有责任保护这些动物，要做守法公民。我也说：海龟是吉祥物应该放它回家。一番议论后，我们决定把海龟放回大海。此时，船长关了发动机，打开帆船后尾板，小庞把拴着的小艇拉近，跳了上去，用力把海龟抱到了丹云号的后尾板上。我们兴奋地轮流抱着海龟拍照，它很重，我根本抱不动。最后海龟离开豪哥的双手，慢慢游向了大海。我心释然。

绚烂的晚霞已经消失，黑色笼罩着海面，豪哥和小曹小睡醒来，他们有些急躁了，觉得帆船速度真慢，计算着几点才能回到码头。的确，帆船作为交通工具，它的速度的确比不上游艇，但帆船几乎无限的可持续性、经济性、娱乐性远超游艇。在我眼里，丹云号是我们海上移动的家，况且船长和多多都在此家中，我何急之有？

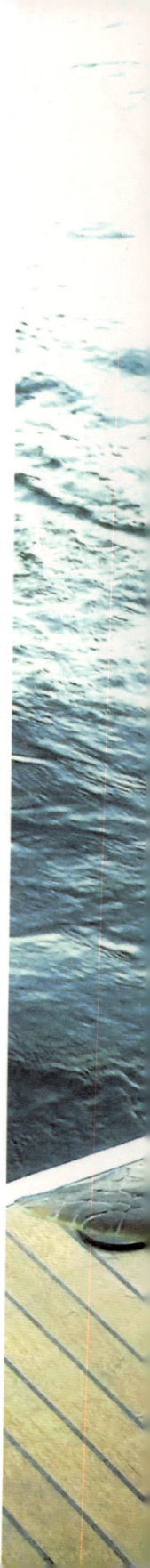

10
帆游维多利亚港

2016 年 10 月 14 日。丹云号已经 1 岁了，小狗多多已 8 岁多了，它们都还没出过境呢。我和老公也一直想开帆船去香港转转。

昨天，船长看过风图，设计了一个三日两晚惠州东部湾——香港——珠海的航行计划。刚好我们的帆友直升机飞行员小周也有时间。

上午 10 点，启动丹云号，我们出发。

大亚湾风平浪静，风速 6 节，过了坪峙岛，我们升起球帆和主帆，定好航向，开启自动舵，船速在 5 节左右。

广东的 10 月气候宜人，是航海的金秋时节。丹云号轻松愉快地前行，船上的 3 个人也愉悦地聊着天。

下午 4 点多，帆船驶过深圳的东、西冲海面。这时，中国电信和中国移动短信提示已经进入香港海域。真有趣，这海海相连真不知道边界在哪里，我们居然糊里糊涂就出了境。

此时，涌浪越来越大，浪高 3 米左右，阵风达 25 节。丹云号在浪峰浪谷之间跳跃前行，我早已被摇得头昏脑胀。傍晚 6 点多，丹云号终于到达计划中的抛锚地——香港昔日影视界的大本营清水湾半岛。我们在湾里找到一个大湾套小湾的地方下了锚。

眼前是一片山坡，山坡上有几户渔家，海边有养鱼排，山上闪烁着点点灯光，让我们觉得夜空并不寂寞。两座小山把浪和风隔在了外面，在海里跳动了几个小时的丹云号终于安静下来，我开始进舱做晚饭。

晚上，船长查询天气情况得知：洋面上有两个台风正向海南、广东方向移动，明天珠海海面将有 4 米高的海浪。休闲航海要求舒适第一，船长果断决定：放弃后半段珠海担杆岛航行计划，游完维多利亚港就原路返回。

颠簸一天本该睡个好觉，可是耳边的涛声一直不让我入睡。我想起年轻时经常唱的一首歌："军港的夜啊静悄悄，海浪把战舰轻轻地摇，年轻的水兵头枕着波涛，睡梦中露出甜美的微笑。"歌词里描绘了一幅多么美的意境啊！此刻，我也是头枕着波涛，可为什么不能入梦呢？想了一夜终于有了答案：人家是年轻的水兵，我是年老的阿姨。于是，我释然了。

10 月 15 日早上 8 点，丹云号起锚离开小湾。

因和儿子约好上午 11 点在香港天星码头海上相见，时间尚早，帆船慢慢行驶在维多利亚海峡的香港岛与九龙半岛之间，两岸最窄处只有 1.2 千米。

我是第一次在海上观赏香港风光，全方位看着熟悉的地标楼群，但听不到香港狭窄街道上城市的噪音，看不到地铁站里匆匆赶路的人流，感觉很是异样。

放眼眺望，一群群的牙签楼插满两岸空地。近观海面，则有大邮轮、大货船、游艇、帆船、海警船及各类渔船、商船，它们繁忙地穿梭于海峡中间，略显拥挤，自由繁华的贸易港由此可见一斑！

帆游香港

上午 11 点，儿子准时到达天星码头，可我们只能和他隔海相望，隔空喊话，互相拍照，这种感觉非常奇妙。

因码头边船太多，丹云号无法靠近岸边，我们的帆船就在原地转了个圈，稍作停留便和儿子匆匆告别了。儿子是专程起早来香港为我们拍照的，我们很感动！短暂的隔海相见结束。

回家的路是一条顶风的路，帆借不上风力，只能听着发动机的噪音前行。

当我们的手机收到短信提示时，船长才松了一口气，虽说之前船长做足功课查询驾驶帆船入港的法律规定，但毕竟我们仨都是第一次驾驶帆船去香港，谁心里都没底。按规定，丹云号在香港境内停留不超过 24 小时，在此期间，我们没有登陆，所以无须报关，丹云号也没有遇到任何拦截检查，一切都很顺利。唯一不良的状况是，我坐船的功夫欠佳，腰酸背痛，只得拿出枕头当坐垫和背垫。

我想，船上若有一把贵妃椅该有多好！

11

从海上看珠海航展

2016 年 11 月 4 日。这些天来，船长的心思都在海上，每个周三我上完舞蹈课，他都要拉着我去游艇会，或出海或改造帆船。从今天起，船长要进行一个 5 天不登陆的 200 海里长航。航行目的地——珠海金湾机场海域。活动内容：在海上观看第十一届中国（国际）航空航天博览会（简称"中国航展"）航展飞行表演。此行还有一个目的，就是测试丹云号及全体船员（含小狗多多）的长航适应能力。

早上 7 点，帆船起航，东部湾游艇会里的风很大，我边解缆绳边用力推船，在丹云号即将离开浮桥的最后时刻，我抬腿跨过钢丝护栏上了船，耶！我感觉自己还不老。

出发前，船长下了指令：夜间航行和在前甲板操作时，每个人必须系好安全带，确保人不离船。跑马行船三分险，小心驶得万年船。

大亚湾里吹着少见的北风，风力´5 节左右，平均船速 7 节多，偶尔上 8 节，开天辟地头一回。过了三门岛，出了大亚湾，风小了很多，但涌浪大而且是令人不舒服的一排排的横浪，大海的变化莫测给人的感受每次都不同，也许这就是它的魅力。

下午，在我低头收前帆时，船长给我买的刚戴了半天的太阳镜跌落海中，可谓遇到的第一个意外。

近下午 5 点时，到达计划中的锚地——香港西南方的南丫岛的 Sham 湾。湾口不大，介于大角与圆角之间，好似一个细长的口袋，湾底海岸边有几百米长的沙滩，是个天然的避风港，下锚后几乎感觉不到船的摇晃。

第二天，吃过早餐后，我们起锚出发，驶出湾口迎风升主帆。这时，第二个意外发生了：主帆吊索卡在雷达仪器上，上不去也下不来，船长和我都没有爬桅杆的本领，怎么办？桅杆边的球帆吊索给了船长启发，他用球帆吊索绳慢慢抽打被卡住的绳子配合调整船头方向，终于把卡住的绳子打了下来，意外解除了，主帆升起来。帆船过了珠江入海口，无风无浪，我们开机行驶。船长开始留意事先选好的几个锚地位置。这时，第三个意外来了：找不到锚地抛锚。从澳门到珠海的横琴岛再到珠海机场附近的海域，沿途 20 多海里岛屿众多，但水深都在 2 米以内，丹云号无法驶入，海面上渔船非常密集，下锚很不安全。

经海图搜索，在左前方 10 海里处有个叫三浪湾的地方适合抛锚。趁早赶紧走。

在余晖尚未褪尽时，我们终于看到了三浪湾，隐隐约约看见前方层层叠叠的山上矗立着一排高高的风力发电机，可想而知这里出产什么。待丹云号靠近三浪湾，我心立刻凉了半截，眼前这个湾的弧度不大，还有个山口，仅有的一点有利地形被一串串的鱼排霸占，唯一可以下锚的地方正对着山口。天色已晚，别无选择，赶紧下锚吧。

我进舱做晚饭时感觉很不对劲，山口风来势凶猛，吹得丹云号大幅度摇摆，台面上的碗滑来滑去，刚从冰箱里拿出来的一碗炒肉丝差点扣翻，烧了一壶开水费了好大劲才灌进保温瓶中。饭做了一半，我两目酸胀头痛欲裂，实在忍受不了，我冲出了舱外，剩下的工作全交给了从不进厨房的船长。

晚饭后，船长检查水箱用水情况，因我节水措施得力，两天只用了四分之一的水。在检查电压时，发现服务电瓶电压偏低，船长认为有发动机和太阳能充电不应该出现此情况，但一时又找不到原因。

船长操舵累了，洗了澡先睡了。我很晚才进舱，当我躺在床上时，浑身的血液和脑浆都随着船体摇荡，感觉下一秒钟脑浆就会喷出脑外。好不容易积攒起来的一点航海热情，被今晚的风浪打得无影无踪。

此时此刻，我宁愿穿着羽绒服，躺在新藏线上那间寒冷小屋里又脏又臭的床上，忍受高原反应的痛苦；我宁愿起锚升帆航行在茫茫的大海上，任凭狂风巨浪；我宁愿跳进黑暗的海里游向荒无人烟的海岛，哪怕野兽出没。唉！想什么都没用，注定今夜无眠，于是我一遍遍地祈祷：太阳啊，求求你，快出来吧！

第三天天刚蒙蒙亮，我就起床了，头痛有所缓解。吃过早餐不到 7 点，我离开心切，催船长快快起航，于是丹云号向着珠海机场方向行进。船长说："看来找个好锚地非常重要，我记录了很多国外的锚地坐标，中国这方面的信息太少了。"

上午9点，帆船到达珠海机场海域，放眼望去，整个海面只有我们这一条帆船，超爽！下锚静等。半个小时后，突然听到飞机的轰鸣声，首先看到两架苏—27向我们的方向飞来，接着，又有四只白鹭样的大鸟编队整齐地从我们眼前飞过，同时海面上有一群白色的海豚露出了水面，一时令我目不暇接。

当过10年空军的船长大声喊叫着，由于兴奋过度，他亲手制造了第四个意外：照相机的长焦镜头碰到了船体，不对焦了。于是，他用最快的速度换上另外一个镜头，

看！飞机来了！

对着天空继续拍起来。边拍照边滔滔不绝地解说着每个表演队的动作名称、难度及作用。看！一架苏—27直线快速拉升，在最高点打出一排干扰弹，然后机头朝下自由坠落，一串惊心动魄的眼镜蛇动作完成。

苏 -27

51

中国八一队

我们心满意足地看完英国红箭和中国八一队的表演已时过正午，因还要赶 50 海里的路程回到香港的 Sham 湾，丹云号起航。可这时，第五个意外出现了：服务电池和启动电池电压低，开始报警了（后配的发电机因排烟问题没解决，暂时不能工作）。

船长立即进舱关掉冰箱等所有用电设备，只让导航仪和风向风速仪表工作，并开始查找缺电原因。他发现：如果开发动机行驶时，自己安装的太阳能系统和发动机都不充电。此刻顶风顶浪必须开机行驶，他解除了太阳能充电开关，期望发动机恢复充电功能。一小时后，船长再次检查电压情况，确认发动机根本就不充电，以前短途行驶没发现此问题，电压低报警声响个不停，最后船长关掉风向风速仪，只留下导航仪继续工作。船长决定明天回家。

天黑了，我们进入香港水域，这里的海面没有渔网和蚝田，夜航很安全。船长操舵我则看着远方，远处怎么那么亮？那是广深高速公路夜景吗？还是天上的银河落入海面？长长的一条光带有序而缓慢地移动着。噢，原来是集装箱大货船的水道，甚为壮观。

晚上 9:30，船长沿着上次导航仪留下的轨迹谨慎地驶入 Sham 湾，在原抛锚地

英红箭队

点下了锚。不工作的冰箱里还有 4 条海鱼，我全部拿出来清蒸了。

第四天起床，我是睡得好，心情靓，准备起锚，回家。现在想想，船长当初把锚机用电从服务电池切换到侧推电池上的决策是多么英明啊，否则今天的锚头和锚链就要用手提上来喽。

航线仍然是正顶风开发动机行驶，刚刚走过港岛，导航仪电压低的警报声又响起来了，没过多久，最大的第六个意外出现：导航仪罢工了。无导航、无自动舵，手机也没电了。船长在即将断电的最后时刻，比对了磁罗经和导航数据，确定了磁罗经上的航行角度。凭记忆和望远镜操舵掌控航线，庆幸天空晴朗能见度高，当隐隐约约看见三门岛时，我提着的心总算放了下来。

进了大亚湾就等于到家了。船长开始总结此次小长航的收获与不足，对丹云号整体供电系统的改造有了新的设想，船长，加油！

见多识广的多多这几天表现很出色，应该得到表扬。在摇晃的船上，它居然找到了保持平衡的好方法，它会把自己的脑袋伸进凳子与舵盘底座之间的空隙里，求得身体的平稳。

对我而言，我虽经历了今生最痛苦的一夜，也一度纠结，今后的帆航之路我究竟能走多远。但不管怎么说，收获还是有的。就说在第四天，帆船在任何状态下行驶时，我都不再恐惧和晕船，特别是船长一路都在向我描绘未来帆航的宏伟蓝图，我这心里也充满期待。帆航啊，想说爱你不容易，想要弃你更不易，且行且珍惜吧！

12
改船

    2016 年 12 月 10 日，从珠海看航展回来，船长继续实施他的帆船技术改造方案，只要不刮风下雨，他基本都会去游艇会。下雨天，船长在家不是看航海书，就是在网上下围棋，对做饭、洗衣服、搞卫生的俗事他从来都不屑一顾。

    在船上，每当我看着他心甘情愿地将自己的脑袋塞进舱内沙发背椅后那豆腐块的格子里，扭动着身子修改电路时，看着他双手搬着自己的老腿，费劲地伸进床板下的各种管道的洞里，蜷缩成一团拉着水管电线时，我就想起蔡崇达在《皮囊》一书中说的一句话：人的肉体是拿来用的，不是拿来伺候的。然而，船长的皮囊似乎是背道而驰的两个极端：在家里，他的皮囊被舒服地伺候；在船上，他的皮囊则被超限度使用。且不说丹云号今后能带我们航行到哪里，能航行多少年，光看着他整天趴在那里设计图纸，写写画画，查资料，买配件，按照自己的意愿亲手完善帆船的使用功能，实践着当高级工程师的梦想，一副乐在其中的样子，我想，这也就够了。

    每个人都需要找个爱好来释放自己的精力，享受那种累并快乐着的感觉。比如，我跳民族舞时再累也觉得开心，在家里做西式糕点时，时间再长也毫无怨言。

    这次从珠海长航回来，船长第一时间联系了沃尔沃发动机保修部刘经理，刘经理带来一套新的充电机换上，但发动机仍然不给服务电瓶和启动电瓶充电。船长又请来东部湾负责维修的朱经理，经朱经理一点点排查，最后，他确认是发动机充电分配器失灵。没想到发动机这么偏心，只给侧推电瓶"进食"，其他电瓶"饿死"拉倒。一直困扰船长的低电压问题，终于找到原因了。

当经销商厦门幕恩海洋公司吴总得知此情况后，立即准备配件，安排维修人员，帮助我们解决了问题。

细数起来，近段时间船长完成的工作还真不少：

（1）增加了一个 300AH 的服务电瓶，同时加装一个闸刀开关，两个服务电瓶可以切换使用。

（2）将原装的锚机供电从服务电瓶改换到侧推电瓶，减轻了服务电瓶的用电负荷，让侧推电瓶不那么悠闲。

（3）船长室控制板边上打了 5 个洞，新装了 5 个电瓶电压显示器。5 个电瓶电压与充电情况一目了然，看上去和原装的一样。以后，再遇到情况不会再被德国人的设计搞得心慌慌。原装设计是：只要一个水箱的储水量低于 25%，那么此提示就一直霸道地占用显示屏，电瓶电压情况则无法显示，直到靠岸补充淡水后显示屏才能恢复正常状态。

（4）安装备用发电机：发电机是网购的普通柴油发电机，机器买回来后被船长肢解得只留下心脏部分，装在了原发动机舱上部空间位置。起初设计的排烟管采用船上原发动机的排烟管，装好试用时发现海水会倒灌进管子里，此方案不可取。经船长认真研究测量，决定实施第二套方案：在船体水线上打个洞，安装一条独立的排烟管从床下穿过，再从衣柜里出去，管口安装阀门，不用时关上，禁止海水来串门。为降低排烟管温度，他又引入海水冷却。这套复杂的技改系统经测试，感觉非常成功。这套系统成本支出 8000 元左右。在所有技改项目中，最复杂、耗时最长、最令船长骄傲的就是此项目。我也纳闷，船长是学金融的，他怎么做到的？难道他上辈子真是高级工程师吗？

（5）完善自行安装的太阳能充电系统：船长按照遮阳篷大小尺寸，用 6000 元网购了 4 块太阳能板及配件，太阳能板黏贴在遮阳篷的布上，有台风时可以拆卸。刚开始时，太阳能充电系统是把电线直接接入帆船的充电系统，但发现太阳能发电和发动机发电有冲突，经加装几个继电器之后，手动改变充电方向，实现了太阳能对各电瓶充电的可控性，同时也避免了与其他充电方式的冲突。

（6）安装风力发电系统：帆船原来装有一套 3 个 95AH 的服务电瓶，船长自己加装 1 套 300AH 的服务电瓶。除原发动机自带的充电机之外，船长又加装一个发电机，还有一套太阳能发电系统。但船长的忧患意识太强，或者叫"一朝被蛇咬十年怕井绳"，坚持再加装一套风力发电系统。对于装什么款式、装在什么位置，船长研究了好久，最后确定装在船头锚支架的那块钢板上。船长用2000多元的成本购买了各种配件，请人焊好不锈钢支架，船长和我用了一天时间，安装好了整个系统。当船长拧紧最后一颗螺丝，我轻轻地松开抓着叶片的手时，红色的灯笼静静地转起来，丹云号立马灵动耀眼起来。这个东西不仅好看，还能日夜不停地发电，最关键的一点是：安静！我超喜欢！

（7）完善海水淡化系统。此系统是船长花2万元人民币按甲板长凳下的空间尺寸特别订制的一套系统。该系统有3个出水口，分别进入前后水箱和直接灌入饮用水的水桶，确保饮用水新鲜卫生。

历时一年的帆船技改工程终于结束了，除了风力发电机的红灯笼在船体上可见外，其余设备全部隐藏在暗处。归根结底，是骡子是马还需要拉出去遛遛，才能全面检测技改工程的效果。

注：航海几年后，船长对海水淡化器和发电设备有了新的看法。以下是船长发在"我要航海网"上的帖子：

A. 怎样看待海水淡化器？

我们的生活不能须臾离开淡水，即使你在海上航行，也是如此，且没有替代品。每个人都知道航海最怕没有淡水。帆船远航应该怎样解决这个问题呢？

我买帆船的目的是扬帆远航开启海上生活。按照一般想法，海水淡化器是优先解决项目。由于资金限制，我们把目光集中在国内淡化器厂家。为了尽量少占用帆船空间，我们要求厂家按照既定有限尺寸定制。巴伐利亚41尺帆船，在驾驶乘坐区有两个大的储藏箱。定制淡化器放在里面，是最好的安排。厂家按照我的要求，删繁就简，真的按照定制，把淡化器放到里面了。

最精简的淡化器是先由低压泵提海水进入初级过滤，过滤后的海水进入高压泵。高压泵加压打进海水过滤膜，通过海水过滤膜分离出淡水。其间由低压管道和高压管道连接，再加上一个简单的电控部分就能用了。

海水淡化消耗能源很多，所以世界范围海水淡化供水都是比较昂贵的。我安装的淡化器最少要2000瓦功耗。这个功率的淡化器已经是最小的了，即使这个功率，也需要开启发电机解决，基本上可以认为是柴油换淡水。再加上帆船携带物资有限，柴油也是很珍贵的。淡化器只能作为应急使用，不能提供日常供水。大家都看了林静的航海帖子，开启海水淡化器洗澡，都是作为航海大事记录的。而且，由于海水过滤膜寿命限制，每年都要更换，实际使用成本就更高了。

此外，我国近海的海水质量很差。按照我的估计能达到海水淡化要求的海水，至少在离岸 20 海里以外，海水干净些的海南岛也在七八海里之外。只有南海岛礁附近海水才能日常使用。

我船上有两个淡水箱，能携带 350 升水，再加上携带四桶 13 升的桶装水。在节水的情况下，两个人可以坚持一个月。8 个人一个星期，也行。所以丹云号安装的淡化器就没用几次。

那么，怎么解决远航的淡水呢？其实最有效就靠两条：一是节水，二是雨水。节水主要是不洗澡，雨水靠雨水收集器。如果有人能发明一种帆船用的雨水收集器，则对远航将有很大帮助。

B. 帆船用电的探索和思考

我在丹云号的用电问题上费了很大劲。在此和帆友分享经验教训。

先说帆船上都有什么用电设备。丹云号出厂配置的用电设备有通信导航、自动舵：给排水、微波炉、冰箱、照明、音响。我自己先后增加的设备有 AIS 发射、手机充电、潜水气泵、电磁炉、电水壶、电饭煲、电搅、强光手电、空调、海水淡化器等。

再说帆船上的供电设备。丹云号出厂配置有 3 组德国电瓶，服务电瓶 3 块，侧推电瓶 1 块，启动电瓶 1 块，总容量 500 安时。电瓶由发动机上的充电机和岸电充电。船停靠游艇会就有 220V 供电，出航和锚泊没有 220V 供电。

刚买船的时候，总是想着远航和长时间在船上生活。比照航海前辈和外国帆友的配置，自己装了太阳能发电系统、风力发电机和柴油发电机，希望这样能保证船上 12V 和 220V 供电。但是经过 5 年 1 万海里的帆船生活，觉得想法太简单了，也不符合实际需要，既增加了成本，又降低了可靠性和实用性。总结下来，我认为，如果不是跨大洋，两次油料补给间隔在半个月之内，没有必要安装太阳能发电系统和风力发电机。因为半个月中，每天开两个小时发动机就能保证基本用电。而每次丹云号航行时候，携带的油料总量能开 150 小时的发动机。

太阳能发电系统。由于帆船面积有限，又要留足升降帆操作空间，太阳能板不好安装。丹云号的 600 瓦太阳能板是安装在驾驶区篷布上面，用胶水加小螺丝固定在篷布上的，还是比较结实的。由于安装了太阳能板，篷布就难以收放。还好，在 50 节的顺风情况下，也没有被刮坏。太阳能板的问题在于很难保养，电线接头很多，航海环境很容易锈蚀。太阳能板板面透光率也越来越差，最后导致发电量越来越少，只能拆除了事。

风力发电机。还是因为帆船形状和操作空间问题，一般把风电机放在船尾。安装时要在船尾装支架，破坏帆船外观，而且开船的时候噪音很大。所以，我把风力发电机安装在船头，在前帆之前。可是实际上要在 8 级风情况下，风力发电机才有足够的电发出来。8 级风，就是 25 节风以上。这样的风，对于休闲航海来说就不是很舒服的。一般都不选择这样的时间出航。对于我来说，风电机的必要性大大下降。后来，航海大咖翁以煊来访，看到我在船头装风电机不以为然。他说，如果大浪大风打歪风电机，就会卡住前帆收放。我也觉得有潜在危险，就将它拆掉了。

购买丹云号的时候，由于价格的原因我没有选配发电机。后来想到长航，安装海水净化器。这个海水净化器可是用电大户，主要是里面的高压水泵耗电，功率 2000 多瓦。当时孤陋寡闻，没有别的选项只能上发电机。考虑供油问题，就选了 3000 瓦的柴油发电机。而实际上，帆船专用发电机都是海水冷却。我买的是普通风冷发电机，只是在排气管里面引进海水冷却。发电机使用起来没有什么问题，可以带动海水淡化器和潜水气泵。但是由于在发动机舱里安装，开动起来，整个船舱噪音很大，夏天的时候热量也非常大。因此，只能应急的时候开动，不能作为日常供电来源。后来，有新的选择的时候，还是将它拆掉了。

新的思路是从房车而来的。玩房车的人，也不喜欢发电机。他们通过加大电瓶和逆变器解决了日常用电问题。2019 年丹云号电瓶慢慢地老化，需要更换了。我正好趁此机会，改变思路。我总共装了 7 个 100 安时的电瓶，其中服务电瓶 5 个，启动电瓶 1 个，侧推电瓶 1 个。后来，我又装了一个较好的逆变器，终于解决了长期困扰我的供电问题。这样即使在航行中，使用上述用电设备（海水淡化器已经拆除）都没问题。航行中很重要的烧水、做饭变得很方便。

2021 年 2 月海上发动机故障的时候，由于无法充电，原来安装的电瓶过度放电报废。丹云号又重新换了锂电池。新安装了 250 安时 ×2 两个服务电瓶和 1 个 100 安时启动电瓶。目前这些电瓶使用状态很好。

13

万山群岛小长航

2016 年 12 月 22 日，天气晴朗。今天我们准备帆游万山群岛，航程计划为 5 天。我们想利用这次长航时间全面检验一下丹云号在技改之后的功能，当然，最主要的是满足船长的帆船瘾。

万山群岛，原指万山列岛，范围几经变化，一度为零丁洋外 100 余岛的总称，现指珠江口东部的青洲水道、大西水道以东、香港大屿山（大濠岛）、浦台群岛以南岛礁，包括佳蓬列岛、担杆列岛、三门列岛、蜘蛛列岛、隘洲列岛、万山列岛和外伶仃岛、桂山岛等大小 76 个岛，是我国仅次于舟山群岛的第二大群岛。群岛间航道纵横交错，是广州、深圳、珠海、香港进港船舶的必经之地，自古就有"万山要塞"之称。

头天中午，我们与深圳原单位的几个老同事聚餐结束就直奔东部湾。到了游艇会，老公习惯性地拿起鱼叉向浮桥走去。他回来时就有了大小 5 条鱼，我把它们收拾好放进冰箱冷冻室。

早上 8 点，丹云号起航了。待主帆和前帆升起，我打开船上音响，当听到夫妻档磊落组合的专辑《大地上的美好》时，我向船长讲述《行走的马赛人》这首曲子诞生的经过。我们去过马塞马拉大草原，对曲中描述的场景很熟悉，有共鸣。我们连续听了好几遍，它把我们的思绪带回到了非洲的大草原上……

过了大鹏半岛，风向平稳，阳光明媚，我搬出船长新买的可折叠的懒人椅，放好试坐。哇！丹云号的头等舱，坐上去舒适度与幸福感齐升，很棒！我享受了一会儿，又让给船长试试，并给他冲了杯咖啡。谁想刚喝完咖啡，他就躺在沙发椅子上，睡着了。

还不到傍晚 6 点，太阳就带着温暖与光明急匆匆地赶着下班，躲进了远方的海平面下。丹云号继续航行，晚上 7 点，我们第三次来到香港南丫岛的 sham 湾。也许是刮北风的缘故，船有些摇晃。

12 月 23 号，天气阴。我和船长用球帆吊索把橡皮艇从前甲板上放入海面，再把它拴在了船尾。为了方便多多上厕所，我们第一次开橡皮艇冲滩。多多的脚一落地，就沿着沙滩撒欢儿地来回奔跑，时不时地还跑回我身边献媚，表达它的感激和开心之情。陆地动物对大地就是亲！看着它开心，我们俩更开心，鞋子湿了算什么？（船长说到香港了，要穿正式点儿，非要穿袜子和旅游鞋）

回到丹云号吃了鱼粥，定好航线，我们起锚向 6 海里外的外伶仃岛出发。外伶仃岛属珠海小万山群岛概念中的一个岛，与香港隔海相望，晴天时整个港岛尽收眼底。岛上现有居民 300 余人。

到了计划锚地，我们傻眼了，石头围起来的小避风塘里挤挤挨挨地停满了小渔船，根本没有丹云号的容身之地，我们沿岸走了两个湾，还是找不到理想的锚地，于是我们放弃登岛计划改去东澳岛。

下午 2 点多，我们到达东澳湾口，湾有 1500 米长，进口的右边是依山而建的层层叠叠的渔村，居民有 400 余人；左边是山，山下有个天王庙，山上玉带环腰的山路不知通向何方。当丹云号缓慢驶入湾里时，渔村一条街上的所有人都对着我们的帆船拍照，我们开橡皮艇上岸后，好奇的人们围着我们问这问那。

我们从村街的最里面往湾口走，街上有酒店、餐馆、KTV、钓鱼用品店、往返珠海的客轮游客服务中心及岛上的行政管理机构。街头有生猛海鲜挡，游客买了可以到任一餐馆加工，海鲜的价格比我们霞涌贵。

过了东澳灯桩，我们沿着石景长廊漫步。山上有清朝留下的铳城残墙、海关及烽火台等遗址。

东澳岛还有一幅摩崖石刻"万海平波"，刻于清代嘉庆丙辰年（1796 年）。其时，大海盗张保仔（招降后改名张宝）统领"五色帮"部众 4 万人，打着"反清灭洋""劫富济贫"的旗号，称雄于南海海上。丙辰年是嘉庆元年，正是张保仔势力的高峰期，他们踞大屿山为据点，出入于珠江口而无敌，占东澳岛刻下此"万海平波"。

清朝铳城遗址

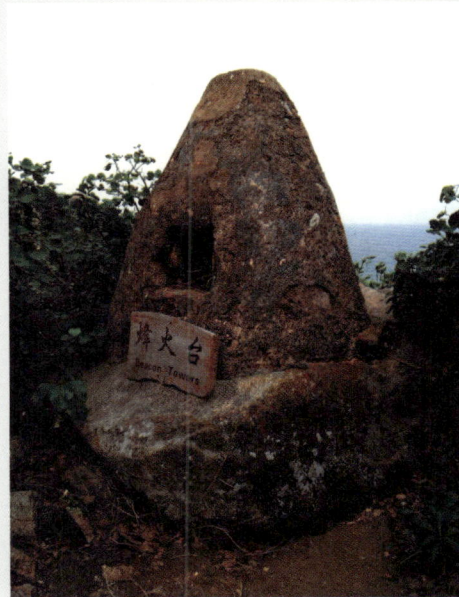

烽火台

吃完饭，我们准备乘橡皮艇回丹云号时，一名餐厅女服务员主动走过来帮我们拉绳子，还问：你们是划这个来的吗？从哪里来的？划了几天？好厉害哦！

晚上 7 点左右，听到舱外有人说话，我出来隐约看见两个人开着渔船靠近丹云号。他们问："今晚你们在这里过夜吗？"我回答："是。"他们又说："今天夜里会有 7 级以上大风，这里是风口，涌浪很大，人会很难受的，建议你们把船开到 3 海里外的大竹湾去。"说完他们就走了。船长马上查看风图，确认有大风，立即收好小艇起锚奔向大竹湾。大竹湾里海面风平浪静，山上建筑物灯火辉煌。百度后得知那是格力集团投资几个亿建造的会议旅游度假地。

到了夜里，狂风大作，导航仪上显示阵风 28 节，舱外甲板上各种声音传来，仿佛是做出来的音响效果，庆幸丹云号摇晃并不厉害。真感谢那两位没看清面孔的好心人！

12 月 24 号，还是阴天，风依然强劲地刮着，既然我们不能登岛，就安心在船上做饭。航海人饮食都无规律，条件允许就赶紧做点儿好菜好饭，有大浪时就喝凉水吃饼干水果。上午 10:30，我们美美地吃了顿饱饭，然后商量去哪里。船长说：万山岛在南边靠近外海，风浪更大不能去了，我们往北走逃离风带。说走就走，刚过中午我们就到了桂山岛。

桂山岛，原名垃圾尾岛，是珠海市著名旅游岛屿之一。它是桂山镇政府所在地，地处香港、深圳、澳门和珠海陆地之间，北距香港大屿山仅 3 海里，现有居民逾 8000 人。沿海街道旁有两排挂果的椰子树，很美！

桂山岛是我国海军首次登陆作战的战场。1950 年 5 月 25 日，解放军"桂山号"等军舰向岛上国民党残敌发动进攻。战斗中，中弹起火的"桂山号"在垃圾尾岛的吊藤湾抢滩登陆，强占阵地，与国民党陆战团展开生死搏斗，终因敌我力量悬殊，"桂山号"上我军大部分官兵壮烈牺牲。为纪念"桂山号"的英雄们，1954 年，垃圾尾岛更名为桂山岛，并于 1963 年修建了桂山舰烈士陵园。

丹云号驶进了一个很大的渔港。左边是一大片养殖箱，中间是一串串的渔船，右边有军舰、公安艇、渔政船以及往返珠海的游轮码头。渔民见到丹云号很惊奇，而且很友善地喊着：欢迎你们。我们找了个宽敞的地方下了锚。附近船上的人大声地和船长拉着话。

我带上多多乘橡皮艇上了岸，多多显然是最受欢迎的外来客，路上的土狗和孩子们都要和多多打招呼，还跟着多多跑。但跟着多多的并非都是善者。我们在桂山岛渔港防波堤上散步时，有一只大鹰盘旋在多多的上空，降低飞行高度围着多多转圈。好在船长警觉性高，识破了大鹰的企图，快步向多多跑去，赶走了大鹰，否则多多就成为鹰的战利品了。

桂山岛

来到商业街，看到了一家福建云吞店，店门口一对小夫妻正温馨地一起包着饺子。此时，我想起知名航海人魏军大哥对我说过的一句话：帆航的最佳搭档是夫妻。我心头一暖就坐了下来，叫了两碗馄饨。

半夜 12 点左右，忽然听见船长叫我，我穿上外衣跑出舱。此刻的场景让我冷汗直冒：港湾里刮起大风，丹云号走锚了，已经掉进了渔船、渔排的包围圈。

此时，阵风 29 节，船长在船头起锚我操舵，锚却拉不上来，似乎挂上水里的什么东西了。我又跑到船头，听船长指示慢慢下锚，他操舵。也许是我心急遥控器按得太快了，锚链哗啦啦地全部掉落海中。

丹云号被大风吹得乱转，船体已经和渔排握手了。我无能为力，只能冲着船长大喊大叫。船长再次和我换了岗位，在狭小的空间里，第一次觉得操舵这么难，速度慢了没舵效，速度快了要撞船，加上 7 级大风捣乱，更是难上加难！

最后，船长用手拉起锚链挂在锚机上，再慢慢按遥控器，又用鱼叉挑下勾到的渔排锚绳，丹云号终于脱离危险被解救了出来。

我们重新选址下锚，又继续观察了一会儿导航仪，确认锚住了才回舱。俩人忙了一个多小时，惊心动魄，可谓平安夜里不平安啊！

12 月 25 号，阴。帆船上水箱里的水用干了，饮用水还有 3 大桶，避风塘里的水质很差不能制作淡水。

上午 9 点钟，来了一条小渔船，船上有两个人来收每天 30 元的垃圾费。我顺便问哪里可以加淡水，其中一人说：就在你们昨天开小艇上岸的地方。天哪！这里的人谁都知道我们来了。那人说的地方是一堵墙样的堤坝，堤坝上有条水管，下面都是礁石，难度太大没去加水。

广州海岸台频道反复播报台风消息，风图显示：26 日晚上南海东北部海面将有 28 节左右大风。船长决定：今晚启程返航，顺便练练夜航。然后，我们带上洗澡用品及干净衣服上岛闲逛。

虽然此地与香港只有 3 海里的距离，但恍若世外桃源，感受不到一丝城市里那圣诞节浓浓的商业氛围，难得的清净。下午 4 点，我们就近找个宾馆开了钟点房洗澡，在岛上吃了饭，返回丹云号，5 点半起锚离开渔港。

丹云号绕过桂山岛，在岛屿之间向东北方向行驶。这时，海面的风更大了，海浪堆积如山。帆船顶风顶浪顶流前进，发动机已经开到 2000 转，可丹云号不进还退，且漂移速度很快。船长加大马力向前冲，过了山口到了宽阔水域，船长首次启用按航线自动导航行驶功能，即自动舵会沿着设定的航线走，自动变换方向，离航线左右偏差不超过 5 米。这样人就轻松了许多，观察海面上的灯光成为眼下的主要工作。

海面上的各种灯光包围着丹云号，凭肉眼很难判断灯光的距离，只能从看到灯光的颜色（绿、红、白）来甄别其他船只的移动方向，最怕的是见到那些弱弱的小亮点。

我把懒人椅打开放平靠在舱门边，拿了睡袋钻进去和衣而睡，头等舱直接升级为软卧。越走风越小，越睡越舒服。这一夜我最多值班一小时，夫妻档优势显现，船长，你辛苦了！

待我睁开双眼时，天已放亮，丹云号已驶入大亚湾。我慷慨地对船长说：你睡觉吧，我来！

大亚湾真好！碧海、蓝天、白云。风力有时不到一节，静静的海面仿佛盖了一层绸缎，平滑。

12 月 26 号，早上 8 点半，我们完成 70 余海里的夜航，回到东部湾，万山群岛5 日游结束。我们正在茁壮成长。

14
二零一七年元旦假期

不知不觉中，2017 年迈着轻盈的脚步来了。

新年伊始，丹云号和它的团队以骄阳般的热度，从 2016 年 12 月 31 日至 2017 年元月 3 日，连续 4 天，迎来送往，在帆船上与家人及朋友们度过了愉悦难忘的元旦假期。

来的第一批客人，是一对正在热恋的情侣。男方是阳光、上进的飞行员小周，女方是广外毕业的某中行国际部客户经理阿婷。我是他们俩的红娘，衷心祝愿有情人终成眷属（他们已喜结连理，并于 2019 年 9 月有了一个宝贝儿子）。

来的第二批客人，是船长的家人。1988 年，船长独自南下深圳求职，在自己的工作稳定后，陆续帮他的弟弟妹妹在深圳找到了工作，随后他父母的户口也迁到了深圳，全家人皆为深圳人。此后，每逢节假日，一家人都要相聚在一起，或吃饭或出去旅游。自从有了丹云号帆船之后，每年的元旦，船长一家都会聚集在丹云号上，一起扬帆出海，祈福家人在新的一年里一帆风顺。

船长的老母亲今年 85 岁了，身体依然硬朗。船长的侄女刚好从加拿大回来探亲，为本次团聚增添了几分喜气。但这次全家福中少了 3 个孩子，船长的外甥回北方奶奶家了，我们的儿子和媳妇正在瑞士度假。

来的第三批客人，是我的闺蜜晓杰、阿萍和阿霞以及她们的家属。1989 年，我刚到深圳某银行工作时就认识了阿萍和阿霞，我们 3 人同在一个支行。稍后，晓杰加

船长母亲和妹妹

闺蜜

老友们

入我们之中。4人中我年龄最大，她们习惯称我老大。共同的性格和爱好把我们拴在了一起。我们经常一起出去旅游，一起运动，一起K歌，一起喝酒，也一起进步、成长、升职。我们经常在一起说着姐妹间的悄悄话，一起消耗彼此的青春。我们之间有太多的故事，我们谨慎而浓烈地互爱着，因为从对方的身上能看到自己。

我们4个人生的都是儿子，还都是烘焙迷。我们曾经相约退休后开个"奶奶的饼屋"，继续消耗彼此的余生，阿萍甚至把每个人的工作岗位都做了安排。

中午，我做东在游艇会山坡上的结庐海鲜酒家请友人们吃饭，在房间的阳台上可以看到大海。我们4姐妹的酒量已大不如从前，倒是船长和阿霞的老公推杯换盏，喝得挺欢。

下午照例出海，帆船在湾里转了一圈。回到码头，友人们都没闲着，学开橡皮艇、钓鱼、摸青口。船长表现尤为突出，主动要求下海为我的闺蜜们摸青口。

吃完鲜美的青口，晚霞也已经褪去，姐妹们带着满满的欢喜离去了，愿我们的闺蜜之情地久天长。

来的第四批客人，是船长的3位老朋友刘大哥、朱二哥、李律师及他们的夫人。20年的情谊成了哥们，哥们的太太成了姐妹。他们每户带来自己的看家菜以减轻我做饭的工作量。今天放假不养生，放纵自己，大块吃肉，大杯喝酒。人生难得几回醉，其实最后都没醉！

因担心晕船，我虽多次邀请，刘大嫂和朱二嫂一直不敢来丹云号。在我保证她们不会晕船，而且可以不出海的再次邀请下，两位嫂子这才鼓足勇气来了。当她们目睹丹云号并出海体验后，感觉良好，都说超出想象。临走时她们还兴奋地计划着下次来丹云号聚会时该如何准备，而且当天就把我们姐妹微信群名更改为"帆船之恋"。

在元旦4天的假期中，四批到访丹云号的客人，各个开心而来，尽兴而归。丹云号帆船俨然已成为快乐驿站了。

15

再访大青针岛

2017 年 2 月 16 日，天气晴朗，微风。

轰轰烈烈的中国年过完了，从家乡带回来的年货也吃得七七八八了，年味儿慢慢褪去，牵挂亲人的心犹在。所有人又回到了各自的生活轨道中，丹云号又将开启新的航海季。

在 9 个月前，我曾写下一篇航海日志，记录的是丹云号首次长航计划去大青针岛也叫"针头岩"。途中，因风浪太大，错过了一步之遥的大青针岛而被迫返航。今天，船长决定再次帆游大青针岛，一定要目睹它的真容。

早上 8 点，丹云号起航，风速 5 节，风向飘忽不定，升起的前帆和主帆借不到多少风力，船速很慢。我们计划晚上在平海湾抛锚休息，航行距离为 25 海里。

船长启动了按航线自动驾驶的程序，丹云号任劳任怨地默默前行。我们开始各自寻找舒适的位置，下手最快的是多多。它首先跳上头等舱霸占了我的位置，我却霸占了船长新买的经济舱——一张轻型懒人椅，而最辛苦的船长仍是享受他的硬座待遇。

我慵懒地躺在椅中，望着湛蓝的天空，让每个细胞开始放松打开。心，已经冲出躯体，自由自在地随白云起舞飞翔。我深深地吸了口最纯净的空气，想把在北方过年时吸入肺里的雾霾统统置换出来。

在不知不觉中，帆船到达了目的地平海湾，看了一下手机，是 12 点 23 分，面对上次用了近 10 个小时到达的地方，我与船长相视大笑。呵呵！用了那么长时间我们是怎么做到的呢？

船长说，时间还早，先到小星山钓鱼去。于是，帆船驶向小星山方向。

这里水深不便下锚，关闭发动机让帆船随意漂移。船长开始不厌其烦地试用各钟海钓用的假鱼饵钓鱼。换上一个在海里划拉几下又换一个新的，不知是船长的耐心不够还是鱼儿们都在午休，反正没钓到一条鱼。尽管如此，船长依然认真地说：大青针一定有大鱼，我钓到大鱼后你要配合我。这时，他拿出在游艇会叉鱼的钢叉、抄网和棒球棍摆在甲板上，开始对我进行培训，教我这几种东西的使用方法，如怎样先用抄网捞起，然后再用棒球棍把大鱼打懵，等等，我对钓鱼不感兴趣，心不在焉地哼哈着。

次日，天还未亮，大约 6 点钟左右，船长说：你继续睡吧，不用起来，还有 20多海里，帆船很慢，咱们笨鸟先飞。于是，他开机起锚，丹云号驶向大青针。

我躺了一会儿也起来了。在赶往大青针的途中，不时有钓鱼快艇超过我们，勤劳的人真不少啊！

这时，我隐约看见方圆几十里的海中间立着一块大岩石，很神奇，那就是隶属于惠州市惠东县的大青针岛。岛最高点海拔 41 米。史料记载当年郑和七下西洋有 6 次经过此地。

走近方知，三块岩石构成了大青针岛。只见海面上几十条各类小渔船、钓鱼艇铺满海面，都围着海中间的大石头转圈，离大青针岩石稍远的地方还有几条大渔船拖着渔网在捕鱼，场面热闹而拥挤。每条船后面都拖着两三条几十米长的尾巴，这是专门用来拖钓烟仔（吞拿鱼）和马鲛的鱼钩。他们将钓到的烟仔放血后用绳子绑住鱼尾巴头朝下挂在船的两侧，荡来荡去。此地有丰富的渔场，是海钓者的天堂，深圳、香港、惠州、汕尾等地的海钓爱好者都喜欢来这里钓鱼。

我学着其他渔船的样子加入绕岛的队伍中。当深陷其中时，我才发现庞大而笨重的丹云号不仅没有优势，还时时处于危险之中。那些灵巧的小渔船在海面上任性地跑着，我真担心他们的尾巴搅入丹云号的螺旋桨。我紧张得直冒冷汗，赶紧杀出一条血路冲出了包围圈，远离那个队伍。

船长开始安心钓鱼。到了中午还是没钓到鱼，我学的功夫也没派上用场。没关系，艺不压身，会用上的。

因为第二天丹云号要接待客人，中午 12 点半，我们离开大青针岛。虽是无功而返，但我没有丝毫不爽，因我们的目的并不是钓鱼，而是去目睹针头岩的真容。

晴空万里无云，航行百里无风。此刻，偌大的海面上只有丹云号，还有船上的一男一女一狗。在这片区域里，没有尔虞我诈，没有暴力和战争，我们和睦相处，资源共享，水乳交融达到极致。

大青针岛

16
大年之后的第一批客人

2017年2月18号，上午11点，丹云号迎来了年后的第一批客人——深圳的二姐及她的女儿玲玲、女婿小华、外孙女涵涵。

小华一到码头便换上泳裤下海游泳、摸青口，玲玲跟着他拍小视频。涵涵特别喜欢我们家的小狗多多，她正和多多滚作一团。二姐则忙着四处拍照。

船长也真争气，现场叉了两条泥猛鱼。二姐说：不是我亲眼所见，还真不敢相信能用钢叉叉到这么大的鱼。

所有人都在开心地忙着，以至于我做好的船餐无人问津，喊了N遍大家才回到船上吃中饭。

整个下午，丹云号带着大伙徜徉在大亚湾平静的海面上。我的二姐是1991年来深圳工作的，她是一名小学数学老师。

玲玲年长我儿子两岁，两人一起长大，感情甚好，两人都在深圳从事金融业。小华毕业于清华大学工程物理系，学的是核工程与核技术专业。80后的小华曾经服务于中核集团某核电站，他专业知识扎实，业务能力强，在单位里出类拔萃，不但考取了民用核设施核反应堆高级操作员执照，还考取了高级工程师。他发表的专业论文多次获奖。去年年底，小华回到深圳发展，与校友合伙注册了一家新能源科技公司，听说就在昨天，南方某大型核电站有一个数月未解决的技术难题，他仅用了一个下午就解决了，不得不为他点赞！

回到码头后，我把小华抓的青口洗干净煮熟，配好芥末酱油，端出舱，眨眼工夫，大伙就消灭了一锅青口。晚饭后，客人们到东部湾的度假公寓休息。

　　第二天早上，我特意用船长叉的鱼加了几条虾煮了一锅海鲜粥给客人们品尝，大家公认：野生新鲜的海鱼煲粥，味道就是不同。

　　因涵涵下午还要上舞蹈课，上午 10 点钟，我们分别各回各家。

17
去南海油田

2017 年 4 月 5 日。

自从有了丹云号，我们认识与海打交道的人越来越多，他们之中有玩游艇的，有玩帆船的，也有专门玩海钓的。与他们交谈时，经常听到两个字——"南油"。"南油"是我国南海油田的简称，位于南中国海，东至台湾海峡，南至东沙群岛，西至琼州海峡。据说每到夜晚，海里的各种鱼类会被钻井平台的灯光所吸引，大量的鱼儿聚集在钻井平台下方。因此，那里就有了"钓鱼胜地"之称，能去那里钓鱼是钓迷们的荣耀与梦想。去过的人每次谈起南油，语气中总会透着骄傲与自豪。悄悄地，有一颗种子在船长心里生根发芽，那就是去南油看看。

前几天，船长在我耳边唠叨说：我看了天气预报，这一周的风向非常适合去南油，去和回都是侧风，全程都可以帆航。我说：去也可以，但要等我周三上完舞蹈课再出发。最后双方达成共识，决定周三晚上起航去南油。

周三下午，我们带上多多，还有一大堆长航物资，开车来到游艇会，开始了起航前的准备工作。此时，船长收到飞行员小周的微信留言，他正好有空，也想和我们同行，要我们等他。

舱外，我看到旁边浮桥上新来的一条钓鱼艇，也有人来来回回地往船上搬东西。一打听得知，他们的船明天上午也要去南油，一共 10 人，全是来自山东和浙江等地的客人。船东向每人收取 4500 元的上船费，鱼竿鱼饵费用另外计算，一条小活鱿鱼要 10 块钱。如此高规格的海钓，不懂钓鱼的人听了真会惊讶，看来南油的名气的确很大。

晚上 6:30，吃了晚饭，收拾妥当，解缆绳起航。我们这次计划去南油 HZ19—2 号钻井平台，在合正东部湾的正南方，直线距离 87 海里。

船上有小周在，我就轻松了。升了主帆和前帆后，我便躺在可折叠的懒人椅里，打开手机微信读书，继续阅读。海面风速 10 节左右，侧风，船速 5 节左右，丹云号非常平稳，船长启动了按航线自动驾驶模式。

晚上 9 点多，我进舱躺在床上准备休息。没过多久，状况来了，我感觉有些头痛、恶心，便赶紧出舱，趴在船尾板的钢丝绳上。自认为已是铁娘子的我，在无风无浪的时刻莫名其妙地晕船了，不想说话，甚至不愿意听他们说话。我不敢再回舱里，就在甲板的长凳子上躺了一夜。

晚上没有星星，没有月亮，海面上安静极了，船上所有喘气的都打着呼呼。只有当小闹钟每隔半小时响一次时，船长才起身，观察一下船的前方及周围，然后继续睡觉。

第二天早上，我继续晕船呕吐，直到吐尽胆汁。我边吐边从牙缝里挤出几个字：我再也不出海了。

船长一边安抚我，一边用他的航海座右铭"不经历风雨怎能见彩虹"来鼓励我。因我晕船不敢进舱做饭，本来就不规律的船上生活更乱了套。好在出发前我蒸了花卷，并做了几个肉菜和腌酸辣黄瓜等小菜，两个大男人轮流进舱做饭洗碗。嘿！没想到晕船还有这等好处，以后不想进舱做饭是不是就可以用晕船这招儿呢？

傍晚，经过近 22 个小时的长途颠簸，丹云号终于与 HZ19—2 钻井平台在海中相遇。

当看到海面上远远近近 10 多个变形金刚似的庞然大物，我的精神好了许多，大家都有点儿兴奋，举着相机和手机拍照，工人们也站在高高的钻井平台上俯视丹云号和我们这几个不速之客。

此处的水深达 100 米，丹云号无法抛锚，而且有高高的桅杆，也不能用缆绳把船拴在井桩上。船长先将鱼钩垂入海中确定洋流的方向，再把丹云号驶向洋流的上方，然后关掉发动机，任凭帆船自由漂移。当船漂远了，再启动发动机将船开回来。

吃过晚饭，船长和小周开始钓鱼。船长是个叉鱼能手，算不上钓鱼爱好者，有几

南油钻井平台

根不专业的鱼竿，其中只有一根适合此处钓大鱼的鱼竿。天还没黑，这边就开张了。运气不错，船长首先钓到一条 3 尺长的海鳗，这条海鳗大大鼓舞了船员们的士气，船长摩拳擦掌准备大干一夜，目标是 20 斤以上的大鱼，选了条大假饵挂在鱼线上静等有缘鱼的到来。

几次鱼咬钩却又都成功逃脱，最后，终于有个大家伙上钩了，两个男人齐心协力轮流摇着渔轮，来来回回像拔河一样拉扯着，鱼竿弯得成了半圆，每摇一下都仿佛用尽洪荒之力。最终，大鱼还是逃脱了，渔轮也坏了，船长傻了。战士没有武器焉能擒敌？

　　第三天黎明时分，我们恋恋不舍地离开HZ19—2号钻井平台，原路返回。

　　当手机有了信号，我用手机与正在出差的儿子说起此事时，他当即表态要赞助老爸一个电动渔轮（电揽）。

　　南油啊南油，我见到了你井架铺满海面的壮观，见到了你午夜里的辉煌，也见到了井架上工作者的寂寞。此刻，我感觉自己是幸福的。为了获得大海上的那份自由和情趣，为了那未知的海、未知的远方，小小的晕船又算得了什么呢？玩帆航的人谁没经历过狂风暴雨？谁没经历过饥饿寒冷？谁每天能洗澡按时睡觉？谁不是越帆越勇，终究摔摔打打百炼成钢！

　　回来的路上，我恢复了常态，但仍享受着饭来张口的待遇，船长就怕我头疼尤其是怕我头疼时从牙缝里挤出的那句话。

　　整整一天没有出现船长说的侧风，微风只有2节且顺风，茫茫的海面如绸缎般丝滑，很想扯过来盖在身上。海水的颜色让我回想起儿时用过的深蓝色瓶装钢笔水，丹云号就像泡在望不到边的装满钢笔水的大池子里，好担心它被染上颜色洗不掉。阳光暖暖地与人亲热着，令人昏昏欲睡。

绸缎般的海面

船长将懒人椅搬到舱门口，铺平躺下，闭着眼睛听着收音机，好享受！此时此刻，他打开了尘封近半个世纪的记忆，向我们讲述年轻时的梦想与追求。40 多年前，船长随着知识青年下乡插队当了农民。回想起在东北农村的劳动时光，最幸福的就是赶牛车了。他在牛背上挂个半导体收音机，听样板戏。他说老马识途，老牛也能自己回家，船长当年躺在摇摇晃晃的牛车上，望着天空，任由老牛不紧不慢地走。为了得到这份幸福，他勤学苦练赶牛车的技术，出工又出力，以获得生产队队长的信任，能经常接到赶牛车的活。他苦苦地奋斗一辈子，今天才找回自己想要的幸福感。帆船等于牛车？船长啊船长，你这点追求不如直接买头牛算了，何须买帆船？真是浪费了毕生的经历与钱财。

　　凌晨 3 点，丹云号顺利抵达东部湾港。

18
扬帆下海南

借助 2017 年春天最后的一次东北风,丹云号于 4 月 27 号下午 1 点半起航,我们这一回的航行目标是环海南岛及沿岸岛屿。

为了此次长航,我们做足了准备:一是为丹云号清理船底,刷防蚝漆;二是收集沿岸锚地坐标,研究天气与风向变化,检查船体各设备状况;三是做好后勤保障工作,蒸了 20 个不同馅料、营养丰富的航海大包子,10 个大馒头,以及卤猪脚、烧排骨、肉丁蒜蓉炸黄豆酱、辣椒丝炒襄樊大头菜。备足了米、油、面条、水果、蔬菜、饼干、牛奶、八宝粥、各种坚果、啤酒、白酒、红酒、白兰地、威士忌、伏特加,还准备了大小三个煤气罐(20 千克液化气)以及常用药等。我把能拆的包装盒及塑料袋子统统拆了,以减少船上的垃圾。为了节省淡水,我一咬牙一跺脚剪掉了自己的长头发。

今天真是难得的好风啊!玩帆航,风是最重要的因素。今天大亚湾里风速 15 节左右,右后侧风,帆行速度平均在 7 节以上,偶尔见 9 节。刚出三门岛,我担心的晕船反应还是如期而至,呕吐后我钻进睡袋,躺在放平了的头等舱中闭目休息,整个晚上咬着牙坚持着。心想,精心策划的海南航行计划不能因我断送。老天爷真是捉弄人,偏偏让晕船的人跟船拴在一块儿。既然命运安排如此,接纳便是,没啥了不起的。航海,说不清有股什么魔力会让人上瘾,让我欲罢不能。

第二天醒来,头痛缓解。风速一直在 25 节左右,阵风达 30 节,浪高超过两米,丹云号真是撒着欢儿跑,在无机械动力的情况下,最高船速居然达到 11.7 节,这是丹云号史上的最好成绩。我们的帆船、船长、多多都很棒，只有我不太争气。海浪时不时地拍到甲板上，等海水晒干后，我们的睡袋、衣服、凳子上会留下一层白白的盐颗粒。不知晕船为何物的船长一直处于亢奋中，说着夜航的神秘与享受。自从见到我们共同崇拜的航海英雄翁以煊之后，他整个人就像打了鸡血似的。是的，没错！就在13 天前，在老公的邀请下，单人航海英雄翁以煊登上了我们的丹云号。性格相似、航海理念相同的两位船长一见如故，有聊不完的话。不过，此刻船长情绪高涨得并不离谱，仍懂得做自我批评。他说：这次航行我的重点是放在最大化的省钱模式上，而忽视了舒适模式，在航海的过程中，人要舒服而不是难受，我要改方案。于是，船长把第一个航行目的地文昌钻井平台更改为下川岛。

25 小时后，我们航行了 159 海里，全程开发动机行驶不足 1 小时，风帆带着丹云号飘到了广东省台山市下川岛王府洲旅游区。船长从前甲板上放下橡皮艇，我们带着多多上岸吃了一顿海鲜大餐，然后漫步沙滩接接地气，人像充了电一样马上有了精神。

29 号，我们睡到自然醒。今天东北风减弱，我们休闲航海行程随意，先在附近岛屿转转。中午，丹云号到了大澳湾，湾内有个渔村，还有 1 个海军基地。村里人都是一对夫妻一条船，靠打渔为生。当地人将夫妻档渔船称为"爱情船"。

我们坐上橡皮艇准备上岸，刚走一半，约 200 米，小艇没有了动力，昨天晚上忘了给电瓶充电，又没带划桨。正好遇到一条回港的渔船，我赶忙招手，待渔船靠近明白情况后，"爱情船"上的夫妻俩二话不说，把我们拖回丹云号取手划双桨。本想给点钱或买点他们的海鲜作为答谢，可一回头，渔船已离去，我们只能心存感激，祈福好人一生平安。

在岛上吃了饭到处走了走，岛上的人朴实善良，好奇地向我们问着关于帆船的问题。

下午，回到丹云号，天色尚早，我们继续向前航行 8 海里，在对面涠洲岛的西南方抛了锚。我们下锚的地方不是湾，但比湾里更避风。此处没有人家，山边礁石上

战友

有两个带着帐篷的人正在钓鱼。

4月30日早上，船长发现一个帆扣被风撕裂了，决定补好再走。第一次补没经验，俩人用了1个多小时才补好。船长查看海图，15海里处有个东平县，定好航线起航。进了东平港，发现数百条大大小小的渔船乱七八糟地铺满不大的港池，我真的被震撼到了。突然间怜悯起生长在中国海域的鱼来，多少鱼儿情窦未开却很快生命不在。港池里长长的锚绳八爪鱼须似地伸入海中，十几条接人上岸的机动木船突突地冒着黑烟招摇而过，噪音和难闻的味道让我受不了。我们决定：撤！船长重新定位，目标选在离这里13海里处的阳江海陵岛的东角头。

大概下午4点多，丹云号在半圆形的沙滩外300米处下了锚。只见五彩缤纷的帐篷铺满沙滩，孩子们在沙滩上嬉戏奔跑。沙滩远处有一排海鲜大排档，停车场里停满了各色小车。

船长一个电话打给了他的战友老吴，说："老战友，我到了阳江海陵岛，我把位置发给你，你看看远不远？能否来见上一面？"电话那头说："我一定来，你先找个餐厅坐下，我请你们吃饭。"老吴是船长当兵时的战友，现任阳江某派出所所长，是名英雄警官，曾在与歹徒搏斗时身中五刀，公安部授予其二等功臣称号。我收拾好一大袋垃圾和一大袋脏衣服，放进了橡皮艇，多多明白，我们要上岸了，急得哼哼直叫，要我抱它上艇。上了岸，船长在一家叫"桃源渔村"的餐厅坐下喝茶，我拎着脏衣服去找地方洗。店家真好，在厨房门外接了3个水龙头供客人使用。我打开可折叠便携式旅游水盆洗起来，洗好的衣服放在干净的大塑料袋内，再放进水桶中，好家伙，满满一桶。

衣服洗好了，老吴也到了。战友情，兄弟情。俩人相见后的喜悦场景自不必说。

2017年5月1日，早上8点半，我们离开海陵岛驶向海口。直线距离是138海里。

因处于无风区，丹云号的帆行速度只有3节多，慢是慢点儿，但蓝天白云，不冷不热，感觉很舒服。

5个小时之后，急脾气的船长终于忍无可忍，开动了发动机，船速别三进四。丹云号渐渐远离陆地。从今天开始，全国海域进入休渔期，海面上干干净净，没有一条作业渔船。仿佛天地之间只有我们存在。帆船就是我们的家，我们带着家去旅行，坐在家里看世界的感觉，超爽！

丹云号的卖方——厦门慕恩海洋公司吴总非常关注我们此次长航，途中多次与船长联系并询问情况，并动用自己的人脉关系帮我们联系海口的游艇会，让我们倍感温暖。

经过 1 天半的航行，5 月 2 号下午，丹云号渐渐靠近了海南岛。海南岛的北部和西部水域沉积的淤泥较多，浅滩面积大。在海南岛东边 10 海里左右，丹云号通过水道驶入琼州海峡，远处的海口市区依稀可见。

琼州海峡为我国三大海峡之一，东西长 80 千米，最宽处 33.5 千米，最窄处 18 千米。冬夏两季海水流动受季风影响很大，冬季海水向西流，夏季海水向东流。离陆地还有 5 海里左右时，水深只有 5 米左右，在西部，因水深不够，给丹云号的停泊带来很多麻烦。

吴总为我们联系好的新埠岛游艇会，因航标灯入口处水深只有 2.8 米，船长不敢贸然行驶而放弃，最后转到了美源游艇会。

美源游艇会地处海口市区的海口湾，毗邻秀英港，属于城市中的游艇会，距海口市万绿园西门只有 1 千米，交通十分便利。得知年过花甲的船长只带着 1 名水手，而且是老太水手，驾驶大帆船从深圳来到海口时，游艇会的人无不惊叹与钦佩。80 后的李主任为我们提供了全方位的五星级服务：停泊费 VIP 价每天一尺 4 元，水费起步价 100 元任意用，提供充电宝，提供好吃好玩的位置图，每天提供天气预报信息等。我先交了 5 天的费用，一是想好好休息一下，见见船长的 3 个同窗好友，二是船长网购了 3 件东西要等货物到了才能离开。

夜幕降临的时候，港池内只有我们仨。港池里船少鱼多，鱼儿们每天早晚都举行跳高比赛，整个水面噼里啪啦响个不停。听说去年有一条渔船进来捕捞，三网捞了 7000 斤鱼。当天晚上，船长就钓到 1 条海狼鱼。我呢，喜欢在这里白天过着城市人的生活，可以游览、购物、品美食、见朋友，晚上过游艇会的生活，轻松、自在、静谧。每天晚上，老公忙着钓鱼，我就坐在甲板上观赏灯火通明的城市。

19

昔日同窗，欢聚一堂

在海口，我们首先见到的是校友国强兄及夫人秦姐。我们毕业后都分配到了湖北省襄樊市（现襄阳市），那时两家就常来常往。记得有一次去国强家玩，正赶上在种子公司当技术员的秦姐从海南出差回来，带了一个叫"新红宝"品种的海南大西瓜，非常好吃，现在想起来都甜在心里。我与他们有 10 多年没见了，曾任某集团公司常务副总的国强兄也退休了。

几天里，他们来过丹云号 4 次，我们去他家两次，可见我们两家的关系有多亲密。

5 月 5 日上午，从内地赶回来的建武同学带着道云同学也来到丹云号。曾担任海南某银行副行长的道云兄，在学校时是船长的班长，也是我们学校文艺宣传队的队长，同时还是学校学生会干部。他风流倜傥，才貌双全，是学校的大红人，也是女同学心中的偶像。近几年，他身体欠佳，模样完全变了。建武同学是船长的同桌，一直来往密切，两人经常见面，他和夫人小英姐是丹云号接待的首批客人。当时我们还不会升帆，开着发动机在海湾大桥附近抛锚，摆上打包来的几个小菜，四人对饮。回想起来，建武夫妇对船长的能力是真够信任的。

这几天，海口市的同学们轮流尽地主之谊。为了答谢同学们的热情款待，5 月 7 号，船长邀请 3 个同学及他们的夫人来体验我们的帆船，中午安排在海上用餐。一大早，我上岸去超市采购聚餐的食品，同学们来时又带来了很多水果和熟食。

上午 9 点左右丹云号开出了港。在海口市会展中心对面的海面上抛锚，开始了一次对他们来讲难得的帆船用餐体验。

下午，海上飘起了小雨，为等高潮位，丹云号没有返港，就在海上漂。

这样也好，让同学们对帆船的感受能更多一些。

37年前，我们在一个校园里学习、成长。这一天，我们聊了很多很多青春往事，那一个个画面清晰得就像发生在昨天。殊不知那是37年前的昨天。

人生过半，每个人都有自己的生存哲学，我尊重每个人的观点，即便我不完全赞同仍会为他们的坚持与努力而鼓掌。同样，因为他们的优秀，懂得换位思考，也佩服我们夫妻俩的勇气和胆识。航海是我们自己选择的一种退休生活方式，经他们赞誉和升华，我们还真有点英雄壮举的感觉了。

5月8号，网购的东西到齐，我们再次做好航行前的准备工作。明天起，我们要继续航行。

5月9号早上，船长用微信支付方式结清了停泊费，与游艇会的工作人员告别，丹云号慢慢驶出了美源游艇会，我们一路向西，计划穿过北部湾到三亚。

同窗

20
琼州海峡西行

今天，预计航行 40 海里，计划在美夏港休息。谁知这一天的行驶相当艰难。5 月 1 号全国进入 3 个月的休渔期，对我们来说本来是件好事，没想到政府封了船却封不住网，我们不得不佩服中国渔民的智慧。他们把两个大泡沫球或报废的汽车轮胎或两个小的塑胶球用绳子拴在一起，两球中间拖着渔网，听说这个东西叫"流网"。渔民把流网从洋流的上游放入海中，流网顺流而下网鱼。

开始看到这些东西时，我和船长都不知道是干什么用的，经常看军事节目的船长一度怀疑是什么新式武器，还说可能是拦截美国潜水艇用的。看吧，整个琼州海峡内的海面上全是流动的黑点，似草原上散落的羊粪蛋儿数也数不清。整整一天，我就站在舱门口当侦查员，仔细辨认哪两个是一对儿，并及时通报船长，然后船长判断流网的速度，来决定是快速通过还是绕过它们。

丹云号绕过一串又来一串，躲过一片又来了一片，流网阵大有排山倒海之势，浩浩荡荡，层出不穷。有两次因流网的另一只轮胎沉入水里没发现，导致帆船的龙骨碰到了绳索。大商船面对这铺天盖地的流网也无奈，16 公共频道中，有一位船长发着牢骚，说：全国不是禁渔了吗？怎么还有这么多渔网？

我想，如果外国的潜水艇真来中国捣乱，用这个东西对付他们是不是很给力呢？

不料有一只独立的球，下方拴着的长绳子钻进了帆船的肚子底下，搅到了帆船的螺旋桨，好粗的绳子啊！有我的小手臂那么粗。我心想，完蛋了！中招了！只见船长立即挂空挡并命令收帆。当前帆收妥、主帆收到一半时，帆船没有了速度，粗大的绳索被洋流慢慢冲了出来，我们有惊无险地逃过一劫。

想起去年，东部湾游艇会有一条游艇去海南，被渔网缠住 3 次，每次都花 500 元求助才得以解脱。

经过 9 小时的奋战，丹云号通过了临高角驶入北部湾，流网才慢慢消失。

北部湾是个半封闭的海湾，海南岛、雷州半岛、广西和越南分别包围了北部湾的东、北、西三面，南端在莺歌海角处与南海相连。它的面积约 13 万平方千米，略大于渤海湾。北部湾的海流在冬季沿逆时针方向转，外海的水沿湾的东侧北上，湾内的水顺着湾的西边南下，形成一个环流。夏季，因西南季风的推动，海流形成一个方向相反的环流。海南岛与北部湾一天内只有一次潮水涨落，叫全日潮，最大落差超过 7 米，广东大亚湾一天内有两次潮水涨落，叫半日潮。

海南岛西部的海面没有岛屿，也没有游艇会。如果不夜航，帆船要么进渔港，要么直接在海边下锚。

丹云号开到了美夏渔港附近，海图显示水深只有一米多，帆船无法驶入渔港，我们就在海边下了锚。

21

淳朴的海尾人

5月10日早，丹云号起锚，今天我们要去47海里外的洋浦港。

丹云号一直顶风顶流开机行驶。没多久船速突然慢了下来，只有1.8节，船长在舱内洗碗，我试着加大马力，船速不仅没上来，船身还抖得厉害。糟糕！螺旋桨被什么东西缠住了，船长立刻命令关机。

他换好泳裤，带上潜水镜，腿上绑着刀，下海潜到船底查看，两分钟后，船长上来了，说：是一大团海草缠住了螺旋桨。他爬上船想了片刻，然后开机，接着倒车，海草被打碎脱落。事后我问船长：为什么倒车而不是前行？他说：倒车是让缠住的海草越来越松动，如果前行，螺旋桨上的海草会越缠越紧（如果缠上绳索慎用此方法，否则螺旋桨会受损）。看来智商就是力量啊！这一次真是有惊无险。对我来说，又一次理解了什么叫实践出真知。

下午4点，丹云号在洋浦港海花岛边的白马井下了锚。这时，远处有几个人开着小渔船来看我们的丹云号，其中有一人临走时嘱咐我们说：这里治安不好，晚上有人偷东西，最好人不要离开船（后来听海尾镇的渔民说，临高一带有许多吸毒者）。

次日早，我们用橡皮艇带多多上岸。我没走远，站在脏乱差臭的码头边看守我们的船。船长则去了不远处的伏波将军庙参观。关于这个庙宇，有个动人的传说。相传东汉时期，伏波将军马援南征来到此地，因军中缺水不能前进，将军的白马以蹄刨沙，立刻甘泉涌出。后来，人们为纪念这位英雄修建了伏波将军庙。

　　我们回到船上，收拾好小艇出发，航行目标是 30 海里外的昌江县海尾镇，镇上有个湿地公园，我们想去看看。

　　在我的人生旅途中，我到访过许多小镇。海尾镇淳朴的民风、整洁的码头、良好的治安，特别是善良好客的海尾镇人，给我留下了难忘的记忆。

　　海尾港是海南岛的五大渔港之一，去年政府出资清理了淤泥，平均水深有 4 米，港池内大小渔船分类停靠在港池边缘，丹云号在港池中间的地方下了锚。我抬头向岸上张望，一个红底黄字的"老船长饭店"的招牌映入我的眼帘，晚餐有着落了。

　　带上脏衣服早早地来到"老船长饭店"，餐厅门开着但无人，我喊了两声，从最里边的厨房里走出一位瘦瘦小小的年轻女子，她叫晓花，我先问：晚上这里有饭吃吗？对方回答：有。

　　我又怯怯地问：我们是开船来的，船上淡水少，我能在这里洗几件衣服吗？对方答：洗吧，你们不在这里吃饭也可以洗衣服的。瞧瞧，这话听着多舒服。我洗衣服，晓花就陪船长聊天。

　　餐厅是晓花和她姑姐共同开的，她 30 岁出头已是两个孩子的妈妈。17 岁时，她在深圳宝安的工厂里打了 3 年工，听说我们来自深圳，交流即刻变为零距离，她的菜烧得不错，清淡，很合我的口味。

　　交谈中，船长对晓花说：明天我们准备出去游玩，想请你们帮忙照看一下我们的船。晓花和她的姑姐都说这里治安很好，没有人偷东西，要我们放心。

　　隔日一早，我们把 4 桶饮用水倒入淡水箱，带着 6 个空桶上岸。橡皮艇随便拴在岸上的水泥桩上，把空桶带到老船长饭店，晓花的姑姐说：家里的井水不好喝，现在停水，等下午有自来水了，我帮你们装水。然后，她带我去农贸市场并告知我超市的位置，这才去忙她自己的事。

　　海尾镇蛮大的，据说人口已超过 3 万。大街小巷整齐干净。路边的小店里、超市中播放的都是草原歌曲。当天，晓花叫了辆车和姑姐一起陪我们去湿地公园，在汽车里听到的依然是草原歌曲。我在想，人都向往自己没去过的地方，从自己待腻的地方到别人待腻的地方走一走、看一看，便成了旅游。

　　海尾湿地公园占地面积 4000 多亩，属内陆淡水沼泽湿地，区域内原生态的旅游资源比较丰富，有茂密的丛林、绵延清净的沙滩、风格迥异的度假客房、水波荡漾的沼泽湖、种类繁多的鸟类等。园内游客很少，工作人员无论男女，个个慈眉善目，和蔼可亲，有问必答。

从湿地公园回来，晓花的姑姐跑了两个地方为我们买当地的小吃。我们也邀请晓花带家人来我们的帆船上玩，来的人都很开心。晓花指着岸上的一栋三层楼说：阿姨，那个是我舅舅开的宾馆，本来想请你们今晚去那里住的，不用去了，你们的船更豪华、更舒服。晓花性格开朗，和我有说不完的话。

当天晚上，船长带了一瓶白酒，请晓花的先生林船长一起喝两杯。从没出过岛的林船长有条 20 米长的渔船，他 15 岁便和家人出海打鱼，打鱼经验相当丰富。他说自己每次出海，第一天都会晕船，第二天之后，再大的风浪都不晕了。我好像也是这样。他还向我们介绍了带着拖网、围网、流刺网等渔船的捕捞方式，遇到不同的渔船该如何避让。他家渔船上的网是 10 海里长的单层流刺网，网沉入海底，为了方便寻找网的位置，每半海里渔网上插个红旗或黑旗做个标记。原来如此，终于明白海面上

小花

小旗的作用了，只要不贴近小旗，安全行驶没有问题。

晚饭时，我们陆续见到了林船长的母亲、两个儿子、姐夫及外甥女，我们与淳朴好客的一家人聊了很久。

分别时，林家人一直把我们送到码头。这时，晓花递给我一大包东西，回到船上打开一看，里面装的是海南的小吃，有尖堆、粽子、自家晒的大虾仁和我付的晚饭钱。真没想到，晓花竟把我付的饭钱塞进了虾仁袋中，这个鬼丫头好有心计。望着这包东西和钱，我的心情怎能平静啊！素不相识的林家人给予的沉甸甸的浓情爱意，让我如何承受？如何报答？不是亲人胜似亲人！

夜里遇上大落潮，落差约 3 米，导航系统显示最低潮时水深只有 1.6 米，丹云号首次遭遇坐浅。从半夜 1 点到次日 7 点之间，船的龙骨完全触底，随着船身摆动，时不时地发出剐蹭水下砂石的声音，声声都刮在我心上，心疼而又无能为力。能做的只有一个字：忍，再加一个字：等。

等到 5 月 13 号上午 9 点半，海尾渔港的潮位终于升高了，帆船这才得以离开港池，前往 30 海里外的海南省东方市。

东方市位于海南岛西南部，历史悠久，资源丰富。据说这里的酸豆青梅、沉香花梨最负盛名。东方市八所镇鱼鳞洲鱼鳞角是海南岛的最西角。

下午3点多，丹云号顺利到达八所渔港（今东方新港），这是海南西部最大的渔港，各类渔船铺满港池。

在未来的两天里，等待我们的是一系列意想不到的事件，我曾两次要求船长对外求助，但都被他断然拒绝。事实证明：船长的能力与定力实在不一般。

事件一：

自打上了丹云号这条"贼"船，"一觉睡到天明"的美事就与我无缘了，晚上总会醒几次。这不，到夜里2点我又醒了，我出舱看了看四周情况。丹云号船头与旁边渔船之间的距离怎么这么近？还不到5米。

我马上喊醒船长，他起锚我操舵，准备把船挪挪位置。不妙！我向船长大声报告：倒挡失灵了！船长赶紧从船头回来，亲自操控一次，我的结论正确。近段时间，扳倒挡时总是感觉有些费力，曾询问过码头的维修人员，回答是无大碍。怎么就在这人生地不熟而且是深更半夜的情况下出状况呢？怎么办？此时此刻，谁都不可能继续回舱睡觉。我说：明天请人来修吧？

船长沉默片刻，说：这里没有帆船，估计也找不到专业维修人员，你配合我，咱们自己修。

　　他回到舱里，打开发动机室的门，喊着：前档、空挡、倒挡。我在舱外，按着他的口令扳着操纵杆，慢慢排查起来。不知过了多久，问题终于找到了，原来是变速离合传动连接线被扳断了，使传动连接线短了 1.5 厘米，必须重新调整连接线与离合器的连接角度。船长事先准备的一套内八角螺丝扳手正好派上用场，他拧下螺丝重新接好连接线，倘若没有工具真要难倒英雄汉了。

　　开机一试，新的问题又来了：我扳倒挡时，船不退反而进，空挡也没了，船只会一个动作：前进。船长想了想，马上断定是离合操纵杆位置不对。

　　经过反复调试，到早晨 6 点多钟，终于彻底调好了。我要给船长一个大大的赞！

　　事件二

　　15 日早上，我们开橡皮艇登岸，刚到岸边，就有两名武警战士堵住了去路。其中一人问：那条帆船是你们的吗？从哪里来？来这里干什么？

　　船长一一作答。对方又问：你们为什么不报告？

　　船长说：出港时我们已经向当地边防报告了，进港时，我们通过 16 频道发出停靠请求，无应答。

　　他们说每到一处，都要在当地边防派出所报告，又指着丹云号说：我们所长和同事已经上你的船了，请回去接受检查。

　　可不是吗，回头看见两个当兵的已经爬上了丹云号。我一人留在岸边遛狗，船长返回。

　　武警战士警惕性相当高，问我手里提着的塑料袋内有什么东西，见我把这袋东西扔到大垃圾桶里他们才离开。话说船长返回丹云号，武警少校警衔的所长向船长询问了一些基本情况，并检查丹云号的所有资料。当得知船长是 1977 年入伍有 10 年军旅生涯时，所长立马肃然起敬，改口叫老班长，对我们选择的航海生活羡慕不已。

　　事件三

　　船长跟我说，所长下午要带人来船上玩。于是，我们中午吃了饭就赶回船上等。回到船上，所长没来，但不该来的却来了，让人招架不住。

　　下午 1 点多，港池内大风骤起，丹云号被吹得飘飘忽忽、摇摇晃晃，一下就被吹进了渔船堆里。此刻，前、右、后三面受敌。锚链荡来荡去一下就傍到了"大款"——钩住了一艘大渔船的锚绳，丹云号船尾和后面渔船的船头来个紧密接触，黏黏糊糊地你挤我一下，我摸你一把。

我和船长奋力想拆开它们，用手推，用脚顶，渔船船头上的铁锚发火了，把大铁爪子伸进丹云号遮阳篷里一顿乱刮，遮阳篷拉链处"刺啦"一声被刮开几尺长。遮阳篷上装的是太阳能板，眼下无法收起。我紧张了，担心太阳能板受损，再次建议船长对外求助，船长又否决了我的建议。他的理由是：这么大的风没人会来，即便有人来帮忙，他们注重的是结果，可能还会损坏些东西，只能靠自己。我赶紧把碰球解下一只递给船长，他把碰球绑在船尾棚架不锈钢上，挤在亲热的两船之间，把那个该死的铁锚推出去，挪了下方向，此时船长手脚才脱离出来。

3个小时后，潮水退去，丹云号的锚露出真面目，原来它钩着了一个可恶的大虾笼，悬空挂在大船的锚绳上。船长找出备用绳，分别把绳子拴在两条船上，然后开橡皮艇去摘锚。他用手提着锚，我开动锚机慢慢收锚，把他拖回到丹云号身边，摘除虾笼。然后，他去解绳子，我用侧推平衡船体，丹云号总算离开了这块是非之地。

事件四

都说"祸不单行"，这两天里已经出了三件事了，非要再来一件凑个双。晚饭后，船长开橡皮艇带多多去上厕所，临走时忘了检查舷挂机的油箱，也没带手划桨，结果在返回途中舷挂机没油了。失去动力的橡皮艇很快被海流冲到了港池出入口。关键时刻，船长抓到了堤坝的石头。我看不见他的人，只听到他在喊没油了。我给本地一个载客船长（进港时收到的名片）打电话求救，对方说不在码头。船长啊，你只能自救了。

不知过了多久，我看到一个黑影正向丹云号移动，当我看清眼前的场景时，忍不住大笑起来。原来船长上半身趴在橡皮艇边缘，下半身光着，是用脚蹬水回来的。我问他：你为什么把裤子脱了？他答：为了减少阻力。当个船长不易啊，什么本领都得有啊。

他的幽默再次让我大笑起来。

23
惊心动魄感恩角

　　5 月 16 日早上 7 点，北部湾北部 9 级大风带来的狂风暴雨尚未完全收手，丹云号迫不及待要起航了，我们计划借北风一口气通过感恩角、莺歌嘴两角，奔赴 80 海里外的三亚崖州。

　　两天前，听船长提起过感恩角，或许是与著名的合恩角一字之差的原因，我心里还有点小期待呢。真的与它相遇了，它带给我的是航海以来经历的最惊心动魄的一天。今生，合恩角可以在记忆中删除，但海南的感恩角哪怕格式化了都会有顽固的残留。

　　过了海南省著名景观之一的鱼鳞州，雨停了。丹云号前帆与主帆升起，风速忽高忽低，时而五六节，时而 28 节，风向摇摆不定，时而侧风，时而顺风，风帆时而张开翅膀努力工作，时而垂头丧气消极怠工。

　　临近中午，感恩角就在我们左前方，海底情况变得复杂起来。海底是高高低低的浅滩和沙丘，导致风浪、涌浪夹杂在一起形成不守规矩的乱浪。10 米深的海水呈现出的是一块黄、一块绿、一块蓝的海面颜色，

　　在乱风与乱浪"齐心协力"的作用下，自动舵突然失效了。丹云号似脱缰了的野马乱跳，转着圈。顷刻间帆船大角度倾斜，我立即抱住甲板上的桌子，头正好偏向舱口，舱内本是平面的地板竖了起来，吓得我本能地发出的叫声又戛然而止。因我的叫声短，船长根本没听到。这个时候我怎么能叫呢？我恨自己的胆怯，可是心跳不受控制，心不颤？不可能，腿不抖？做不到。

这时，我知道应该收帆，但就是腿软站不起来。船长跑过去控制帆船，不让我动，只见他每个细胞都被激活，打开发动机，操着舵，尽力让帆船保持平稳。

　　此时，舱内的多多被吓得蹿了出来，就在它将被甩出舷外的那一刻，船长抓住了它，像传篮球一样把它扔回舱内（好在多多没摔伤，在以后的日子里，我们也给多多系上了安全绳，绑在船上）。

　　失去控制的丹云号又东倒西歪地旋转起来。听吧，舱内奏起了悲壮的交响乐。

　　情况稍好之后，船长独自收了前帆，调整好主帆角度，卸掉帆力，对我说：你赶快放平懒人椅，躺下。

　　我执行命令躺下了，闭上眼睛，眼不见心不颤！心跳慢慢恢复常态。

　　我躺下了，船长依然全神贯注、斗志昂扬，独自把舵3个多小时才逃脱魔鬼之地。在过莺歌嘴时，他没有选择按航线行驶，而是让帆船走向大海的深处，远离海岸线，涌浪开始有规律地运动，丹云号不再乱蹦乱跳，变得安静下来。

　　此时，我才敢进舱去洗手间并视察灾情。在舱外早就嗅到了酽酽老酒的芬芳，没喝完的一瓶西凤酒，瓶口朝下挤在洗菜盆的空隙中，酒液已经渗出。我干脆把酒洒入海中，敬了敬海神。

帆船绕过莺歌嘴，冲出北部湾，到了南海，噩梦终于结束了。

帆航给人的感觉实在是奇妙，有太多的未知数。长航、短航、风大、风小，感受迥异，身份迥异。一会儿让你笑，一会儿让你哭；一会儿你是巧笑倩兮的公主，一会儿你是惊慌失措的懦夫；短途体验似贵族，长航归来似难民。在帆船上，无论生活中的你是什么身份，但这个身份你必须有，那就是勇士。

望着船长被海水打湿的衣裳，望着他临危不惧的表情，很难想象他曾是一位癌症患者。一年半的航海生活，他无时无刻不在享受帆船带给他的感官刺激与快乐，并成功地甩掉了三高，甩掉了6斤肥肉，我那位一直劝他装支架的医生弟弟也不再发言。得到的是他对丹云号安全性的信任，对我们驾驭丹云号能力的钦佩。

今天，船长没有表现出一丝紧张，还直呼：太过瘾了，这才叫玩帆船。他甚至幽默地宣称：我与翁以煊比差得不多了，他过合恩角我过感恩角，现在就差8万海里的航海里程了（我后来把原话微信发给了翁以煊先生）。8万海里，这是船长与船长的差距吗？

晚上8点多，我们到达三亚崖州锚地，这里有个新修的渔港，因指示灯不明显找不到入口，丹云号就停在锚地过了一夜。

南山寺观音

更上一层楼了，品种更多，色香味俱全，精致无比，堪称一绝！

告别建武，丹云号驶向 30 海里处的凤凰岛。

凤凰岛位于三亚市三亚湾度假区"阳光海岸"的核心，是在大海礁盘之中人工填造的岛。岛长 1250 米，宽约 350 米，占地面积 36.5 万平方米。据说岛上有 5 家七

星级的酒店。

天近傍晚，丹云号在酒店游轮码头附近抛了锚。夜幕完全降临了，大酒店的灯光盛宴出场，那频频变换的画面，那五彩缤纷的色彩，把三亚湾的夜空装扮得妖艳俏丽。

5月18日一早，丹云号驶入鹿回头公共游艇码头。码头的工作人员符女士接待了我们，并为丹云号办理了停泊手续。收费标准：每天16元1米，丹云号有12米长，停泊费是每天192元，我们只停了一天，给予我们淡水免费使用的优惠。

鹿回头公共游艇码头的对面，是三亚鸿洲国际游艇会，那里停了很多大的豪华游艇，多数被篷布包裹得严严实实，处于长期被冷落的状态。

这一天是我们休闲的一天，也是满足花钱欲望的一天，是现代社会普通人的一天。

19日，丹云号离开三亚湾，继续航行35海里，到了三亚市另一个度假胜地海棠湾。

亚龙湾、大东海湾、三亚湾、崖州湾与海棠湾并列为三亚的五大名湾。海棠湾与其他湾相比更多一些原生态的美，集碧海、蓝天、青山、银沙、绿洲、奇岬、河流于一身。海棠湾附近建有亚特兰蒂斯、希尔顿、康莱德、喜来登等多家豪华酒店，每个酒店的建筑风格都称得上标新立异。我来此地的唯一目的是游览蜈支洲岛。

蜈支洲岛距后海村 3 海里，岛长 1500 米，宽 1100 米，面积大约 1.5 平方千米。海水清澈，能见度 30 米左右，盛产海鲜与珊瑚。水上娱乐项目繁多，有潜水、快艇、划水、香蕉船、独木舟、海上漂移、垂钓等。

丹云号在后海村海边抛锚，与蜈支洲岛轮渡码头仅一堤之隔，海面上有 10 多条轮渡穿梭于两地之间。

5 月 20 日早上，去蜈支洲岛的轮渡开航后，我便让船长用橡皮艇送我上岸。我看见海底的珊瑚五彩斑斓，成群的各类珊瑚鱼自在地游来游去，好美丽的画面！难怪网上有人说，看海、看珊瑚不用上蜈支洲岛呢。上了岸，老公负责遛狗，再带多多返回丹云号，他的任务是看护多多和丹云号（因为风大，担心船走锚），他的娱乐项目是钓鱼。

我独自去了码头，花 152 元买了张往返船票。今天的游客很多，客满开船。20 分钟后上岛，船长不在身边，我没有游玩娱乐项目的兴趣。为节省岛上游览时间，我花 150 元买了张全景点最贵档游览票，乘岛内电瓶车环岛游了一周。岛上有五星级酒店，吃喝玩乐俱全，只是价格稍贵。蜈支洲岛是冯小刚导演《非诚勿扰》及《私人订制》两部电影的部分外景拍摄地，自然风光之美且不用说，我要说的是岛上人工开发的部分，可谓设计精致、施工精良、管理精细。浓浓的"情"味在岛内四处弥漫，让人感受到了温馨、轻松与浪漫。

下午 1 点左右，我匆匆离开蜈支洲岛返回码头，在一家餐厅炒了两个菜，装了两盒米饭，还买了 1 个三亚盛产的金椰子带回船上。船长也有收获，居然钓了 5 条河豚，此鱼含有剧毒但味道极其鲜美，在酒楼里吃过几次，我自己不会处理，船长不让吃，把河豚又全部倒回了大海。

下午 2:30，风向转偏南风，丹云号起航，计划途中不停靠，直线返回东部湾，航行距离约为 410 海里，预计航行 4 天。这期间，手机没有信号，不能及时了解风向变化情况，也不知天气预报是否准确，等待我们的将会是什么考验呢？

蜈支洲岛

25
返航途中收获满满

记得上次南海油田之行，因船长的渔具准备不周，结果是折了设备跑了鱼，很快，我们的儿子给船长买了个日本达瓦 750 的电揽。回程第一目标，他选的是文昌钻井平台，距离蜈支洲岛 160 海里，想实地检验一下这种海钓设备是否给力。

航行非常顺利，我越来越喜欢航行在远离陆地的海洋中，宽敞。孔子曰："道不行，乘桴浮于海。"原意指我的主张如果行不通，便乘筏到海上漂浮，离开你们了。新的解释是否可理解为：现在道路太拥堵了，既然在陆地上开车行不通，就只能驾船在海里走了。哈哈，这纯粹是我的牵强附会和自我安慰。

我的家人和朋友们曾无数次地问我：晚上行驶在漆黑的大海上很害怕吧？奇怪，我从来没惧怕过黑夜，反而越来越享受海面无一点灯光的黑暗。此刻的季节里有时会盼望黑夜早点来临，一是为了躲避白天的炎炎烈日；二是我的眼睛畏光，白天离不开太阳镜；三是晚上可以观星赏月。

在 5 月 20 日的晚上，我见识了一次最璀璨的星空之美，像镶满钻石的苍穹，温柔地环抱着整个地球，是那么近、那么亮，触手可及。我仿佛感受到了它们的呼吸，聆听到了它们的窃窃私语。最振奋的是，我看到了从未见过的、由星星排列组合成的各种图案，那便是星座。天空共有星座 88 个，北半球 29 个，南半球 47 个，黄道附近 12 个。人们日常所说的 12 星座即是著名的黄道 12 宫。16 世纪，麦哲伦环球航行时，不仅利用星座导航定向，还对星座进行了研究。

我们在海上不紧不慢地前行，来往船只很少，丹云号的自动舵系统默默地工作着。船长真有办法，把一块镜子绑在自拍杆头上，人躺在沙发椅上时不时把镜子向船头方向扫扫即可。有人说世界是懒人创造的，真理也。

5月21日傍晚，吃过晚饭，我们悠闲地坐看夕阳。我指着西边天上的彩霞对船长说：看，好美呀！无意间，我环顾了一下四周，立刻被惊呆了。只见环绕大海360度的天空上，在接近海平面的上端，有一条彩带或紫或橙或粉似环球荧幕挂在天上，正上演着风光大片。婀娜的云朵在彩色荧幕的映衬下，不断翻跹着，幻化着，千姿百态，无穷无尽。我抱着多多不由自主地原地转圈，欣赏这曼妙无比的集体舞，不想错过每个队形的转换，恨自己后脑勺为何不长两只眼睛。

此景天上常常有，遗恨世上几人知？我陶醉其中居然忘了摄像，可直到今天，这一幕美景依然在我脑海中萦绕。是啊，能亲眼目睹这美轮美奂的大自然景观，一生一次足矣！

午夜，丹云号到达文昌钻井平台的一个井架附近。这里水深达130米，船长刚下好鱼钩，电揽上的渔线便"哗哗"地响起来，船长说：坏了，可能挂到井架上了。我操舵转着小圈，船长企图把铁板（假鱼饵）收回来，几次未果，拉不动。最后，终于拉动了，隐约看到一团白色的东西在水中翻动，原以为是钩着一个塑料袋，拉近一看，我的妈呀！好大的一条牛港鱼啊！足有80厘米长，50斤重。第一次钓到这么大的鱼，好兴奋啊。

没过多久，又钓到一条稍小些的牛港鱼。附近有条作业船通过16频道向我们喊话，让我们立刻离开。于是，我们随即航行3海里到了另一个钻井平台，绕了两圈，鱼竿没反应。船长收线时才发现，铁板不见了，他断定是海狼鱼干的，咬断了假饵。我则认为天意如此，我们已经获得了两条大鱼，知足了。待天边刚刚露出鱼肚白，大概凌晨4点多，丹云号踏上归家路。

说好的东南风失约了，来的是东风，与我们航行方向正顶，船长改变方向向北走，为的是靠风帆前行。

在距离海岸线30海里处转回帆船行驶角度，按原航线行驶。此时，依然是顶风，风速15节左右，风角只有10°～13°，无法正常升帆，眼见着有风有帆却不能为我所用。船长心急，望着帆发呆，于是动手试着调帆，把主帆反向升起，船速变快了些，用同样方法升起前帆，结果是：船速提高20%以上。船长欣喜若狂，好像弄出了一个什么重大发明似的。

当归心似箭的时候，才觉得帆船的速度确实是慢，400 海里的路要走上几天，好在有大鱼吃。我把鱼肉和骨头分开，把鱼肉分成几个大块，用保鲜袋装好急冻，鱼头鱼尾也分开急冻。船上的两个冰箱塞得满满的，还有个大鱼头和部分鱼骨只能冷藏了。接下来的三天里，我们天天享受全鱼宴：刺身鱼肉、清蒸鱼头、红烧鱼尾、鱼骨白菜汤。船长吃着鱼肉喝着鱼汤，别提有多满足，说：别人花 4500 元出海钓鱼，我俩人省下了 9000 元呐，等于我们海南之行没花钱。瞧瞧，典型的巨蟹座消费观。

5 月 23 日晚，帆船过珠江口，海面上的商船多了起来，我俩不敢同时睡觉，便轮流值班。

5 月 24 日早上，我们刚到香港南丫岛附近就遭遇大雨，雨一直陪我们开进了大亚湾才散去。

船长值班开船，我和多多在舱里。望着整整三天没有排便的多多，很是心疼。我把它抱进卫生间，地面铺上几层报纸，一边抚摸它，一边给它做思想工作，可谓晓之以理，动之以情，最关键的是告诉它这里就是撒尿尿的地方，我出来把它关在卫生间里。很快，听见它求救和挠门的声音，我开了门，耶！多多真棒！你完全理解了我的苦口婆心，终于学会在厕所里排便了。

历时 27 天、航程 1100 海里的海南行结束了。整个航程因为有效节电，一直没缺过电，也没缺过水，全程耗油约 220 升，没有补充过柴油。丹云号团队对帆船控制的技术性及帆船生活的适应性，有了大幅度的提高。

船长本想回家之后休息几天，然后继续北上青岛的，水手我不同意，罢工了。尽管船长要提拔我任副船长兼水手，我仍不为其所动。

航海对我们女人来说，实在是有些残酷，我的腿上伤痕累累，双手粗糙，皮肤黝黑，真的需要在家好好保养一番了，我要尽快恢复我的女人身。

钓上大鱼

26
有这样一群航海人

在没有买丹云号帆船之前，我就了解到帆船有两种玩法：一种是休闲式玩法，另一种是竞技比赛式玩法。休闲式玩法一般是以家庭或三五个好友为单位，依托帆船节能的优势，以船为家，吃住在帆船上，漂洋过海，换个角度看世界，换个方式去生活。船长由船东担任，他不仅具有专业的航海知识及航海经验，还要具备能简单维修船体各设备的能力。出发前，船长负责选好航线，看好天气，在正确的季节选择正确的航线。国外的航海人多数选择此类，单人环球航海家翁以煊也属此类。而竞技比赛式一般以团队为单位，在规定的时间、规定的地点，遵循规则，完成规定的航线。团队成员特别是船长要求具备丰富的航海经验及技术能力。目前，国内玩帆船的人，多以参加各类比赛的方式与帆船亲密接触。多数人认为帆船只是一种运动项目的工具，专业性极强，挑战性极高，风险性极大，普通人没有勇气体验帆船，致使一个拥有14亿人口的泱泱大国，帆船的总数只有几千条（数据来源非官方），而美国帆船的总数已达到几十万条。

两种玩法相比，休闲式玩法少了拥挤，多了自在；少了挑战刺激，多了惬意从容。线路和时间自己掌控，安全性高，适合中老年人参与，容易普及。而竞技比赛式玩法中，因有许多不确定的因素存在，更能锻炼一个人的胆量和意志，考验一个团队的协作精神。但缺点是人多，空间狭小，无法享受热水、热饭、热水澡，生活品质较低。

我和船长推崇休闲式航海理念，一直按着自己喜欢的方式玩船，丹云号就是我们移动的家。这个家带着我们从每次几海里的航程，达到目前连续 1000 多海里的航程。我们越来越适应和享受帆船生活。

基于休闲航海的理念，我们的丹云号不曾参加任何帆船赛事。想不到在 2017 年 8 月 5 日，我和船长应深圳帆海汇俱乐部投资发展有限公司陈女士的邀请，参加了"2017 美周杯夏季帆船赛"的最后一场比赛及颁奖典礼，让我们与帆船赛手们有了一次亲密接触，认识了一群这样的航海人。

帆海汇俱乐部坐落在风景秀丽的深圳大鹏七星湾游艇会旁，经营项目涵盖帆船体验与培训、潜水体验与培训、船艇租赁、客栈、海钓、承办帆船赛事及青少年夏令营等。为推广帆船运动，帆海汇董事长王先生于 2016 年创立了"美周杯"帆船赛，每个季度均举办 5 场赛事，为广大的帆船爱好者提供学习与交流的平台。来自不同行业、不同性别、不同年龄段的一群人在这里认识了帆船，感受了航海，滋生了梦想。

当陈女士带我们走进七星湾游艇会浮桥时，比赛已接近尾声，100 多位参加比赛的队员们驾船陆续返港。港池内，30 多条帆船满满当当地占据了浮桥两侧；岸上，参赛队员的妻儿和朋友们迎接勇士归来，现场熙熙攘攘，热闹非凡。

我从未见过关乎帆船的这么红红火火的场面。赛手们年纪相差悬殊，小的约十来岁，大的接近花甲之年。

看！由客栈老板们组成的"妈妈满房队"的队员们相互簇拥着走来；由凤姐船长率领的"梦露号"队员们带着笑声略过；由军人组成的"海军工程大学帆船俱乐部"的队员们，步履铿锵，一路散发着朝气。作为特邀嘉宾，在颁奖仪式中，我和船长上台与帆友们分享了我们夫妻退休后的航海经历。面对众多帆友，船长明显有些激动，当场表态要与准备环球的小戴一起出发，跟到斯里兰卡，台下掌声一片。真奇怪，对船长的这一长航决定，我首次没有出现排斥反应，竟暧昧地有几分默许。

小戴是我们今天才认识的一位"80 后"航海青年。他与他的团队计划今年 11 月 1 日从深圳扬帆起航，沿北半球实现环球航海之梦。"环球"是每个航海人心中最神圣的梦想，但敢于付诸行动去实践梦想的中国人屈指可数，因而这位小戴的雄心令我钦佩。

置身在这样一群航海人中，我兴奋、感慨、欣慰。有了这样一群航海人的引领，我国的帆船航海才有群众基础，并得以传播普及；有了这样一群航海人的引领，才有

可能让帆船运动从以竞技比赛为主要模式向休闲航海模式转变；有了这样一群航海人的引领，我国帆船游艇的数量才有可能从 3000 条发展为 3 万条、30 万条。

　　期待更多的家庭开启休闲航海模式。来吧！丹云号已敞开胸怀，邀你一起帆游大海，行到水穷处，坐看云起时。

27
策划帆游东南亚

眨眼间，2017 年的日子快过完了。自从丹云号海南环岛游返航后，帆船上的自动舵舵角感应器失灵了，无法继续远航。11 月份，从国外买的配件终于到货并安装完毕。丹云号的船长憋得心里发毛，他迫不及待地要扬帆远航。

船长早已制订了航行方案。作为水手的我，计划全程随行。在实战中检验中国老男人是否也可以带着老婆帆游世界，以实际行动增进退休人士帆航的勇气与信心，同时也是为了防止国内有航海梦的女士们继续外流。

此次航行目标以东南亚的菲律宾和印度尼西亚（简称"印尼"）为主，我们计划在 2018 年元旦前后择期起航，航行时间预计 5 个月。

丹云号首次南下东南亚，整个团队里只有我们老两口。为确保航行顺利、安全，既要做到万无一失，又要帆游内容丰富，船长查阅了大量的资料，可谓心都操碎了。他做的主要工作有以下几项。

一、精心设计航线

设计航线时要考虑的因素有避开大的洋流、避开海盗出没区域、避开飓线易生区域、避开逆流、有效利用季风和顺流洋流。

船长设计的菲律宾航线是：广东惠州东部湾游艇会—珠海桂山岛—菲律宾距离中国最近的港口圣费尔南多（San Fernando），办理入境手续—马尼拉—民都洛岛—宿务—保和岛—棉兰老岛东海岸—达沃办理出境手续。

印尼航线：菲律宾达沃—印尼比通（Bitung）办理入境手续—苏拉威西岛西海岸—图康伯西群岛—古邦 (Kupang)。

东帝汶航线：印尼古邦办理出境手续—东帝汶帝力办理出入境手续—途径班达海火山岛（Gunungapi）—安汶（Ambon）办理入境手续—四王群岛—比通办理出境手续。

印尼对中国公民实行免签政策，但停留期只有 30 天，不得延长或变更为其他签证，时间一到必须离境。离印尼最近的国家是东帝汶。预计在东帝汶游览一周后再返回印尼继续帆游。

二、收集游艇会及锚地坐标

船长通过各种手段已收集到东南亚各国近 60 个游艇会及锚地坐标，对每个锚地的坐标位置都翻阅地图、海图、卫星照片进行查对，标注适合什么风向抛锚。

三、收集东南亚各国中国领事馆领事保护电话

我们两个赤诚的中国游子帆游在外，万一遇到什么困难或麻烦，就得找伟大祖国母亲，相信她会帮助我们解决问题的。

四、确定游玩景点

帆游也是一种旅游，准确说，更像一种穷游。到了别人生活的地段，除了看人家的山、人家的海、人家的民俗风情，吃人家的饭菜之外，重点选择一般的旅游团不太去的历史古迹及世界遗产之地。

菲律宾境内游玩的景点大致有潜水胜地 PG 海豚湾（Puerto Galera）、二战纪念馆、麦哲伦墓地、薄荷岛巧克力山、建于 1847 年的古老教堂达沃圣佩德罗教堂（San pedro Cathedral in Davao）等。

印度尼西亚是由 17508 个岛屿组成的国家，疆域横跨亚洲和大洋洲。地处赤道南北两侧，属热带雨林气候，无季节变换。各岛屿之间人种、语言、信仰、民俗各异。生态环境一流，适合潜水、游泳、海钓、观景、发呆。

我比较期待的是位于苏拉威西省布顿（Buton）县内具有 130 万公顷面积的瓦卡托比（Wakatobi）国家公园。那一带是世界著名的环礁群之一，生活着近 600 种鱼类和 400 种珊瑚礁，被世界潜水协会评为"最壮观的珊瑚礁"，是潜水的绝美胜地。该公园身居偏僻之地，从首都雅加达乘飞机前往该地，中途要转一次飞机再转一次游轮方可抵达，所以这次的机会决不容错过。

当然，我们选择的景点仅仅是参考，一切得服从天气与风的安排，看风使舵、随机应变，船长也准备了一份帆游到泰国及马来西亚的备份方案。

五、全面优化丹云号航海设备

（1）我们听从了航海家翁以煊先生的建议，拆除了船头外置风力发电系统，拆除了外置陀螺电视跟踪卫星接收天线，记得上次在海口以南该天线就罢工了，什么影像都看不到。我们买了一个可移动的地面高清电视接收天线，据说东南亚正在推广中国的地面高清制式，此天线可以收到当地高清电视信号。

（2）配备卫星电话，购置彩色打印机，方便打印报关时所需的资料和照片等文件。

（3）购置独立的 AIS 发射系统。在丹云号原装系统中，只有 AIS 接收功能，没有发射功能。泰国的普吉岛和印尼官方要求进入的船舶必须有 AIS 信号发射系统。独立的发射系统优势有三：一是满足驶入国规定；二是开与关自行掌控，在不安全海域选择关闭有利于隐蔽自己；三是不影响原装系统的任何功能。

（4）安装加油泵，使海上加油无难点。

（5）在厨房操作面板上安装能提取海水的设备，可直接抽取海水洗菜或洗碗，特别是清洗抹布时，再也不用看淡水显示屏的脸色了。

（6）准备国旗 / 黄旗（Q 旗）及途径国家的国旗。

据相关国际法规定，所有船舶进入异国港口申请报关时，船桅杆上应悬挂本国国旗、黄旗及抵达国国旗。挂黄旗的含义为：本船无疫病可以接受上船检查。待申请国卫生检疫机关查验完毕后方可取下。

（7）收集途径国家可以办理出入境手续的港口坐标。

（8）准备好充足的生活用品：对于吃、喝、穿等用品，要做到数量充足，品种齐全。不愁吃不愁穿，还有啥愁的呢？船长还有个心愿：他要钓很多海鱼给我吃，把我养得白胖白胖的。呵呵，白胖难度太大，绝无可能，力争黑胖吧。

28
启航——南中国海环游

　　计划总是赶不上变化快，受我国帆船航海政策管理之限，帆游东南亚的计划变更为南中国海环游了。南中国海是指国际通用的对于中国南部海域的称谓。南海海域包括中国领海、领海毗邻区和专属经济区以及公海。该海域自然面积为350万平方千米，平均水深1212米，最大深度5559米。

　　2018年1月2日晚9点整，船长一声令下：起航！丹云号带着1名新船员小刘缓缓离港，正式开启南海环游的长航模式。第一站目的地：三亚。

　　此次航行，丹云号的小船员多多没有跟随，留给我儿子照顾。

　　小刘是丹云号的首位长航客人，来自上海，虽没上过帆船，但已经把《帆船运动百科》一书翻了10多遍，帆船那些事都在他脑子里。他在"我要航海网"的网站上看到我写的航海日志，于是找到我，计划跟丹云号到三亚，也就有了此次共同的长航。

　　说起来，我们和小刘也是有缘。我们和他曾在同年同月同一时间段在西藏的同一座铁桥上擦肩而过，他骑自行车，我们自驾游。我钦佩有西藏骑行经历的人。小刘也很珍惜这次学习驾驶帆船的实践机会，事实证明，他称得上是一位善于思考、勤于动手的好船员。

　　天遂人愿，一切都在配合着新船员的体验，我从未经历过的都在以后的几天里陪着小刘一起体验到了。

　　当晚，海面风速在20节上下，脸被寒风吹得僵硬，真不知道广东冬天的海面温度这么低，穿着毛衣和厚羽绒服都觉得冷。

出了大亚湾，海浪大了起来，不时有想乘顺风船的大浪光临，海水溅湿了我们的衣服和睡袋。这时，小刘开始吐了，我很担心：他能挺得住吗？

1月3日凌晨，香港海域的涌浪更是一浪高过一浪，超过4米，我们很庆幸此时是顺浪行驶。我出舱看到山一般的大浪堆起来，高过船尾遮阳篷，我的心提了起来，堆在喉咙处，然后闭上眼睛，做好大浪盖过来的准备。

奇怪的是，浪把帆船抬到了最高处就马上消失了，睁眼一看：山变成了坑，巨大的"火山坑"。丹云号就这样在惊涛骇浪间不断穿行至下午。

大浪折腾了一天也累了，告退。淅淅沥沥的小雨又接踵而至，连续下了3天，分明是有意考验新船员小刘。

1月4号下午，船上的自动舵又出了状况，像饿了3天一样浑身无力，走不成直线。我们3人开始轮流上岗，每人每次操舵3小时。

1月5日傍晚，丹云号停靠在海南省琼海市潭门港避雨休息。

一条污浊的河流从潭门港中间穿过。随着潮起潮落，这条河的流向就会发生改变，一会儿往下游流，一会儿往上游流。

在我们抛锚的时候，并不知道此河流会暗藏杀机。锚定之后，丹云号的船头随着流水，一会儿东、一会儿西地旋转和移动。帆船的锚头好像挂上了千年渔港海底的什么宝贝，锚的作用在慢慢减弱。半夜起风，丹云号被吹到一条无人的渔船边，船长顺势把丹云号绑在了渔船上，让我们继续回舱睡觉。

1月7日上午，雨停了。船长和小刘顺链摸锚，以确定锚的位置，然后划橡皮艇去找渔船上的人，想出钱请他们下水帮忙捞锚，可是没人接单，理由是：水太脏。没办法，只能靠自己。船长和小刘先后潜到肮脏的水里，试图把锚解救出来，但没成功。

因有股寒潮南下，8日早上，我们要早起赶路。船长用他的想象回放昨夜丹云号的轨迹，采用逆向操船，不时变换着角度，我在船头配合试着起锚。反复几次竟然成功了，锚终于回到了船头。上午9点多，帆船离开潭门港。

船长原计划要在大风来之前拐过陵水角，可实际航线偏偏成了正顶风，只能用发动机推，速度较慢。小刘提出升帆走"之"字，船长很配合，陪着他玩着换舷。此法看上去速度快了1节多，又节能，然而7个小时下来有效航程只有13海里。

下午5点钟左右，寒风追来了，比预报提前了1个多小时，且风力大得超出预期。

我在心里说：船长，你犯了严重错误，你轻敌了。

风速顷刻间达到 30 节以上，我们正在舱外甲板上吃晚饭，菜盘几次差点从甲板桌上滑落。我们努力地保持平衡，一边按住菜盘子，一边狼吞虎咽地吃完晚饭。

船长命令我回舱后禁止出来。我躺在沙发上双眼紧闭，关闭了眼睛却关不住耳朵，只听舱外狂风呼啸，舱内盆碗叮当。听着怒吼的风声，我的脑海里出现杨白劳躲债回家和杨子荣打虎上山的情景。舱外传来小刘的喊声：40 节，45 节，50 节！天呐！那可是 10 级大风啊！丹云号上两个遮阳篷上的篷布都没拆下来，能斗过狂风吗？

为了保持船头稳定，在之前船长只出了五分之一的前帆，风大后无力收回。此时

顺链摸锚

121

风角非常小基本正顺，稍不留神前帆就会摇摆，极易撕帆。最艰巨的操舵任务落在了船长肩上，他苦战 7 小时，过了海棠湾风速才降为 30 节左右，小刘上岗操舵，船长瘫倒在长凳上睡着了。

小刘为了提神喝了两杯咖啡，陪伴船长大半夜。他对船长的操舵技术佩服有加，离开丹云号前的最后一刻还在问：你怎么做到的？把舵那么稳？

终于，风过雨停，丹云号及我们都毫发无损，经受住了考验。

1 月 9 日早上，我们顺利到达三亚鹿回头公共码头。不得不说的是，"蓝色鸦片"毒性猛烈，小刘第一次品尝，仅一周时间便中招，而且程度为重度。到了三亚，他临走时依依不舍，仔细地打量着丹云号，边看边说：我还会来的，我还会来的。

29

他乡遇故知

"他乡遇故知"是人生四大喜事之一，异乡故知的相遇能使情感延续，记忆久长。

这次，我们与生活在海南的国强兄和秦姐的相见，实属计划外的惊喜。1月6日晚，秦姐得知我们的丹云号停泊在海南的潭门港，第二天一早，夫妇俩便开车从海口来潭门看望我们，并带来水果、酸奶和酒等食品。中午请我们吃了顿鲜香可口、回味无穷的东山羊火锅，以至于小刘回到大上海后嘴里还在咂巴那羊肉汤的滋味。

到了三亚，国强兄再次来访。在移动的家里，我备了几个小菜，四人清清静静地畅饮、神聊，压箱底儿的事都拿出来晒了一遍。最后两个男人讨论的焦点落在"女教师勇拦高铁等老公"事件上，对媒体的宣传以及列车干警的处理方法等细节展开辩论。在几十年前，血气方刚的他们见面就这样辩论着热门话题。"辩论"是男人之间终身都玩的游戏吧？直到午夜，辩论仍毫无结论。我们依依惜别，互道珍重。

在三亚还巧遇"梓竣号"帆船。"梓竣号"的船东叫小金，是个豪爽大气的东北爷们，我和他相识于"我要航海网"。2017年，在第十一届中国杯帆船赛时第一次见到他。去年12月，"梓竣号"参加海南省"更路簿杯"帆船赛后，就将船停泊在三亚鹿回头公共码头。丹云号到达三亚后，与"梓竣号"尾尾相连，做起了邻居。

在三亚期间，船长亲自拆了几次自动舵的各个配件，试图找出毛病，Garmin公司的人于22日晚也来到丹云号上检查，但静态自动舵工作又显示为正常。

在三亚及周边已游览近半个月了，一天，船长说：有个时间窗口适合南下。好吧，走吧。

船长为王兄题字

30
难熬的八天八夜

2018 年 1 月 23 日中午，我们与小金及他的队友双英、小云和小美告别，丹云号离开鹿回头码头，开启了漫长而悲壮的独闯南沙之行。

在半山半岛游艇会正前方海域，船长重新做了一次自动舵的设置，一次成功。俩人甚是欢喜。船长设定好航线，目标：南中国海的最南端，直线距离 780 海里。

驶出三亚角，丹云号全帆行驶。南海海面仍是白天阳光灿烂，晚上寒风刺骨，一天之内要穿四季的衣服，弄得舱里的衣服堆得乱七八糟。

此时，风速 20 节，但风的来路不是很正经：左侧顶风。船头不知疲倦地一直蹦蹦跳跳，跳得我头晕眼胀，我想起小金送我的晕船药，连续吃了 3 天才缓解。

大南海的涌浪不再以山的方式出现，而是以墙的形状汇集，看着一排排城墙似的涌浪由矮变高向你扑来，不免有点紧张，但因其波长流动缓慢，实际上并不可怕，偶尔会把船推出几米远。

在连续航行的 3 天内，我除了晕船，一切都还好。风向稳定，两天没降帆也不用怎么调，每天航行 100 海里。船长感觉非常好，天高海阔任逍遥。

白天，船长用小金临行前借给我们用的北斗海聊与陆地的朋友们发短信，报告丹云号的航行信息，把电揽鱼竿也架起来，用铁板拖钓。两天内被海里的大家伙夺走了两个大铁板，其中 1 个还带走了船长 300 米长的渔线。

说起北斗海聊还要讲一件吓坏岸上人的趣事。北斗海聊是基于北斗卫星的定位和短信息功能开发的海上通信设备，可以在手机上实时显示帆船航行轨迹和船位。在手机上的界面，是在地图显示一连串脚印。当我们开始航行时，我们就把北斗海聊的App和使用方式告诉了亲友。他们在岸上一直都关注着地图上一路延伸的脚印，从脚印的动态可以知道我们在南海处于正常航行中。但是由于我们发的短信息太多，3天就没费了。我们只有关闭北斗海聊，结果是手机上的脚印也就停止不动了。这样一来，亲友们都害怕了，尤其是我二姐，开始怀疑，是不是遇上海盗了？是不是船坏了？担心得睡不着觉。好在我们和儿子每天都用卫星电话连线，问过我儿子他们才放下心来。

第四天早上，在丹云号航线上有条大渔船正在撒网。为了躲避渔网，船长解除自动舵绕过渔船和渔网。航行几海里后，船长欲重新启用自动舵，糟糕！厄运降临，自动舵罢工了！

丹云号上配有能按航线自动驾驶的自动舵。在正常情况下，自动舵的此功能相当于3个不吃饭、不睡觉的劳力在为我们开船。如果这个功能失灵，意味着3个劳力罢工不干了。怎么办？我和老公加起来最多算一个半劳力呀。

船长用尽各种方法与手段启动自动舵，它就是不显灵。环顾大海，再看看海图，丹云号正处在南中国海的中间位置，四六不靠，离最近的陆地都有200海里。什么是绝望？有生以来我第一次感到彻底绝望！苍天啊！不带这么考验人的，何况我们不是玩极限挑战的，只是爱航海的一对退休老夫妻呀。

从不熬夜的我对继续前行没有信心，说：回三亚吧。

船长立即反驳："开回去要3天，正好赶上强冷空气南下，顶风行驶寸步难行，也不安全。"

然后，他稳定一下自己的情绪，勉强挤出微笑说："没事，有我呢，从现在开始我就是自动舵。"

距离目的地还有466海里，意味着两人轮流把舵最少5天。记得我们身边有一位熟悉的船东，去趟海南至少要招募10名船员，晚上每两人一组操舵，两个小时轮岗。眼下无论怎么轮岗都是我们两个老家伙，我能行吗？我们能行吗？

此后，俩人轮流吃饭轮流把舵，白天船长把舵时间长，我在做好后勤工作的同时就是当陪聊。

此后，升降主帆更加困难，我操舵迎风，船长独自升降主帆。4天内没见到任何船，海图上标识为危险海域。偶尔见到一群群的海豚排着队从船边经过，打头的不时跳出水面，在空中连续翻转。每次见到海豚，船长都大声叫喊，企望它们能停下来多陪陪我们。但它们总是低着头，匆匆赶路，像是去参加一场盛大宴会。

这些天，只有日、月、星、云陪伴我们，可谓月伴我思，日伴我行，云伴我喜，星伴我眠。

到第五天、第六天，我们已经精神疲惫体力不支，在无网络、无电视、无人烟的大海上，我们的神经变得麻木了，每天最关心的就是海里数还剩余多少。望着一望无际的大海，我不

嗨聊轨迹

南下前帆友们来送行

南海晚霞

由得感叹：不到新疆不知中国的领土有多辽阔，不游南海不知祖国的海疆有多宽广。

　　船长为了尽快靠岸，决定改变航向，把目标定到菲律宾巴拉望群岛的爱妮岛（Ei Nido）。

　　新航线一直是顶风顶浪，必须开发动机才能行驶。船摇晃得非常厉害，做饭、吃饭变得更艰难了，做饭时我的手臂被烫伤了。一天下来人感觉好累，肠子好似被扭了99道弯。前进的海里数不太理想，而油箱的指示针却移动得很快。

孤帆前行

　　船长终究不是自动舵，却像自动舵一样，在夜里 2 点左右也罢工了。他关上发动机准备睡觉，任船自由飘荡。在他关机的一刹那，我醒了，洋流速度很快，看着船往后退。我立马起身接过船长的班，开机继续前行。我怎能让一寸一寸爬出来的海里数付之东流呢？

　　在以后的几天里，后半夜基本上都是由我操舵。我也不是自动舵，也会疲劳，但我有办法：在心里默默地唱歌，还有就是吃辣椒。特别是对着小辣椒咬下去，辣得一股股热气顺着每根头发窜出去，眼睛即刻变得雪亮，能精神好一阵呢。

　　因油料消耗过快，船长不得不又改变航线，尽量借风行驶。望着海图上目的地的海里数又增加了 50 海里，我的心灰暗到了顶点。长时间的操舵，导致我手掌疼、脚跟疼、腰疼、屁股疼。

　　此刻，我开始怀疑航海的乐趣，怀疑帆游的生活方式。我觉得太苦了，太累了。特别是那些单人环球航海英雄们的情怀更令我费解。好歹我们还是俩人，可以相互壮胆，相互照应，相互鼓励。

　　8 天的航行，几乎耗尽了船上所有的物资储备，船长决定靠岸补给。由于南沙群岛远离大陆，物资缺乏，我们帆船很难得到补给。这时，船长想去菲律宾的巴拉望岛补给。

　　终于在 2018 年 1 月 31 日的早上，我们看见了陆地——菲律宾巴拉望岛南部。

　　接近中午，我们在距离 Quezon 小镇约 2 海里左右的海湾抛了锚。我做的第一件事是用手机发短信向家人报平安。

　　8 天 8 夜，我们挺过来了！我终于长长地松了一口气。身处绝境，当求生成为唯一选择时，我才知道自己有多么坚强，8 天 8 夜的磨炼让我们变得更加强大。

丹云号在菲律宾 Quezon 小镇抛好锚，船长刚刚洗完澡，我还在舱里做饭，菲律宾海岸警卫队的两名人员肩挎冲锋枪，坐着当地渔民的小螃蟹船来到丹云号边。我很吃惊，太神速了吧？

两名年轻的菲律宾海岸警卫队的人员上了丹云号。他们非常友善，一直面带笑容，礼貌地问我们从哪里来，船上几个人等问题。

船长拿出啤酒招待他们，并将护照及丹云号帆船的所有证件给他们查验。其中一位当官模样的人拿起每个证件看了一遍，笑着说：只有护照我看得懂，其他的都是中文不认识。

然后他又问：你们去哪里？计划在哪里报关？有海关的地方都可以办理入关手续。

船长回答：我们是沿着中国九段线帆游，只是想靠岸补给，补给之后就离开。船长还说：我们经过 8 天 8 夜的航行，需要购买食品、加油和补充淡水，可以吗？

对方的回答是：当然可以。

这里要特别说明一下：虽然根据国际海洋法公约，公海航行的船只在需要的时候都可以靠岸补给，但是每个国家的国内政策并不都是一样的。据我所知，菲律宾、马来西亚、泰国、柬埔寨都是没有问题的。日本、澳大利亚肯定不行。远航的时候要先做好这方面的功课。

32
第一次在国外做帆船补给

　　当天下午，我和船长驾驶橡皮艇在 Quezon 码头上了岸。小镇人口不多，路面坑坑洼洼，房子低矮破旧，好在附近菜场、超市、银行、加油站都有。

　　我们先到了一家银行换了一些菲律宾货币比索，再去搭有简易棚子的农贸市场内买了蔬菜、水果和几种海鱼。这里的海鱼品种很多，纯野生，价格非常便宜。从市场出来，看到马路对面有一家较大的超市，船长坐在超市门外休息，我进入超市后，感觉头疼不舒服，什么也没买就出来了。

　　见到船长，他也说头疼。我俩分析，是在海上时间太久了，大脑和身体已经适应了摇摆模式，返回陆地身体平衡方式改变，出现了晕陆地现象。本来计划吃顿大餐补补的，眼下，俩人都急切地想回到船上。

　　我们返回码头，想找条渔船帮我们送淡水和柴油。看到一条小螃蟹船上刚好下来两个人，船长便上前打招呼，并想请他们帮忙送淡水和柴油。他们明白船长的意图，但不会用英语表达。此时，一个小伙子走近我们，正是上午见到的海岸警卫队的领导，他主动帮我们当翻译，双方约定：明天上午 10 点先送水，然后接船长上岸买柴油。渔船船主负责找油桶，船主要我们付劳务费 3000 比索，折合人民币 400 元左右。我们爽快答应。

　　第二天上午 10 点，渔船船主准时载着满船的水桶来了。船主把他太太和 7 岁的小儿子也带来了，他的太太曾在韩国做过菲佣，英语很好，也很健谈。他们都上了丹云号，边参观边惊叹。船主太太开心地用500比索一部的手机拍照，手机的小屏幕约2公分见方，色彩很差，照片模糊不清。

　　船主太太看我用的是华为手机，伸出大拇指，说这个手机很贵，还一张张翻看我手机相册中的照片，爱不释手。那一刻，我祈求苍天赐我一双翅膀，飞回家中，把不用的智能手机都拿来，送给他们。遗憾的是，祈求没能如愿。

　　水箱加满水后，船长带着比索上了渔船，去加油站买柴油。待渔船再次返回时，船主太太和孩子没来，船长手里多了个小塑料袋，他递给我，说，这是船主家种的空

送水来了

135

心菜，摘了一些给我们。

我接过来，看了眼约半斤重的空心菜，不太在意地放在一边。后来，我才知道，这把青菜对于巴拉望的岛民来说有多珍贵。

各项补给到位，我们吃了中饭，便离开 Quezon，沿着巴拉望岛的西海岸向北航行。

船主太太

33
在乌卢甘湾避风

　　从中国大陆吹来的强冷空气明天将横扫我们所在的位置，为安全起见，我们不得不再次起航。

　　2018 年 1 月 31 日下午 3 时许，丹云号缓缓离开只停留了一天的菲律宾巴拉望岛南端的 Quezon 小镇，前往 73 海里处的乌卢甘湾避风。

　　经过近 20 小时顶风顶浪的航行，丹云号于 2 月 1 日中午到达菲律宾巴拉望岛的乌卢甘湾口。

　　一座细长的小岛静卧在湾口中间，将湾分为两部分。船长蹲在导航仪边寻找锚地，我操舵从左边入湾。放眼望去，湛蓝的海水清澈透明，绵延的山峰层峦叠嶂。海岛岸边处的海水更是色彩斑斓，可与九寨沟的五彩池相媲美。远处可见几所低矮的民房掩映在树丛中，偶尔有几条花花绿绿的渔船进出湾口。好一幅动静结合的山水画卷！一夜的劳累辛苦飞出体外，只剩下心旷神怡。

　　我们很快发现：这片海域与广东沿海不同，近岸水下布满珊瑚礁，很难找到合适的锚地。找了两个多小时，丹云号才在两面有村庄一面是高山的海中间下了锚。

　　丹云号左侧的村庄离我们约有 1 海里，远远望去有一片低矮的房屋，偶闻鸡鸣犬吠。右侧的村庄离我们约 2 海里，被突出的山角挡住，见有渔船进出，村里的情况不明。丹云号船头方向约 300 米处的海中间，有一间用树杆插在海里做支撑搭建起来的茅草屋，草屋主人是位中等身材皮肤黝黑的男子。很多小船经过草屋时都会将船拴在木杆上，爬上小屋与主人聊会儿，直觉告诉我：他，人缘指数不低，一定是个好人。

避风的头两天，我们都在船上休息。看海里的乌龟戏水，看天空的飞鹰抓鱼，看静谧夜空繁星璀璨，看日出日落云卷云舒。但我最喜欢看的当属菲律宾人的笑脸。来来往往船上的人们都会和我们挥手微笑。菲律宾人的笑，是发自内心的真诚的笑。

草屋主人

然而，毫无征兆的危险却在悄悄逼近。

34
飑线急袭，丹云号搁浅

2月3日中午，我和船长分别躺在两个懒人椅上休息，不经意地聊着流年。忽闻前帆缭绳打在主桅杆上"啪啪"响。啊！起大风了。

事后，我们才知道遇到了飑线。飑线是指范围小、生命史短、气压和风向发生突变的狭窄强对流天气带。飑线来临时，会出现风向突变、风力急增、气压猛升、气温骤降等强天气现象，出现时通常还伴有雷电、暴雨、冰雹和龙卷风等剧烈的天气过程。

我闻风而起，只见丹云号正快速后退。糟了！走锚了！

船长迅速启动发动机，让我起锚。我冲到前甲板，打开锚机舱盖起锚。当锚收回时，丹云号已经搁浅了。龙骨已坐底。船底龙骨与珊瑚石摩擦、撞击，发出吱吱嘎嘎的响声，声声剜心。水下两米多深的龙骨有保持船体稳定、减少倾斜的功能，作用类似"不倒翁"。在风力作用下，龙骨游离于高高低低的珊瑚石中，已丧失稳定船体的功能。失去重心的丹云号正慢慢倾斜，角度超过60度，船舱内饰木板发出揪心的挤压声，仿佛瞬间即会四崩五裂。更糟糕的是船尾舵板也卡在珊瑚石中。船长将发动机开到最大马力，试图冲出珊瑚石的魔爪，最终，发动机的动力输给了风力。船，岿然不动。

帆游带给我太多从未体验过的"惊"。惊喜、惊恐、惊叹、惊奇。今天"惊"字后面尾随的却是巨大的"险"。

恐慌的气氛四处弥漫，丹云号的厄运在劫难逃了。我们极力让自己的情绪保持稳定，可我的脑海里却不停地闪现着一个又一个恶果。现在帆船大部分是玻璃钢船体，触礁撞击严重会导致船体破损进水，大量持续进水的结果就是沉船。

眼下，以我们自己的力量无法让帆船脱险。这人生地不熟的异国他乡，如何求救？即使有人来解救，又得花多少钱呢？船长第一次感到束手无策，呆坐在舵边。甲板上，我慌乱地跑来跑去，船体已完全陷入珊瑚石的包围圈。

正在危急时刻，我抬头看见，海中草屋主人开着小船向我们驶来，他神情紧张、一脸严肃，我们和他打招呼也没任何反应。他的船有5米长，中间是50厘米宽的主船体。主船体向两侧各伸出三条弯曲的木杆，好似螃蟹的爪，我们称这类船为螃蟹船。蟹爪木杆端头再绑一条横杆拖在水里，以保持小船的平衡。

小船靠近丹云号，他先用绳子把自己的船拴在海里的一根木桩上，然后用手比画着意思是附近都是珊瑚。又从船上拿起潜水镜戴上，穿着衣服跳进海里查看丹云号船底情况。出水后，他依然比画着，意思是船底龙骨被四块大珊瑚石卡住了。

看来草屋主人不懂英语。船长让我拿出长缆绳，一头拴在船头，另一头甩给他，船长也比画着，示意他用他的船把丹云号拉出来。因两条船的马力都小，试了两次没有成功。这时，狂风携着暴雨袭来，我挥手指着他的小屋，让他回去。他明白我的意思，却没有离开。在风雨中，他双手抱膝蹲在船头，一动不动地看着越来越倾斜的丹云号。

这时，船长拿出一个塑料袋吹满气，里面放罐啤酒和饼干，系紧袋口扔给他。他用船桨捞起水中的袋子竖起大拇指，露出一丝微笑。肢体语言已经让我们感受到了彼此的善良。难怪说，微笑是国际通用的语言。

约半个小时后雨停了，草屋主人驾船离开，去右前方喊来一条稍大的螃蟹船来帮忙。此时刚好有另一条大船回村经过，草屋主人和船主说了两句，两条船拴在一起，同时发力拉丹云号，仍未成功。我绝望地看着其中一条船放弃救援离去，我满心酸楚。留下的那条船的船主与草屋主人嘀咕一阵，然后面对我们做了个双臂交叉的动作，指了下右边远处的村庄也走了。我不明白动作的意思，但坚信他们一定有办法了。

待那条船回来，船上多了几个10多岁的大男孩，还多了个很大的铁锚。几个人把锚绳拴在他们的船头，合力抬起大锚丢入海中，又从海里捞起丹云号缆绳拴在螃蟹船上。两条船同时开启发动机向前顶，螃蟹船上的几个小伙子像拔河那样齐心协力拉我们的缆绳，丹云号有反应了，一寸一寸地前移，只听"咕咚"一声，几大块碎珊瑚石翻出水面。丹云号终于脱险了！一股热流瞬间涌遍我的全身，我哽咽了，泪水夺眶而出。找不出任何词语可以诠释我此刻的心境。

当两条船靠近时，螃蟹船上的人纷纷跨上丹云号，和我们握手，热烈地握手。丹云号被困 4 个小时最终脱险。庆幸龙骨和船体完好无损，只是约有 1/3 的舵板被珊瑚石折断，永远地留在了乌卢甘湾。我和船长激动得成了机器人，反复说着一句话：Thank you! Thanks very much! 营救成功，他们也心花怒放，热烈地说着什么。握过手他们转身跳回自己的船上，就要离去。

我开始以为他们跳上丹云号是来索要辛苦费的，我以为他们会打死狗讲价钱，宰你没商量。羞愧！惯常的生活滋生的防范之心，降低了人们的道德水准。我真为自己的"以为"而感到羞愧。船长见他们要走，急了，一边打手势让他们稍等，一边让我拿些钱给他们以表谢意。我进舱拿出一沓菲律宾比索，顺带拿了两提罐装啤酒一起递给草屋主人。他们看到钱时露出惊喜的目光，因为他们事先压根儿就没打算要酬劳。其中有位小伙子懂英语，说，大锚借给我们使用，等我们离开时将锚绳扔到水里即可。惊诧，世上竟还有如此好心的人，相遇是缘，得助是福啊！

35

云善良人的村庄看看

有了大锚，丹云号安全了。大风一直持续着。几天过去，船上的蔬菜剩下不多，荤菜只有冻猪肉了。

2月5日上午，风力开始减弱，我们决定开橡皮艇去村子里转转，顺便买点新鲜蔬菜和海鱼，也去看看这些善良人的生活。

我和船长从前甲板上把橡皮艇放入海面，驾艇先去左侧村庄，珊瑚礁铺满海岸线，橡皮艇挂机叶片几次打到珊瑚，无法靠岸，只好退出来改向远处右侧村庄行驶。右侧的村庄水中有座用木板搭建的浮桥。桥上站着一个六七岁的男孩儿，伸出小手，试图帮助我们接缆。船长啧啧称奇。孩子太小，怕他掉水里，没有让他帮忙。船长自己把缆绳拴在了木桩上。

我们爬上桥，给孩子几块糖果，他带着我们走进了村庄。我惊呆了，第一次看到这种居住环境，所谓的房屋就是用草、木杆、草席搭建起来的棚子，低矮、潮湿、摇摇欲坠。涨潮时，房子在水里，落潮时，房子在泥里。

妇女们用大塑料盆在空地上洗着衣服，再看一排排挂在竹竿上的衣服，竟找不到一件完好的哪怕是半成新的衣服。空地上孩子们相互追逐打闹，笑声一片。村里最好的一座房子是基督教教堂，土墙面刷了彩色油漆。教堂院内整齐干净，四周摆放着开满鲜花的花盆。路上，我们恰巧遇到一位懂英语的中年女性，向她询问村里是否有鱼和蔬菜卖，是否有超市。她说：这几天外海刮大风，渔民们没有出海，没有鱼卖，这里也没有市场，有个Mini store（微型商店）。她主动带我们来到一间半截是草席半截是铁丝网围起来的约3平米的小屋前，屋内铁丝网上悬挂着一袋袋糖果等零食，没有新鲜蔬菜，只有西红柿罐头，我很想买点什么帮衬店主，却因找不到需要的东西而放弃。

离开微型店，走在泥泞的土路上，船长看到3只雏鸡，顺口说：有走地鸡，我们买了吧？我说：整个村子穷得就剩3只小瘦鸡了，你还要吃？咽得下去吗？

走出村庄，我的心灵受到猛烈撞击，在商品经济非常发达的环境下形成的三观堡垒开始崩塌。都说"穷山恶水出刁民"，然而就在这贫穷得几近原始的地方，素昧平生的菲律宾人，为何能无私地解救受难的外国人？如果没有博大挚善的胸怀做得到吗？是什么教育方式，能使生活在贫困线下的他们具有如此高尚的品德与行为呢？乐善好施、急人所难、雪中送炭……是汉语中对善良行为的赞美之词。我们在乌卢甘湾遇险得救，让我对这些词真正有了深刻体会，也深深地感受到了当地民众发自心底的善良。

善良人的村庄

36
丹云号来了小外宾

又是一个下午，发呆中的我，看见海面上有两个小竹筏在慢慢地向丹云号方向移动。原来是右侧村庄那个想帮我们系缆绳的小男孩儿带着另一位小伙伴，以3根捆绑起来的竹竿作舟，以1米长的竹片作桨，划了两海里来访丹云号。

惊奇之余，我环顾四周，确认没有大人跟随。两个小外宾老练地从竹筏上拿起一块拴着绳子的珊瑚石放入我们的橡皮艇，完成竹筏下锚动作，起身要上丹云号。我和船长一人拉一个，把浑身湿透的他们请上帆船，并拿出花生、糖果、

小外宾来访

椰子汁招待他们。小客人抓起花生放在耳边摇摇，茫然地看着我。我剥开花生壳，取出一粒花生米放进嘴里吃了，他们笑了，照我的样子吃起来。

　　我又翻出红枣、葡萄干、牛肉干、饼干、核桃仁等能吃的东西给他们，开心地看着他们吃。两个小客人吃饱了就在帆船上前后跑，到处看，时不时地发着议论，说着我们听不懂的语言。正因为在他们幼小的心灵里种下了善良，也相信别人一定善良，他们在无大人的陪伴下，也能毫无顾虑地登上我们这条外国人的船。

寒潮已过，天气转好。2月8日，我们计划起航前往巴拉望的旅游胜地爱妮岛。临行前，船长决定带些东西去答谢一下我们的恩人。

此处，既无银行又无市场，取不出钱买不到商品，我们在海上漂泊已35天，即便是地主家也没余粮了。我就地取材，拿出两小袋东北五常大米和两套全新的不锈钢锅用袋子装好，作为礼物准备送给恩人。今天也怪，等到10点都不见那位恩人的踪影，主人的小船也不在。不见不走，等！我们坐在后甲板上默默地望着草屋方向，盼他的身影出现。

终于，逆光中一条船从村庄里出来，经过草屋向丹云号驶来。草屋主人带着年轻的一男一女和5个新鲜椰子来看我们了。这对男女是草屋主人的女儿和女婿。船上实在没什么好东西了，我拿出还带着余温的煮鸡蛋和糖果等零食招待客人。

漂亮的小女子会说英语，今年19岁，44岁的爸爸今天特意带她来当翻译。草屋主人拿起不锈钢锅，左看右看，爱不释手，全程面带笑容。我专门找个笔记本让他女儿写下爸爸的名字。至此，我方知恩人的名字：罗德里克·埃斯皮诺萨（Roderick Espinosa）。菲律宾乌卢甘湾刻骨铭心的经历，让我记住了这个平凡的善良人。

我们与恩人罗德里克及其女儿、女婿告别，丹云号缓缓离开乌卢甘湾继续北上，我不断地回头望着海中草屋，直至它在我眼前消失。但它，已深深地刻在我的脑海里，直到永远！

罗德里克，衷心地祝福你，好人一生平安！

恩人及女儿女婿

38
风景如画爱妮岛

寒潮虽然褪去，但北风依然强劲，丹云号开机行驶的船速经常在 2 节以内。

2 月 9 日号晚上，丹云号在一个小湾抛锚。我们在岸边的小学校里补充了一些淡水。菲律宾虽然落后，但学校建得还不错，特别是学校建筑墙面的油漆色彩鲜艳，辨识度高，很远就能看到。

2 月 10 日上午，丹云号驶入爱妮岛海域。

爱妮岛不是一座单独的岛屿，而是由 45 个小岛屿组成的一片群岛，位于巴拉望群岛最北部地区。

当丹云号驶入爱妮群岛，便像驶入了海中画廊：一座座大大小小的岛屿似被人排列过，恰到好处地安放在海中，错落有致，姿态万千。看！左边岛屿的白沙滩边，几座白墙红顶的建筑物散落其中，秀丽而幽静；右边的岛屿植被茂密，郁郁葱葱；远处的岛屿怪石嶙峋，叠石成山。海面上，本地的螃蟹船、小游艇及客轮，穿梭于群岛之间，带着游客跳岛游览。海天一色，碧蓝、通透。目光所至，皆为风光旖旎、苍翠欲滴的一幅幅图画。我在画中游，我是画中景。

下午，丹云号来到一个叫 Crongcrong 的地方下了锚。

这哪里是普通的帆船锚地呀，简直是室外帆船展览馆。各款各型的大小帆船在此地锚泊，船上的人多为白人，且以家庭方式居住在船上的占多数。所有的船只具有一个共性，即船体上没有任何字，他们来自哪里不得而知。

初来乍到，先去陆地看看，满足一下胃，熟悉一下环境。我和船长驾驶橡皮艇冲

徜徉爱妮岛

上沙滩，上了岸，就近在路边一家本地人开的餐厅坐下来，吃了一顿虾不是虾味、茄子不是茄子味的饭。然后，船长与正在这里度假的杭州帆友小钟取得了联系，邀请他来丹云号帆游几日。约好见面地点，我们搭乘三轮摩托车接到了小钟，一起到市场买了水果和蔬菜返回帆船休息。

第二日清晨，起床出舱，天呐！我置身于更美的画中。此刻，朝霞染红了天际，远处的小岛被雾纱笼罩，似一堵黛色长墙立在海中。白色的帆船静静地卧在平滑如丝的海面上，每条船上可见两条桅杆，一条直插云霄，另一条深入海底，空间无限。船长手不停、嘴不停，边拍照边说：太美了，太美了！此时，有只黄色的螃蟹船经过，又有 3 位少年用橡皮艇装淡水归来，驶向右前方那艘超级大帆船，才打破了画面的静态。

白天，我们登岛、观石、沙滩漫步，品本地啤酒，尝地道比萨。爱妮岛的生态系

统呈多样化，有热带雨林、红树林、白色的沙滩、珊瑚带、石灰石暗礁等，气候温暖，无工业污染，当地人淳朴善良，因此吸引了世界各地的游客与帆船爱海者汇聚于此，成为著名的度假胜地。看到沙滩边一间间独立的小院中，上了年纪的外国人躺在休闲椅上，或看书，或品咖啡，或闭目养神，个个好不惬意。我感叹外国人会享受生活。在国内，很多人并不缺钱，可偏偏不懂得"舍"与"得"。

在夕阳最美的时刻，我们带着两桶柴油，开着橡皮艇回到帆船上，真享受这逍遥而又真实的当下。

刚享受了两天仙人般的生活，却有台风预报消息传来，今年2号台风将横扫菲律宾。船长决定：我们提早离开巴拉望，沿着吕宋岛边缘回深圳，以策安全。

2月11日下午，我们正准备起航，离我们最近的一条约33英尺的帆船船主，划着橡皮艇带着一个7岁左右的巴西小姑娘来到丹云号边。

船主看上去又瘦又老，感觉有70岁以上，但精神很好，幽默风趣，硬说自己年龄比我家船长还小，只有60岁。他是个法国人，独自一人驾驶帆船从巴西来到菲律宾。每天下午，他都会划小艇去岸上的酒吧喝啤酒。看到我们的船要离开，说来送送我们，还说，他是第一次看见中国人驾驶帆船，说着说着就竖起了大拇指。听他这么一说，我也觉得蛮骄傲的。其实，他的勇气更令我佩服。

海中奇石

法国船长来送行

39
与 APO REEF 有缘无分

告别法国老船长，丹云号离开巴拉望岛，航行目标：Apo Reef。

Apo Reef 环礁在爱妮岛的西北方向，直线距离约 122 海里，是一个仅次于澳洲大堡礁、排名世界第二大的珊瑚礁群。与菲律宾其他潜水基地相比，Apo Reef 仍处于原始阶段，比较冷门，游客不多，海水的能见度为 15 ～ 50 米。

受 2 号台风影响，我们顶风顶浪航行，每前行 1 米都很艰难。丹云号颠簸起伏，像是一直在爬坡，累得直喘。

就在我们能隐约看到 Apo Reef 的航标灯时，船长却放弃了。他不想让丹云号太辛苦了，随即将丹云号调整为侧顺风方向行驶，行驶目标为菲律宾的第五大岛屿——民都洛岛。

看到的最好房子

40
在民都洛岛过大年

2月14日晚，丹云号抵达菲律宾西民都洛岛的曼布劳市。曼布劳市是西民都洛省的首府，人口约42万，也是民都洛岛的主要港口之一。岛上多为两层以下的房屋，看不到很像样的建筑物。

2月15日，今天是中国的大年三十，明天就是春节了。"春节"俗称"过年"，是中华民族最隆重的传统佳节。贴春联、吃团年饭、祭祖、拜年等习俗已延续了几千年。如今，吃团年饭已成为过年的重头戏。每逢过年，纵使远离父母万里，人们也会从四面八方不辞辛劳地赶回家，就为能陪父母和亲友们吃一顿年夜饭，于是才有了中国特有的"春运"。

今年春节，我们驾驶丹云号正行驶在南中国海的海面上，根本无法与家人团聚了。这也是我和船长搭伙过日子以来首次单独在异国他乡过年。

大年三十的早上，我和船长带着洗护用品及脏衣物，准备去岸上找家宾馆开个房，洗澡、洗衣服，然后买年货。船长安排小钟在船上值守，以确保帆船安全及应对检查。

我和船长乘坐橡皮艇驶向岸边。登上陆地后，船长将橡皮艇随便放在无人的沙滩上。我们爬上小坡来到马路边，这里全是砂石土路，灰蒙蒙的房屋，仿佛穿越到了20世纪70年代的中国。我们拦了一辆营运三轮摩托车，让他帮忙找家宾馆。几分钟后，司机把我们带到一家宾馆门前。这家宾馆有两层楼，一楼大堂还算干净整洁，我们带着东西走了进去。

船长问站在前台边的一位瘦小伙：有钟点房吗？

那人抬头看了我们一眼，说：没有按小时计费的钟点房，我们是按天收费，每天800比索。

船长付了钱，小伙子在一个软皮抄上登记了我们的护照信息，拿了一把钥匙递给船长。我们上了二楼，打开房门。房间的设施很破旧，我想，差就差点吧，反正我们也不住。咦？怎么没有热水呢？经与前台确认，这里确实没有热水淋浴。

就着冷水洗漱完毕，我和船长又搭上一辆三轮摩托车，来到一个露天集市采购食品，然后提着大包小袋回到了丹云号。船长没有上船，直接带着小钟再次返回宾馆。

北方有句俗话：谁家过年还不吃顿饺子。虽说我离开北方老家已40载，但家里仍保留大年三十吃饺子的传统，一年只包一次饺子，就在大年三十这天。尽管远离家乡和亲人，但规矩不能破，于是，剁肉、包饺子。记忆的画册被我任意地翻阅着，停留在小时候全家人包饺子的画面上。因妈妈是重庆人，家里包饺子的事儿，都是爸爸

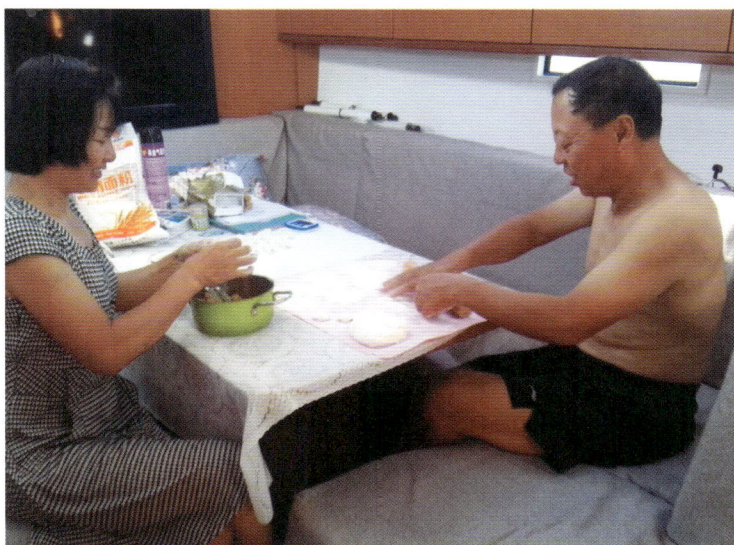

过年包饺子

挑大梁。爸爸手把手地教我们三姐妹包饺子，徒弟们倒也学得很到位，包出来的饺子长得一模一样。我太怀念一家人围在一起，有说有笑地包饺子的时光啦，把团圆和幸福都包进了饺子里。

在船上包饺子可没那么简单。海浪作用下的帆船不停地摇摆，猪肉馅还没完工，我已经晕了，只能把战场移到舱外甲板上。待我准备工作全部就绪时，船长和小钟回来了。

船长擀饺子皮，我负责包。另外，我还做了四个菜，蒸了一条鱼，年年有余。

大约下午5点钟的时候，我们开始吃年饭。在热带地区过中国新年感觉真好，船长打着赤膊，我穿着轻薄的连衣裙，欣赏着风轻云静、碧空万里的海岸风光，吃着饺子，喝着小酒。饺子就酒，越喝越有。船长边喝酒边说：在这里过年真好，人民都乐了（取地名民都洛谐音）。小钟不喝酒，他用罐装可乐与我们频频碰杯，互送祝福。来来往往的当地渔船，有意靠近我们丹云号行驶，给我们送来微笑，感受我们过年的喜悦。饭后，我们用手机给国内的家人及亲友们拜年，祝福新年大吉大利，诸事顺意。

太阳西下，绚丽的彩霞映红了天空，真是难以形容的美！红红火火的新年即将来临！

41
海豚湾

  除夕之夜，船长与来自广东的一名潜水教练小李取得了联系，他希望我们去海豚湾与他汇合。他有条双体帆船叫南粤勇士号，2017 年底，他将帆船开到了菲律宾的海豚湾，并经当地村领导批准，在海里做了两个锚球。丹云号可以拴在他的另一个锚球上。

  2018 年 2 月 16 日（大年初一），凌晨，丹云号起航了，前往 70 海里外的海豚湾。

  这时，海面上还漆黑一片，没有一丝亮光。航行没多久，螺旋桨便缠上了渔网。定睛一看，网主就坐在不远处的螃蟹船中，也不出声，怪吓人的。

  丹云号的螺旋桨第一次缠上绳子，我不知所措地唉声叹气，小钟安慰我说：帆船缠上绳子是常有的事，你们的船用了三年才缠上绳子运气已经很好了。

  我们花了 500 比索请网主帮忙，对方下水帮我们割了渔网，我们得以继续赶路。

  船长有本书，叫 *WORLD CRUISING DESTINATIONS*，即《世界帆游目的地》。书中介绍了帆游世界各地的最佳时间、线路规划等，重中之重说的是：在对的时间选择对的航线，顺势而为。

  而我们目前却干着逆水行舟之事。东北季风盛行却偏偏选择顶流北上，航行效率极低。经历 15 小时的颠簸，到了晚上 9 点左右才接近目的地。

  黑暗中，隐约感觉有只小船向我们划来，还有人喊着什么。小船靠近了，一个彪悍的菲律宾人从船尾爬上丹云号，即刻操纵舵盘。他是小李在本地雇佣的船长，按老板小李指示，正在等我们。菲律宾人驾驶丹云号来到南粤勇士号船尾，小船上的人捞起海中锚球的一截绳索递给船长，船长拴好丹云号缆绳。

　　海豚湾，也叫 PG 岛，位于民都洛岛（Mindoro）的北部，与吕宋岛隔海相望，距离马尼拉 150 千米，交通便利，全年适合潜水，被誉为亚洲潜水天堂。无论是在陆地上还是在海里，带着潜水装备的人都随处可见。遗憾，我们仨都不会潜水。但坐在船甲板上，我也常常会看到五颜六色的珊瑚鱼游近丹云号，向我问好。

　　海豚湾里有个没有浮桥的游艇会，海中有固定的锚球，谁来就捞一个系在船上。同样，这里停满了来自世界各地的新型大帆船。船上的人上岸时需要划小艇或联系游艇会的接驳船接送。停泊费大概每天 50 元人民币。会所建在西南入口右侧的岛上，那里有客房、卫生间、洗衣房、酒吧和西餐厅等配套设施。

　　游艇会右侧有条小商业街，银行自动柜员机、餐厅、冷饮店、超市都有，顺着大路下坡，还有加油站、菜市场，生活比较便利。岛上有民宿对外出租，在这风景隽秀、气候宜人的地方，真想留下来住两个月。

　　休息两天后，我们完成补给工作，并请小李吃了餐饭，算是告别。小钟要拜小李为师，决定留下来学习水肺潜水。2 月 19 日我和船长匆匆起航北上，我要回家。

海豚湾

42
从吕宋岛返航

　　帆船作为交通工具的功能，在速度上恐怕是最慢的了，何况还要受到天气变化的干扰。我虽归心似箭，但再急也是徒劳。返航途中，为躲避大风和加油，我们在吕宋岛北部的小湾里抛锚休息了好几天，其他时间都在赶行程。

　　离开吕宋岛准备横跨南海时，丹云号油箱并未满，船长测算，只要能用帆行驶一天，便可回到东部湾，况且，吕宋岛与广东之间的海面，无论什么季节，对帆船来讲都是侧风，均可升帆航行。

　　谁会想到，我们偏偏遇到了南海海面大范围的好天气，好到无风无浪，海面上就像铺了一块巨大无边的蓝色绸缎，柔软，平滑。偶遇中国集装箱货轮经过丹云号，我用16频道向货船询问未来两天的天气情况，应答人用非常开心的口吻说：这天气好啊，真是南海少有的好天气呀，而且大面积无风。听后，我心里不是滋味，他哪里知道，我现在需要风。

　　无奈，丹云号在南海上，以发动机为动力整整航行了4天。其中一天，我们目睹了一个海上奇观：在丹云号行驶的航线两侧来了一个超大鱼群，一尺长的鱼像掉进开水锅里一样，跳跃着、翻腾着，丹云号行驶近一个小时才冲出鱼群。说来也怪，这么多的鱼，我们竟然没钓到一条。

　　眼见着丹云号的油箱指针奔向零，为了节约用油，船长将发动机的转速开到1800的位置。因周围已能看到中国渔船，我们不再担心没柴油，急需时可以找渔船买。

终于在 2018 年 3 月 6 号的清晨，我们驾驶丹云号进入广东大亚湾海域。从未见过的大雾笼罩着整个海面，能见度不超过 10 米。丹云号的船头仿佛挂着一块大荧幕，完全挡住了我的视线，不断听到附近的商船鸣笛却看不见船影，我只能通过导航仪上显示的 AIS 信号，了解周围船只的情况。

　　突然，我听到有快艇的声音向丹云号驶来，感觉越来越近，我有些紧张却不知该如何避让。一会儿，一条钓鱼艇来到丹云号边，原来是东部湾游艇会的船东带着东能一号的船长小庞来了。他们收到丹云号的 AIS 信号，特意开船来看看船上是否还有其他人。恰好，船长睡醒从舱里出来，只有两个老家伙开帆船长航被再次证实。

　　上午 10 点，我们坚持把船开回东部湾码头，油箱里最多剩余柴油 20 升。

　　历时 63 天的环游南中国海之行结束了，此次航程为 3000 海里，是我们目前为止距离最长的一次长航。

43
我的航海游记获奖了

　　从 2015 年算起，我和船长的航海生活已满三年。三年的时光对退休人员来讲，很多人也许会感叹岁月无情，因为我们的眼角又多了几条皱纹，鬓角又添了许多白发。我和船长也不例外，也会变老，今年老花眼镜就找上我了，可我们从心里忽略了它的存在，我们没时间跟它计较。我们在航海的路上，刚刚从婴儿成长为青年。今天，可以骄傲地说：我们已成为真正的航海人！

　　休闲式航海生活给了我许多前半生从未有过的人生体验，于是，我用最简练、朴实的语言并以航海日志的形式，真实地记录了我们的航海历程。部分航海日志被《深圳老年》《深圳文化天地》《莲花山》等刊物采用，更多的航海日志发表在了国内著名的航海网站上。

　　2018 年 8 月，我在家人的鼓励下，有生以来第一次投稿，参加了深圳市福田区举办的第五届"千里路·万卷书·文明人"全国散文大赛。经过区专家组初审、市专家组复审、省专家组终审，在来自全国各地 1000 多篇散文稿件中，我的《发自心底的善良》一文获得全国优秀散文奖。颁奖典礼于 2018 年 12 月 14 日晚在深圳市中心书城隆重举行。在颁奖典礼上，我才知道，有多位深圳本地的文学大咖和我一样，拿的都是优秀奖，与他们站在一起同台领奖，我倍感荣耀。

　　在颁奖典礼上，我有幸见到了深圳市作家协会驻会副主席、复审首席评委、广东省评论家协会副主席、文学博士于先生，他对我的名字和作品印象很深刻。他对我说：

"你的作品写得很棒，在复审时，我给了你这篇文章很高的分数，排在了前三名。"

听了于主席的话，我满足了。对我而言，他肯定的份量重于任何奖项。谁说航海人是头脑简单、四肢发达、缺少文化的群体？在这个航海群体中，拥有各行各业的精英人士。他们追逐自由，有胆有识，勇敢顽强，这就是航海人的标签。在茫茫的大海上，我们勇敢无畏；在陆地上，我们也可以很文艺。航海人写的文章同样可以登上文学殿堂。于是乎，我有了想法，在今后的航行中，我要记录更多航海人的故事，让更多人了解航海文化，了解航海人的情怀。

获奖

44
三下海南，匆匆忙忙

2018 年 12 月 22 日，我们的年终岁末航海季起航了。第一个目标还是海南。

中午 12 点，丹云号匆匆忙忙驶出了游艇会闸口，带着并不太健康的身体出发了。

为什么要匆忙起航呢？这可是长航的大忌呀！因今年 8 月，丹云号所在的东部湾游艇会要进行全面整修，需要全面清场，丹云号上岸已达四个月之久。

四个月时间的干舱和"山竹"台风的影响，致使丹云号船体多处不适：①风速风向仪被"山竹"带跑了；②侧推电瓶挂了；③发动机干舱太久，下水后循环水供应不上，烧坏了发动机叶轮；④自动舵仍在罢工当中。

原计划起航时间定为 12 月 21 日，丹云号是 20 号从岸上被放回海中的，游艇会要求我们帆船最晚在 12 月 22 日必须离开。船长抓紧时间，驱车 50 千米自提买回一个 100 安时的货车用的电瓶替代。新买的电瓶尺寸偏大，放不进原来的位置，船长就地取材，用铝条、绳子等材料，总算固定住了电瓶，算是解决了一个问题。码头维修人员小朱帮我们更换了叶轮，中国壹帆公司的总经理亲自安排人为我们免费修补好主帆。我们新买的橡皮艇及大量的长航物品需从家里搬运到船上。由于码头关闭了汽车入口，搬运距离较长，外加安装主帆、洗船，整整花费了两天时间。正当我们一切就绪准备起航时，船长再次检查发动机机舱，发现叶轮没有更换好，导致海水循环泵漏水，便放弃起航。

22 号上午，东部湾维修公司的朱经理上船，把泵拆下来拿回维修车间处理。朱经理是广东肇庆人，为人诚实厚道，维修技术水平高超，舍得与人分享自己维修保养船舶的经验。船长跟他学到不少维修干货。临近中午，朱经理把泵安装好，丹云号这才匆忙开出了游艇会。

此次南下，丹云号团队多了一名帆船爱好者小钟，他是第二次搭乘丹云号长航。未曾想这么精锐的团队差点儿被吞噬在冬季南海的狂涛巨浪之下。

船刚驶出三门岛，浪大起来，小钟就开始呕吐，我事先吃了晕船药暂时没有发作。更意外的是，不知晕船为何物的船长也开始有了反应：恶心、没食欲。当天是冬至，北方习俗要吃饺子，我特意让船长煮了速冻饺子，他只吃了1个，小钟吃的那几个在胃里停留不到两分钟就喷入大海喂鱼了。说真心话，看到船长晕船我都想庆祝一下。哼！算是老天有眼，终于让你也体验一下晕船的痛苦。最好能达到我头疼欲裂、分分秒秒都想跳进大海的级别，但时间不能太长，浅尝即可，他是船长，可不能倒下。

到了午夜，我抵挡不住他们晕船的诱惑，也趴在船舷的钢丝绳上吐了。

奇怪了，不知是船长身体素质太好，还是他肩负的船长责任使然，反正他晕船级别没等提高就闪电般消失了。

我也争气，因连续用药，没再呕吐更没出现头痛。可怜的小钟头疼呕吐，脸色青白，双眼紧闭，躺了3天，每天只喝船长煮的那一碗白粥维持生命。

船长有心想就近靠岸让小钟休息一下。可是，能去的地方都是顶风，只有眼睁睁地看着他痛苦挣扎。他的状况确实让我和船长担心，像自己的孩子病了一样非常心疼。

最省心的就是老船员多多了，它吃喝拉撒一切如常。船长在两个凳子中间的空隙处安放了狗窝，多多趴在里面安稳、踏实，不会没完没了地被迫坐滑梯了。

还是这片海，但每次让我感受不同。

如今，各行各业为招揽生意，对新客户都给点儿甜头或舒适的体验。没想到，航海竟也存此嫌疑。2017年的5月，我和铅长驾驶丹云号第一次长航下海南，这片大海掏出温暖，倾出温柔迎接我。2018年1月2日再下海南，同样是它，却翻脸不认人了，温柔不再，50节的狂风加5米高的巨浪伺候我们。待我今日三下海南，迎接我的又是风、雨、浪交加。风速风向仪没了，不知多少节风，再说了，知道和不知道本质上没有区别，都得忍受。从船上各处传来的声音判断，少说也有40节。

大大小小的雨，淅淅沥沥下了3天，出发前看好的天气都作废了。最可怕的是海浪，3米高的涌浪把丹云号托举到浪峰时，它又不负责任地瞬间溃散，失去下滑波长的船即刻跌落谷底，被溃散浪打得左右摇摆，很难驾驭。船几次被巨浪打得倾斜角度超过了 70 度，我手握着右舵轮脚却滑到了左舵轮下。

最难走的是第二天，船长担心我力量不够，从下午 4 点到半夜 12 点一人持续操舵，我替换了他 3 个小时后，他又接着操舵。乱浪操舵费力费神，让人筋疲力尽。

好在有穿越南中国海那 8 天 8 夜的经历垫底，还有对巴伐利亚帆船安全性的超级信赖，我并未显现太大的恐慌。

随船的"80 后"小钟，是个非常帅气的杭州人，任职于一家医院的人力资源部。他酷爱运动和旅行，独自背包游走过许多地方，玩小帆船多年，经常参加各类帆船比赛。他喜欢默默地观察周围的一切，欣赏每分钟都在变的景色。或许是年龄的因素，有些腼腆的他对我们毕恭毕敬，小心谨慎。他会主动帮忙干活，但绝不会主动说话，说的最多的一句话是：谢谢。这次见面，他随和了许多，双方交流的话题也多了许多。他仍彬彬有礼加自律，长航时特别会节约使用淡水。船长经常夸张地说：我用一升水

帅哥又有了笑容

洗了澡，还洗得很舒服。小钟和船长有一�__，每次用水时，水泵半天才响一次，水流超小，是不是用几滴水洗的脸呢？此外，他还有个非常好的行为让我赞赏，即每次洗完澡，他都会把卫生间擦得干干净净，堪称中国最好的船客！

小钟与我有个共同点：晕船。这次南下他晕得够惨。当他活过来后，船长问：以后不来了吧？他却坚定地答：来！

我自叹不如，晕船时我发过无数次"不再长航"的毒誓，没过几日，又没皮没脸上了贼船。哎！中了"蓝毒"，想摆脱掉可没那么容易喽。谁让我爱这刻骨的寂寞、享受这销魂的孤独呢。

12月25日，帆船接近了海南岛陆地，天渐晴。船长决定锚泊，让大家喘口气。下午我们在陵水县南湾猴岛山下抛锚。水深6米，海面特别平静。

猴岛是我国唯一的岛屿型猕猴自然保护区，岛上猕猴数量多达2500多只。1995年我在海南出差时乘船上过猴岛，猴子们非常胆大，跳上我的肩头，翻我的包包找吃的。岛上有3个自然村，有3000居民。如今，该岛已被列为国家4A级景区，景区面积约10平方千米。猴岛有缆车上山，也有轮渡，周边还有度假露营的沙滩，是个休闲的好去处。

锚好船，我做了4个菜，有鱼、有鸡、有青菜，我们好好地吃了一餐饭。船长开了小瓶二锅头，很满意地说：今天又喝到"小二"了。在家的时候他是从来不喝"小二"的。的确，这种小瓶二锅头，携带方便，口感凌冽，是海上长航的绝配酒。饭后，大家都洗了个热水澡，美美地睡了一觉。

12月26日，天晴浪弱，亚热带的味道扑面而来，沁人心脾。海是帆船的梦，扬帆是船长的梦，寻找温暖舒适的生活方式是船长不变的追求。

三亚，船长带着老婆和移动的家又来了。小钟经过一夜的休息，恢复了元气，变得精神抖擞。为了鼓励他，船长授权他做一天代理船长，负责把船开到三亚鹿回头码头。

一路上，船长躺在懒人沙发上，脸朝舵尾。航行中发现前方的渔船或者漂浮物，小钟问他怎么处置，他的回答是：我今天不是船长。小钟也真做到了不负重托。全天除了我替换他操舵约3小时外，其他时间，都是小钟一路操舵，将丹云号妥妥地开进了三亚鹿回头公共码头。

45
帆船连着你我他

　　帆船虽小，但它的世界很大，它不仅能遨游天涯海角，也能缩短人与人之间的距离，使世界各地的帆友紧密相连。

　　2018 年 12 月 26 日下午 3 点左右，经过 4 天的航行，丹云号驶入三亚市鹿回头公共码头。在东部湾游艇会被冷落多时的丹云号瞬间热闹起来，四面八方的帆友络绎不绝地来到丹云号，其乐融融。

　　我们见到的第一个帆友，是来自大连的小金。他参加完本年度"更路簿杯"帆船赛后来到三亚。当时码头泊位已满，丹云号无处停泊。他让丹云号停在梓竣号的位置，梓竣号则靠着丹云号停泊在两道浮桥之间的空当处，我们的两条船做起了一步之遥的邻居。

　　已经一年没见到小金了，他的外部形象变化有点大，整个人胖了，黑了，但老船长的气势显现。小金热爱航海，人缘好，且吃苦耐劳。在买船一年半的时间里，他的梓竣号沿着中国海岸线走了两个来回，航行里程已经超过 1 万海里。以参加帆船培训、帆船体验、帆船参赛等方式登上梓竣号的人员已达数千人，他活生生把自己锻炼成了经验丰富的"年轻的老船长"。

　　帆友小孙是一年前别人推给我认识的一位微信好友，当时他在上海任一条 46 英尺帆船的船长。他给了我一些很实用的长航建议和注意事项。

　　我们到达三亚的第三天下午，小孙提着几袋水果出现在丹云号边，互加微信一年的我们，今天首次在三亚相聚，让我好惊喜。毕业于上海海事学院的他，是一位非常精干的小伙子，现在就职于三亚西岛大州有限公司，主管海上娱乐部。聊天时得知，他从工作所在地的西岛来鹿回头码头并不容易。他特地调休一天，花了 3 个小时，漂洋过海，坐轮渡，转公交，专程来看望我们，我和船长不胜感激！船长诚心要请他吃晚饭，因海面风大，他担心回西岛的轮渡提前收班，便饿着肚子匆匆和我们告别，为此，我一直心存歉意。

28 日下午，我们还认识了一对外国帆友。当时，小金和小孙正在丹云号上聊天，码头内的一位保安带着一对中年外国夫妇来到船前，问我们是否懂英语。绅士的外国先生用英语自我介绍说：我们是德国人，想认识中国的帆友。

船长热情地邀请他们上了丹云号。 这对夫妻来自丹云号的故乡——德国巴伐利亚，男士叫 Peter，他妻子叫 Judith 。Peter 是一位 AI 方面的科学家，供职于德国空间研究中心。这次来中国的哈尔滨、北京等地出差，与我国相关的科研单位进行合作交流。他们家里有两条帆船，在三亚只停留两日，但追寻帆船的味道和航海人的呼唤来到了丹云号旁边。有缘的爱船之人奇妙地彼此相识了。

当他们得知我们的帆船是产自德国，另外还有 5 条同样的巴伐利亚船停在码头时，他们更是满满的自豪，同时不停地秀着手机中他们家帆船的帅照及视频。大家像久别重逢的老友般愉快地畅谈，又互加了微信，互留了邮件地址及电话号码。Judith 不时地看着手表并一遍遍地说："我们得走了，必须马上走 。"因他们是乘坐出租车来的，与司机说好等候的时间是 15 分钟，保安过来催了两次，他们才依依不舍地离去。真可谓：帆友不分国界，天下帆友是一家。

此后，船长每次更新朋友圈，Peter 都给点赞。船长好奇地问他，能看懂中文吗？他说，他用翻译软件处理一下就看懂了。地球村真的很小啊！

要特别说一说巴伐利亚中国总代理李女士， 她的名字我早有耳闻。

29 日上午，码头上来了一位很有气质的女士。她一头短发，一双大大的眼睛，化着精致的淡妆，身穿白衬衣牛仔裤，赤脚穿着一双人字拖鞋，看似随意实则潇洒。

她站在浮桥上喊着小金的名字。过了一会儿，她和小金一起上了我们的帆船。虽然双方初次见面，但彼此并不陌生。李总是一位思维敏捷、谦和睿智、见多识广的干练女性。

与她交谈，话题丰富，亲切随意，让人心情愉悦。我和船长在她眼中也并非等闲之辈。她夸赞我们说："你们是我见过的最出色的船东，希望我退休后也可以和你们一样，帆行天下。"

在如何更有效地使用帆船这个问题上，我们双方理念一致，都认为要取其长，避其短。例如，帆船的优势在于能在船上过夜、可烹饪美食，可钓鱼、游泳、潜水，可亲自操船感受乘风破浪的快感，可带着你奔向更远的远方，等等，但前提是要根据航行天数控制船上人数，不能满载搭乘，否则人多导致的空间狭小、缺少淡水等弊端，会在一定程度上磨灭体验人的航海激情。

为了不降低帆船上的生活品质，我们丹云号在多日长航时，限制人员数量，最多搭载两名船客。

不得不说的还有秦姐，她是船长同学国强兄的夫人，我应该叫她学嫂。我们在20世纪80年代初就认识了。那时，大家都在湖北襄樊市（今襄阳市）工作，节假日时两家经常相聚。每次见面，两位血气方刚的男同学便争论不休，争论的话题宽到无边。有了丹云号，我们每年都能见上一两次。这不，夫妇俩知道我们到了三亚，开着车从海口看望我们来了。

时隔一年的相见，喜悦依旧、情感依旧，争论的话题却难依旧。在与65岁的国强兄交谈中，我发现他的内心世界变化较大。去年见面时，船长和他还在为"女教师勇拦高铁等夫君"一事而争论，眼前的他却不如去年活跃了。也难怪，随着年龄增长，中老年人的意识行为都会悄悄地发生变化，男女表现各不同。以我身边的退休人群为例，多数女性都有自己的爱好和群体，忙碌并快乐着。男性则不同，许多男人越老越固执，越老越孤芳自赏，越老越喜欢独处，闲并忧郁着。我的变化也不小，客人走了才想起，买的烧鹅竟忘了拿出来吃。但我仍真心希望国强兄能找到自己认为有趣的事情来填充晚年时光。等下次相遇时，我将准备好双耳专门听你的滔滔不绝。

德国帆友

德国朋友的帆船

46
西沙，我来了！

    时光已经进入 2019 年的 1 月，即将进行的长航对我来说，将是划时代的航行。为了这一天，我足足期待了 40 多年。

    还记得在 1976 年，国内有部由唐国强主演的电影《南海风云》上映，电影中蔚蓝的大海、婆娑的椰林、旖旎的热带风光，甚至是渔民头上的宽边遮阳帽，以及宽松的阔腿裤，给一个 15 岁的北方内陆妹子留下了深刻的印象。电影中的插曲《西沙，我可爱的家乡》更是响彻大江南北。从此，这个妹子向往大海，向往西沙，向往椰林，并天真地以为有海就有椰子树。一年又一年，那位内陆妹子芳华已逝，但对椰树及对西沙的情结依然浓烈。去年她与老公航行至菲律宾无人岛时，捡回一个刚刚发芽的椰子种在了自家小院中，不在意它能不能结果，每天看着它在风中快乐地摇曳就好。没错，那个妹子就是我。椰子树能天天看到了，可是西沙啊，我何时才能一睹你美丽的真容呢？

    盼着盼着，这一天真的来了。

    1 月 10 日晚上 9 点半，中国航海圈大咖级人物——山东威海帆船协会副会长双英率领的南海号、刘公岛号、靖一祥号及丹云号，4 条巴伐利亚帆船组成一个船队，浩浩荡荡地出了码头。上述 3 条帆船一个月前从北方来到三亚的鹿回头公共码头。

    我们要去西沙啦！目的地是永乐群岛的一个环礁——盘石屿。

    西沙群岛处于中国大陆、东沙群岛、海南岛及中沙、南沙群岛之间的中心地带，海域面积达 50 多万平方千米，陆地面积约 10 平方千米，由永乐群岛和宣德群岛组成。

最大的岛屿是永兴岛，有 3.2 平方千米，是三沙市行政中心所在地。目前，西沙群岛已经半开放旅行。当然，永兴岛及有驻军的岛屿尚不能自由进入。

　　船队出了凤凰岛，这时的海面上，红灯、绿灯、白灯、黄灯频频闪烁，让人眼花缭乱。夜航最恐怖、最艰难的时刻是在近海区域。渔民们各自为政，全凭个人喜好地撒着网，纵横交错的渔网阵，令人毛骨悚然。但此刻我很放松，因为有双英驾驶的威海"南海号"在前方探路，另外的 3 条船排成纵队随行，我们的丹云号在后面压阵。双英宛如率军征战的大将，边走边用对讲机详细向大家报告渔网的方位、距离、走向，告诉我们如何躲避。3 条船依照他的指引，小心翼翼，斗折蛇行。

　　丹云号历来是孤军奋战，首次跟随队伍帆行，这种被照顾、被呵护的感觉真爽，有组织真好！

　　直到午夜过后，海面灯光渐行渐远，我们的船队才冲出渔网阵，进入夜间安全行驶模式。

　　走着走着，问题来了。4 条船的速度差距很大，排在最后的丹云号一不留神，就

磐石屿

驰骋西沙

冲到最前头。为此，船长干脆把发动机关了，完全依靠帆行。等到和队伍距离拉远了再开机追赶。

1月12日下午2点左右，船队终于到达目的地盘石屿。顿时，我被不远处的景色所吸引，目光怎么也收不回来，一度忘了水手的本职工作。

我突然发觉脑子里词穷得一塌糊涂，竟无法描绘出眼前的景色。那熠熠的阳光下，周围海水碧波荡漾，蓝宝石般晶莹剔透。一个个浅绿、翠绿、碧绿、深绿的环，与浅蓝、墨蓝的海水交替，圈圈环绕，越来越小，捧起了中间的白沙州。网上说，沙洲长570米，最宽处有200米，呈三角形，海拔2.5米，面积为0.4平方千米，在台风及大潮时会被海水淹没。

在盘石屿的下风处水深15米的地方，丹云号先下了锚，然后威海"南海号"拴在了丹云号上，其他2条帆船依次用缆绳将四条船拴在了一起，最边上的靖一祥号也下了锚。

其他3条船上有20多号人，等船停好后，一下子热闹起来。有钓鱼的，有拍照的，更多的人在忙着收拾东西，准备去沙洲烧烤搭帐篷。而我这位煮妇首要的事就是做饭，做顿热腾腾的好饭犒劳自己的胃，然后再洗个热水澡。

双英带着几个人先上了沙洲，见后面的大部队没跟上，他们只好又撤回到船上。有人告诉我说，沙洲那边有一大片养殖池，渔民养了好多的海鲜。

第二天早上退潮后，沙洲四周的珊瑚礁石裸露了出来。双英约好的渔船已经过来了，船东告诉我们，现在落潮，水太浅不能进沙洲。

于是，那3条船上的年轻人开始下海游泳，玩滑板、练跳水，玩得不亦乐乎。双英很有耐心地为每个人拍照。因4条船拴在一起，丹云号失去了自由，哪里也不能去，我们也没有下水，不想再消耗船上的淡水洗头、洗澡。

临近中午时，从船尾右前方的远处隐约有一艘灰色的大个头的船缓缓驶来，慢慢地我们看清楚了，是我国的一艘军舰。它从我们船队边经过时，通过16频道与我们对话，询问了每条船的船名，然后向船头的右前方驶去。那边约500米处的几条渔船纷纷起锚开溜了，当几条渔船从我们身边穿过时，才发现他们船上悬挂的是越南国旗，见军舰走远了，他们居然又回到了原处。

1月14日上午10点多，三条船依次脱离丹云号开始返航。船长定好目标，升好帆，丹云号开始撒欢了。一路的横风，一路的倾斜，一路的浪花吻脸，一路不停地卸力调帆。

1月15号下午2点多，经过28小时的航行，我们顺利回到鹿回头码头。

常言道：九寨归来不看水，西沙归来不看海。一入西沙千般醉，从此马代是路人。这一次，去西沙的心愿实现了，遗憾却接踵而至，我问自己：我怎么没脚踏西沙的土地走上两步呢？

西沙

丹云号

DAN YUN HAO

西沙留影

47
靠泊三亚的日子

夫妻玩帆船的最大优势就是带着家走。无论行驶还是抛锚，过的都是家的日子。帆游三亚的日子过得飞快，66 天转瞬即逝。丹云号停靠在三亚鹿回头公共码头，我们吃住几乎都在船上，其间只住了 5 天酒店，过的是名副其实的船民生活。

我们这样的退休生活方式，有赞赏的，也有不接受的。其实，任何一种生活方式都不能用好与坏简单划分，自己的感受是最好的裁判。在有限的生命长度中添加色彩与厚度，是我选择的生活态度。再说了，帆游的经历不差，帆游三亚的日子，每天都是乐不可支。

初到三亚，我们是以休息为主，我负责安排好每天的吃喝拉撒。虽是冬季，三亚却是阳光明媚，日平均气温在 25 度左右。今年码头收费标准有变化，更改为以浮桥长度计费，每米 16 元，丹云号和其他两条帆船共同停靠在 37 米长的浮桥边，这样分摊起来实际支付的停泊费用与去年相当。水费每吨 7 元，电费每度 3 元。在鹿回头公共码头附近约 800 米处的下洋田一路，有一家农贸市场，是我常去的地方。那里的菜价与深圳差不多，野生海鱼和热带水果种类多，新鲜且不贵。巷子里有发廊、诊所、药店、面包屋、小超市、各地小吃。小吃做得都不怎么地道，也就是杭州小笼包配白粥还马马虎虎。巷子里有几家老年公寓，以来自东北的老年人居多，此处也是人口严重老龄化地区，一眼望去，十有八九是候鸟老年人。

我们的日子过得简单、舒服，和家里生活相比，最大的麻烦是手洗衣服。为了减轻我的劳动量，船长按照后舱床边凹处空间的尺寸，网购了一台小型半自动化的洗衣机，航行时便于携带，没有岸电时，用逆变器转换成 220 伏的电压也可使用。洗衣容量为 3.5 公斤。洗被套和冷气被时机器转不动，我想出了办法：一半一半地洗，先将冷气被的一半放入洗衣机中洗，洗好后再洗另一半，反复几次就 ok 了。帆船上配家用洗衣机，在国内应属首屈一指。小金船长借用一次后，立即下手也买了一台。

　　船长的主要工作是保养帆船。这段时间，船的毛病不少。问题出在临行前更换的叶轮上。因维修小工在叶轮安装时操作不精准，导致漏机油、漏水，造成新叶轮报废。在维修中，船长借用小金新买的手动抽油泵学会了自己换机油。

　　在三亚期间，丹云号曾三次去 17 海里外的海上观音祈福，两次到访 170 海里外的美丽西沙，在北礁清澈的海面上，坐在橡皮艇中观赏色彩斑斓的珊瑚鱼，那感觉不比巴厘岛浮潜差。船长还带着帆友老孙和两名三亚打鱼高手黄瓜和小李，驾驶丹云号到 50 海里外的南油 131 井架打鱼，打到的鱼有牛港、海狼、青衣、苏眉等，满载而归。最大的一条牛港重达 88 斤，打破了三亚打鱼群 80 斤的记录。船长将鱼切成块，分给小金及北方来的帆友们品尝。

左起孙会长、杨船长、刘船长

在三亚生活的第二阶段，生活变得更有意思了。因为丹云号太招人了，真可谓"小帆船，大世界"。在此，我们相遇、相识了一批帆友。帆友们来来往往相聚在丹云号上，大家尽情地聊帆船，聊航海，聊航海人生。从大伙的聊天中，我接受了很多新理念，整个人也仿佛获得了重生，甚至觉得航海之前的日子与社交圈已恍如隔世。

怎能忘，老孙：2月2日，你第一次上丹云号体验帆船。你来自深圳又在东北吉林长大，与船长相似的经历，让你和船长一见如故。第一次见面，你便真诚地邀请我们去你家过新年。在我们的影响之下，你也迷上了帆船。在相识后的32天里，你几乎每天用微信与船长联络。双方一共见了9次面，你以为我们饯行的名义就请我们吃了两次饭，并先后5次乘坐丹云号出海。你不但是三亚市自行车运动协会会长，还是一位帆板爱好者，更是一位心地善良的好老板。

怎能忘，台商老陈：你来自台湾花莲，圈内人都尊称你为花叔。你是一位定居在上海30年的台湾企业家。你从2015年起爱上了航海。你也是帆船的船东，但却偏偏喜欢搭乘别人的船帆云游四方。那一次，你从千里之外专程来到三亚，搭乘我们的丹云号去西沙。在西沙北礁，因同船的其他人晕船严重，要求返航。你顾全大局，宽宏大量，毅然放弃向往已久且近在咫尺的磐石屿和赵述岛，同意返航。难怪我家的小狗多多与你形影不离，晚上睡觉也要躺在你身边。我猜想：多多可能认为与属狗的你有亲戚关系。你很喜欢吃我做的"郑式泡黄瓜"，几次夸奖丹云号长航期间的伙食是最好的。

怎能忘，林老板：你是万宁兴隆好鸟咖啡啤酒庄园的庄主。2月16号那天，你第一次登上丹云号，带来了你自酿的德国黑啤和自产的挂耳咖啡。我在想，我和船长的退休生活方式触动了你的哪根神经呢？居然能把你心中的火焰熊熊燃起？军人出身的你，当即宣布要向我们学习，买船！环球！2月28日，你们夫妇再次来到丹云号，又带来四桶英国风味的自酿啤酒，还有两包留有余温的咖啡粉。当时，我使劲儿地吸气，享受咖啡粉的芳香。为何您家的咖啡粉会有水果的芳香？在交谈中，得知你已经报了帆船驾照培训班，真是雷厉风行啊！

怎能忘，卢大姐：你是一位和蔼可亲的大姐，也是帆船船长双英的母亲。你跟随孩子从威海来到三亚过冬，和我们一样成为帆船候鸟。你热爱航海，虽年过花甲却是"无龄感"之人，对新鲜事物怀有极大的好奇心，并敢于尝试。你说话时心平气和、慢条斯理、语调轻柔。那天中午，你顶着烈日，满头大汗地来到丹云号，给我们带来海参饺子馅，细心的你还准备了一把新鲜韭菜。我首次吃到海参馅饺子，还是你亲手调的馅，心依暖，味尤在，情难忘。

怎能忘，刘船长：你身材修长、行为干练，经常穿着笔挺的制服和发亮的皮鞋在我们丹云号前走来走去，到晚上10点仍彤见到你的身影。起初，船长误以为你是政府部门的管理人员，弄得我们心里直犯嘀咕：我们是被监控了吗？我们没干任何对不起国家的事呀？有一天，我主动和你打招呼，方知你是鹿回头码头上最大的客轮海琨号的船长，你每天经过丹云号只是在散步。哈哈！我和船长多虑了。此后，我们来往开始密切，丹云号的土鳖船长从你这位海亭大学毕业的正规军船长身上，学到不少有用的干货。大年初一，我们荣幸地受你邀请，乘坐了你开的大船并参观了你的工作室。在你的大船上，我们无比开心地观赏了鹿回头、凤凰岛、东岛、西岛、海上观音、天涯海角等著名景点，让我们舒舒服服地当了一回上帝。

怎能忘，巴伐利亚中国总代理李女士，还有美丽的梁女士、夏女士、马尚集团关总夫妇、亚洲最大的百尺双体帆船的沈船长，还有小孙、小袁、小杨，来自北京的老杜、老于，"三毛"研究专家冰冰、盛杰、宝玉，等等，太多太多的人让我们难以忘怀。丹云号上彼此的相遇是苍天最好的安排，也是我们此次三亚行的最大收获。

祝愿所有的帆友健康、快乐、平安！

88斤大鱼

48
离开美丽的海南岛

北方刚刚嗅到初春的气息，三亚已是炙热难耐。

2018 年岁末长航季该结束了。我对船长说：我想家了，回去吧。船长点点头，默默地开始备航。

让我欣喜的是：突然从上海飞来了一只"小菜鸟"要跟我们的丹云号长航。

2019 年 3 月 3 日晚上 8 点左右，一个高大威猛、朝气蓬勃的小伙子出现在丹云号前的浮桥上。他是小汪，20 多岁，安徽人，刚辞去工作，想利用新工作尚未落实的空当，找个刺激的体验项目丰富自己的人生，于是他选择了航海。

待他进了船舱，放好行李，我问他：玩过帆船吗？有长航经验吗？

他说：玩过。我是在三亚读的大学，上学期间学过 Hobie（美国顶级水上运动品牌）。驾驶 Hobie 从半山半岛去过东岛（来回距离约 6 海里），这算不算长航？他又问：如果到时候我晕船要吐，怎么办？在哪里吐？我忍不住笑出声来，多实诚的孩子呀！

3 月 4 日，船长从普及帆船知识与安全事项两个方面对小汪进行了培训：让他认识丹云号船体各部分的名称、功能以及如何操作，强调安全第一；船在行驶中，每走一步都要站好扶稳，保证有一只手抓住船体坚实的部位，如钢丝绳、扶手、桌角等，以免身体被撞伤。船长还着重强调：若一个人在舱外掌舵时，无论白天还是夜晚，都要系好安全带，确保人船不分离。

我呢，主要针对如何节约用水和卫生方面对他提了要求，如要保持舱内卫生干净，不能穿鞋或脚不干净时入舱；马桶的使用方法；洗澡后擦干门及地上的水；船上每块抹布的用途等。另外，我还告诉他吃的、喝的、水果都放在什么地方，不限量供应，喜欢吃什么自己拿。

此次航行的目的地是广东惠州东部湾。船长精心设计了沿途的航行线路：三亚——海南东方——广西东兴——广西北海——广西涠洲岛——海南海口——珠海万山群岛——港珠澳大桥——香港青马大桥——维多利亚海峡——惠州东部湾。

船长对小汪说：我们尽量不夜航，不知道你是否晕船，但你可根据自己的情况，选择合适的地方要求上岸，结束航行。

3月5日一早，我和小汪上岸到下洋田市场采购新鲜蔬菜、鱼、肉、面包、蛋糕，水果等。上午9时，帆友老孙在夫人的陪同下来到码头，他舍不得船长走，打算坐丹云号送我们到东方市，然后再乘高铁返回三亚。

上午10点18分，我们带着小汪和孙会长起航了。

出了凤凰岛来到海上，此时浪有点大：超过2米高。我担心他们会晕船，问是否需要晕船药，众人拒服。为了防止他们晕船，我让小汪尽量少动，少看手机，也没有让船长和老孙喝酒。别看浪大，风却不怎么给力，风速、风向很不稳定。老孙不断地建议我们调帆、找风，想最大化地利用风能。此理念没错，但帆船在长航时，受目的地方向的限制，并不能只考虑风效最大化而忽略航线，否则会偏离航线越来越远，反倒增加航程时间。

傍晚，帆船过了涠州，落日尚未完全收回余晖，这时风力加大了，顺风变为侧顶。船摇摆的幅度明显加大，小汪有反应了，开始呕吐。老孙也有不适，抢着为帆船掌舵。

今天的晚餐只能简单化，每人一碗快餐面，一碗"郑式泡青瓜"，小汪一口没吃，还是在吐，躺在懒人椅上，双眼紧闭。

夜幕降临后，老孙终于也挺不住了，毫不吝啬地把快餐面吐出来喂鱼了。但他吐归吐，并不影响开船，依然情绪饱满。听着呼叫的风声和汹涌的涛声还有点儿小激动，他一遍遍地问船长：这算不算狂风巨浪？

风和浪开始较劲，谁也不服谁，你风大我就浪高。船长改变在东锣岛抛锚过夜的计划，继续前行。说实话，我也不清楚"狂风巨浪"的标准，抬眼望了望海面，浪高超过3米，风速仪坏了，我估计有30节。航行至感恩角一带，因水浅，海底高低不平，导致乱浪十分猖獗，船长和老孙轮流掌舵，没我什么事儿，我进舱休息。

次日凌晨 5 点左右，我上岗换下了他们。风浪依然猛烈，毫无疲倦之意。

霞光初放时，隐约见到海南东方渔港，船长接替我掌舵，每次进出港他都要亲自上阵，确保安全。他仍处于亢奋状态，洋洋得意地讲着昨晚他的英明之举。老孙同样，尽管与风浪搏斗了一夜还吐了两次，仍精神百倍，认为自己已是经历过风浪洗礼之人，稍有缺憾的是晚上光线弱，没能留下视频。直到船底发出异样的响声，大家才停止喧哗，睁大眼睛紧张地看着丹云号。

坏了，在距港池围墙出入口约 200 米处，丹云号搁浅了。原因居然是船长让船行驶在航标灯的外侧。船长啊，你这糗可出大了。

几分钟的工夫，港池里出来一条渔船专程来解救丹云号，我在船头把缆绳甩给船老大，他轻轻松松地将丹云号拖了出来，然后，开着船径直离去。丹云号尾随着入港。

我死死盯住渔船的走向，想记住渔船停泊的位置。可是，港池里渔船太多，层层叠叠，最终，那条渔船速度太快，脱离我的视线失踪了。

船长找准一艘大渔船靠了过去，船上没人，我们把丹云号拴在了渔船上。老孙收拾好行李，我们请旁边一位正在钓鱼的长者帮忙，把老孙送上码头，长者答应了并拒绝收费。丹云号总能遇见好人，总能化险为夷。好船，好人，好运。船长决定在渔港休息一天。

接下来的航程，我们的船客小汪会怎么样呢？他能跟我们走多远？拭目以待！

49
偶遇"海上桂林"

    2019 年 3 月 7 日，丹云号起航。目的港：广西东兴。距离：140 海里。航行到半夜，海图显示丹云号正在经过白龙尾岛。

    海图上的白龙尾岛是南海诸岛中最大的，面积达 9.96 平方千米，比整个南沙群岛面积之和还大。与其他南海诸岛不同的是，其他岛屿都是珊瑚岛，而白龙尾岛则是大陆岛，上面有山川河流，有茂密的森林。相对于西沙，白龙尾岛更适合人居住。由于该岛现在归属越南管辖，我们是可望而不可即，只好远远绕行。

    过了白龙尾岛，北风逐渐加大到 30 多节。顶风去东兴已经不可能了，船长决定就近到下龙湾避风。

    船长说："下龙湾是一个很值得去探秘的地方。"

    我第一次听到下龙湾这个地名，是在 1991 年冬天。当时船长在深圳一家银行做信贷业务，要跟随客户去越南海防考察一个投资项目。在越南广宁芒街，他们乘坐一条破烂不堪的铁皮船，经过一天一夜的摇晃颠簸，到达越南海防市。

    船长那一次的越南之行有两件事让我记忆犹新：一是他买了一幅有帆船图案的越南丝绣工艺品，近 30 年了，我一直没遗弃它，至今还挂在家中一隅。冥冥中，船长可知今生要与帆船结缘呢！二是他告诉我，在越南有一处奇美无比的地方叫下龙湾。他描绘说，在那绵绵延延的海面上，伫立着大大小小无数个尖尖的小岛，很像桂林。他还说，一定要带我去看看。后来他兑现了诺言。

    就在 2000 年的 2 月，船长带着我和儿子，从广西南宁参团进入越南，让我有幸游览了下龙湾。闻名遐迩的下龙湾被列为"世界新七大自然奇观"。1994年，联合国教科文组织将下龙湾作为自然遗产列入《世界遗产名录》。

下龙湾是越南东北部广宁省的一个海湾，它的西北面从广宁省安兴县，经过下龙市、锦普市延续到云屯岛县，东南和南面靠近北部湾，西南和西面靠近海防市吉婆岛。面积有1500平方千米，大小岛屿3000多个，有名的山和岛屿就达1000多个，可谓山岛林立，星罗棋布，姿态万千，景色酷似广西的桂林山水，所以被称为"海上桂林"。

真是想不到，19年之后，我和船长驾驶自己的帆船再次亲临下龙湾。

小汪上船的第二天，船长正式教小汪掌舵。当小汪双手一触摸到舵盘，他就不肯让手离开它了，一直抢着开船，从清晨到黄昏，从深夜到黎明，他不知疲倦地像自动舵那样地开呀、开呀，几乎开了一天一夜。天哪，他着魔了，还是中毒了？后来我们才知道，真实的原因是他不摸着舵盘就会晕船。

3月8日临近中午时分，在蒙蒙细雨的欢迎下，丹云号来到越南下龙湾海域一个

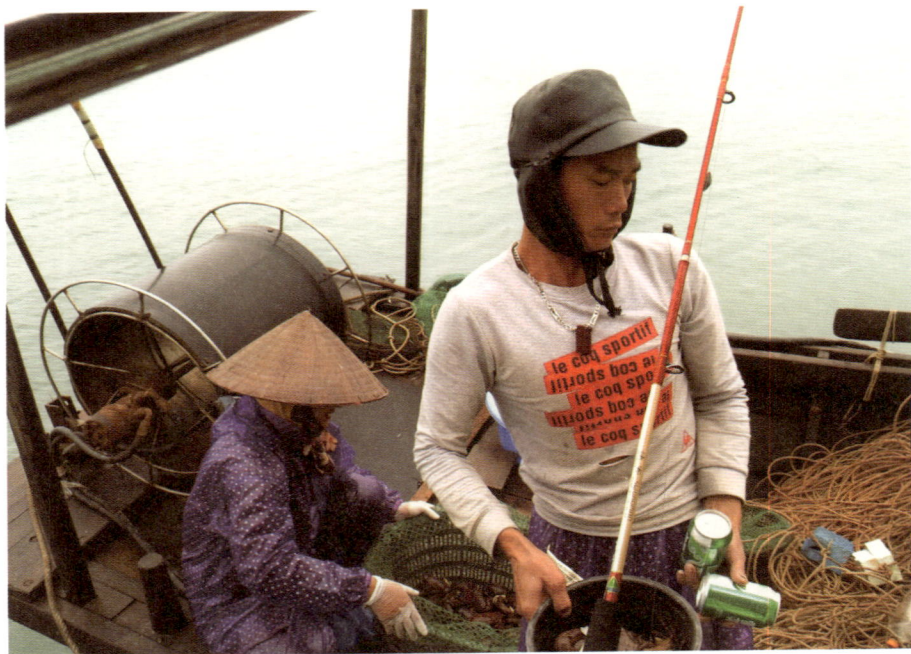

越南渔民

叫 La Meduse 的地方，并抛了锚。当时，我们周围有三条越南渔船，船上的越南渔民见到我们没有任何表情。

吃了饭，洗了澡，大家休息补觉。第二天，雨依旧不紧不慢地下着，云雾紧锁海面，能见度不足百米。船长下令继续休息。

有条渔船正好在不远处经过，我们朝对方连挥手带吆喝，渔船来到我们船边，船上有一男一女，似母子。他们不懂英语。船长拿出手机打开百度翻译软件，问有海鲜卖吗？男子听懂了手机翻译的越南话，从舱里拿出一桶螃蟹，叽里呱啦地说着，船长拿着手机对着他，请他慢慢说，也许他说的是非标准的越南语，软件翻译出来的话听起来乱七八糟，不知所云。没办法，我进舱直接拿出一元美金和一个小盆递给他，又指了指螃蟹。一直蹲在船边蒙着脸的微胖女人接过盆，开始往盆里抓螃蟹，大小一共12只。交易完成，他们离去。

没多久，那条船又回到丹云号边，微胖的女人换成了一个微胖的中年男人。该男子不客气地直接爬上丹云号，哇啦哇啦地朝我们说着什么。船长通过手机翻译让他慢慢说。他语速慢下来，对着手机说了几遍，翻译后的话还是听不懂，但有个钱字还有一个 5 字。我猜想：可能是螃蟹卖便宜了，一共要 5 美金？正好我对这壳又厚又硬的面包蟹品种不满意呢，我拿出那盆螃蟹递给他，示意：退货不要了。爷俩相互看了一眼，没再说什么，中年男子回到自己船上准备离开。船长摆手让他们等等，跟我说再给他们一元美金，外加两罐啤酒。

晚上，我把 12 只螃蟹蒸熟，3 个人齐心协力，花费了两个小时才消灭了螃蟹。在下龙湾的第二天，我就在买螃蟹、退螃蟹、吃螃蟹中度过。

第三天是 3 月 9 日，也许我们要观赏下龙湾的诚意感动了苍天，雨停了，风也静了，船长选择出有代表性的地段 Hon Vuang Ha 的周围作为重点游览目标。

定好航线，立刻出发。据科学家考证，下龙湾原来是欧亚大陆的一部分，后沉入海中，形成了这种自然奇观。大自然的鬼斧神工将山石、小岛雕琢得形状各异，有的如直插水中的筷子，有的如浮在水面的大鼎，有的如奔驰的骏马，还有的如争斗的雄鸡。前方明明看到一只骆驼跪卧在海面，走近一看，骆驼分开了，变成了两块大石头。

我们选择的这段航线水深只有 7 米左右，海面上到处是渔网。尽管我们已足够谨慎，但丹云号还是被海中渔网逮住了。幸好网主看见，从不远处驾船赶来。渔船上有老少 4 名男性和 1 名抱着孩子的女性。女的看到甲板桌上的酸奶指指孩子伸出手，我立即拿给她。男士们拿着带有钩子的长竹竿挑起水里的渔网，努力地做着分离术。缠在龙骨的渔网被成功分离，他们在纸上写下 100 万越南盾。1 元人民币等于 3460 越南盾，换算成美金不到 50 刀，我付给他们 100 美金（我没有零钱）。帆船还是动弹不得，螺旋桨也被绳子缠住。春雨过后，天气湿冷，越南人不想下水，船长请求他们帮忙，并递给他们 1 瓶二锅头，让他们先喝两口，暖暖身子。他们比画着要再付 100 美金，而且一定要我把钱先拿出来。扎着马尾长头发的男子跳入海中割掉了绳子。这倒霉的挂网事件耽误了我们近两个小时。

收拾好心情，继续赏景。越走景色越美。侧面各个岛山披着雾纱，似待嫁新娘，半遮半掩，若隐若现，挑逗得人春心荡漾。我使劲儿瞪着双眼，好想伸手揭开她们的纱装，一睹芳容。然而，她们全然不理会我的心情，始终保持着那份矜持，那份神秘。

丹云号的正前方被仙雾笼罩，难辨天与地，难辨人间还是仙境。我的灵魂在下龙湾上空飞舞，飘摇。慢慢行，慢慢看，夜幕完全降临时，丹云号到了锚地 Dao Co To（苟枢岛）的南湾，岸上灯火通明，一派繁华，海面上大小渔船黑压压一片。

　　我的想法有点多，一夜没睡踏实，盼着快快天明。

多多欣赏下龙湾风光

50
怪事连连北部湾

3月11日一早，航程目标是北部湾中的涠洲岛。

北部湾是一个半封闭的海湾，面积12.8万平方千米，平均水深42米。东临中国广东雷州半岛和海南岛，北临广西壮族自治区，西临越南，与琼州海峡和中国南海相连，被中越两国陆地与中国海南岛所环抱。确切地说，丹云号3月5日离开三亚，过了莺歌角，就算进入北部湾了。途径东方市、越南下龙湾（已独立记载）、涠洲岛、北海市、雷州半岛、海南马裹湾、海口市，共航行12天，航行距离400海里。航海生活的每一天都是不可复制的，恰如每个日出日落有别。航海经历的每一段都值得我回忆。除了在东方市搁浅、在下龙湾挂住渔网，还发生了几件好玩的怪事。

事件一：在38米深的海面上抛锚过夜

记得那天一早，我们离开下龙湾的苟枢岛，驶向70海里外的广西涠洲岛。

此时，天依然阴沉，帆船顶浪前行。小汪的身体感觉尚好，开始参与船上所有岗位的工作，如（收）前帆、升（降）主帆、调帆、缩帆、掌舵、下锚、收锚、制定航向、选择锚地等。船长教得认真，小汪学得用心。

由于前一晚没睡好，随着船身摇晃幅度的加大，我又开始晕船了，头疼，胃内翻江倒海却吐不出来。船长嘲笑我说：长航都要结束了你才晕船。晕船现象在医学上被称为运动病，是正常的一种生理性反应。它说来就来，无法隐藏，也无关坚强，无论你是谁，要吐没商量。

下午5:30左右，帆船距离涠洲岛约20海里，原本波涛汹涌的海面神奇地变为绸缎般丝滑、平静，星罗棋布的石油井架灯火通明，光色铺满海面。船长说：我们就在这里漂着，吃了晚饭找个井架钓鱼去。

关掉了发动机，我开始做饭，他们俩先后去洗澡。饭后 3 小时之后，导航仪显示丹云号自由漂移距离不足半海里。船长开动机器，就近找个小井架溜了两圈，毫无收获。船长再次发出指令：不夜航，附近没有锚地，今天晚上就在这片海下锚过夜。

这片海域水深 38 米，锚链只有 50 米，能锚得住吗？教材说锚链应该是水深的 3 到 5 倍。这样下锚能起多大作用呢？不管了，按照船长指示办，立刻下锚！求个心理安慰吧。

我们安然入睡，一夜平安无事。早上起来看海图，发现丹云号竟然纹丝未动。大海呀，你真是难以琢磨。从此，我多了一份在大海中间抛锚过夜的美好记忆。

事件二：涠洲岛上的狼狈

涠洲岛位于北部湾海域中部，北临广西北海市，东望雷州半岛，东南与斜阳岛毗邻，南与海南岛隔海相望，西部面向越南。涠洲岛是火山喷发堆凝而成的岛屿，是中国地质年龄最年轻、最大的火山岛。总面积 24.74 平方千米 ，岛上人口 1.5 万。

3 月 12 日中午，丹云号顺利到达涠洲岛南湾渔港，抛锚、放橡皮艇，上岸吃饭。之后，我们选了东边的五彩滩和西边的鳄鱼山两个景点去逛一逛。 说是七彩滩有点言过其词，或许我们去的时辰不对，退了潮的海滩上大片大片的火山熔岩裸露出来，一块块，一层层，根本看不到五彩的景观，只有在一窝窝水坑里居住着密密麻麻的小花螺，引发了我们的好奇。

玩累了，坐橡皮艇回到丹云号时，发现橡皮艇挂机螺旋桨的轴断了。橡皮艇只会哼哼不会前行。真是祸不单行，我们再次忘了带划桨。关键时刻，船长总有办法，他毫不吝啬地脱下自己的休闲鞋，我一只，他一只，左右开弓划水，小汪则趴在船头用双手划。人心齐，泰山移！我们最终平安地回到了丹云号。

事件三：令人闹心的北海之夜

船长有个同学姓万，是武汉某大学的教授，又是湖北知名画家。退休后，他与夫人连续 5 年在北海御九湾花园酒店过冬，避寒作画。船长和万兄联系上后，于 13 日驾丹云号离开涠洲岛北上看望同窗。有船长的诗为证：寻仙入海到涠洲，忽闻万兄珠城头。随风逐浪扁舟去，只为青梅一壶酒。

北海市与涠洲岛相距 36 海里，到达北海南漳渔港后，发现渔港很小且迎风。丹云号转了一圈也没找到合适的停泊点，最后来到一个鱼排边，有个正钓鱼的男子让我们将船拴在鱼排的木桩上，并说会替我们告知主人。

为安全起见，我中午多做了饭菜留给小汪，请他守护丹云号。我们带着多多和一大包脏衣服上岸了。花了50元的士费到达万教授入住的酒店。船长开好房去见老同学，

我开始给多多洗澡、洗衣服。

晚饭刚开始，小汪来电话告诉了两条坏消息：一是风大，碰球被挤爆了一个；二是鱼排的主人来了，要求我们立马离开，付费也不接受。饭后，我与万教授夫妇回到酒店，船长直接回了渔港。这一夜我辗转反侧，心神不宁。

次日早餐后，我买好菜和两碗汤粉回到船上。船长上身僵硬着出了舱，他说，刚用腰椎治疗仪做了理疗，并向我讲述了昨夜的悲惨遭遇，听后，我的心脏一阵痉挛。

原来，船长回到渔港，将丹云号驶离鱼排，拴在了另外一条渔船上，半夜渔船启动，船东解开缆绳打鱼去了。于是，船长又找到另一条渔船拴上，天将亮时，人家又解开绳子离去。当船长找到地方下锚时，锚机控制器上三根细细的接触针断在插座里，无法下锚。船长只能第三次靠帮一条加油的船。大风下，靠帮也不容易。幸好加油船上有人帮忙，丹云号终于靠帮成功。本来腰痛的船长不知哪个环节出了问题，腰完全不能动了。小汪说，船长一手夹着工具，一手撑在船舷边，匍匐前进，爬向船头，趴着抠出了插座，剪断电线，将锚机控制器的电线与插座里的电线直接拧在了一起，恢复了锚机控制器的功能。船长和小汪被折腾得一夜没睡，总算挺过来了。

事件四：船长的果断救了丹云号

3月15日，我们再次离开涠洲岛向雷州半岛航行，计划在北部湾抛锚，然后横穿琼州海峡去海口。因侧顶浪造成船速缓慢，到晚上8点多，距离计划锚地还有5海里。船长操舵，我趴在舱门口，迎着陆地上的灯光观察前方海面。陆地上的光非常刺眼，前方模糊一片。当我突然大声喊出"有蚝田"时，船长迅速挂空挡，并顺势将船头打向右方。小汪拿出手电筒，仔细查看丹云号周围的情况，只见眼前黑压压一片一片的物体。船长看了下水深，下令就地抛锚休息，锚链不能太长。

第二天清晨出舱，眼前的场景惊出我一身冷汗，不得不佩服船长的当机立断。他善变的性格某些时候还真是优点。瞧瞧，丹云号误入了包围圈，三面受敌：船头左前方50米处是一大片的蚝田，正前方80米处是一排排的竹竿篱笆阵，左后方100米处是一个个独立的四方形鱼排。附近还有一条夫妻"爱情船"正在收虾笼，它离丹云号越来越近，长长的虾笼卧在丹云号肚子的下方。

船长告诉"爱情船"的船老大，我们的帆船船体下面有螺旋桨和龙骨，小心翼翼地指挥他们在侧面慢慢收起虾笼，我提着的心才放回原位。可怜的夫妻、可怜的海，对方收上来好几百米长的虾笼，几乎是空的。

事件五：横渡琼州海峡受阻

3 月 16 日的计划是横渡琼州海峡，去海口市国家帆船基地公共码头。我们的航行计划只是船长的一个预期航行目标，对我们不参赛、不赶时间、年龄一大把的航海人来说，追求舒适航海的最大化才是终极目标。不跟计划较劲，顺势而为，海况不好时当停则停，能躲即躲，减少不必要的夜航。因为帆船事故大比例地发生在夜间行驶与恶劣天气下。今天，若按计划目标行驶，正顶风顶浪，船速不到 2 节，人也难受。灵活善变的船长立即更改目的地坐标，航向右移 90 度，顶风变横风，驶向比较好走的马袅湾渔港。

小汪开帆船的悟性真是高，经过 10 天的航行训练，羽翼日渐丰满，驾驭帆船的能力超强。面对琼州海峡，船长说："小汪，你来掌舵，让你创造个纪录——横渡琼州海峡。"小汪欣欣然回答："没问题。"

"没问题"是小汪的口头禅，我最喜欢听。比如，每次不想有剩菜的时候，我都说：小汪你把菜吃完吧？他都用这三个字回答我。

琼州海峡平均宽度为 16 海里，这不算事儿的距离对琼州海峡来讲就是个事儿。琼州海峡的流网铺天盖地，驾驶难度很大，哪位船长能不心惊胆战呢？今天的风卷着

浪，浪卷着泥沙，搅得海峡的水如同黄河，真有种"丹云号驶进黄河"的错觉。整个全程，我和船长不敢怠慢，做好小汪的眼睛。

下午，我们顺利到达马袅湾。马袅湾里正如船长估计的一样，风平浪静。

第二天是 3 月 17 日，我们轻松地停靠在海口市国家帆船基地公共码头，完成北部湾航程。

51
船长守信，一诺千金

小汪登上丹云号那天，船长便说：你可根据自己的感受和身体状况，自由选择登陆地点离开，结束航程，如果跟随我们到惠州东部湾，我就带你去桂山岛，看港珠澳大桥和香港。

2018年3月19日，在海口市国家帆船基地公共码头短暂休整两天后，我们计划北上回广东。小汪的航海感觉渐入佳境，决定跟随我们继续航行到终点站——广东惠州合正东部湾游艇会。

小汪航海适应力强，上手快，能吃苦，性格温和，不仅船长喜欢他，就连多多也是24小时寸步不离地缠着他。

北上帆航，船长精心为小汪安排了帆游线路：两岛两桥一海峡，即万山岛和桂山岛、港珠澳大桥和青马大桥、维多利亚海峡。

万山岛是万山群岛中的一个岛，面积约8.1平方千米，常住人口约300人，岛上居民大多以捕鱼为生。万山群岛隶属广东省珠海市，在群岛之间，航道纵横交错，是广州、深圳、珠海、香港进港船舶的必经之地，也是中国七大渔场之一，在这里，曾经创造过全国单网起鱼1200担（约12万公斤）的最高纪录。

从海口出发航行230海里，中途在距珠海高栏港20海里处的海面上抛锚过夜，这里风平浪静，水深28米。

3月21日傍晚，我们到达万山岛附近。大渔场之说，果真名不虚传。只见岛屿周围的海面上灯火闪烁，不知哪儿来的那么多渔船铺满整个海面，我从未见过渔船密度如此之大的场面。渔船有的两条一组，有的三条一组，共同拉着约 1000 米多的拖网并排行驶。船只纵横交错，海面情况相当复杂。

我们计划在万山港抛锚休息，中途必须穿过渔船阵才能进入港池。

夜晚，渔船灯的亮度差异很大，指示灯并不像商船和帆船那么规范，有左红右绿，船行驶的方向与距离不好辨别。我和小汪乏力不够，不敢操舵，船长亲自上阵，和渔船们玩起抢路大战。

那些渔船按部就班地穿梭于海面，若采用常规绕道避让渔船的方法，丹云号每让一组渔船，不仅要多走冤枉路而且又要面对下一组渔船，怎么办？只见船长脸不变色心不慌，根据丹云号的船速，甄别前方渔船的距离及行驶方向，判断哪些渔船需要改方向避让，哪些渔船必须抢头冲过去。他驾驶帆船时而加速，时而减速，有进有退，左躲右闪、前仰后合，花费近两个小时才冲出层层包围圈，安全驶入万山渔港。

本打算在万山岛停留一日的，清晨出舱后，见岸边的酒店及餐饮店多家关门，萧条冷清，我们也就没有登岛的欲望了，马上起航驶向桂山岛。

在东澳岛与桂山岛之间的海面上，何时竖起了一大片风力发电机呢？长长的白色风车叶片在蓝天下起舞，一会儿独舞，一会儿群舞，煞是好看。

丹云号行驶 15 海里来到桂山岛。桂山岛是万山群岛中开发最完善、居住人口最多的岛屿，流动人口已超过 6000。天气预报说，近几日外海有大风并伴有阵雨，我们正好在此休息两天。

万山岛

　　港池内的大渔船比两年前多了许多，靠近码头处新修了几条浮桥，丹云号泊在浮桥边。港池出入口值班室外的拐角处，有个自来水龙头，解决了我们淡水使用与补给的问题。在港池停泊，每天要收取 30 元垃圾费。

　　我喜欢桂山岛，喜欢它绿树成荫、奇石嶙峋，喜欢它空气清新、宁静整洁，喜欢它生活便利、悠然自得。看！岛上绿树白屋之间，有一棵巨大的木棉树顶天立地，朵朵艳而不俗的木棉花竞相开放，小岛更显多彩绚烂。

　　走在街上，人来人往，游客不少，外地的钓鱼爱好者三五成群，租渔船海钓。岛上的民宿、餐厅、渔具店也多了好几家。

　　雨停时，我们在岛内漫步、爬山，吃海鲜大餐，也浅尝当地小吃。岛的背面与香港大屿山直线距离仅 3 海里。站在山顶眺望远方的港珠澳大桥及港岛，各种载有游客的快艇繁忙地穿梭于珠海、澳门、香港三地，好不热闹啊！

　　岛上蔬菜水果品种齐全，渔港边每天早上有海鲜早市，鱼类品种多且新鲜。我一次就买了 5 种不同的鱼，下雨时就在船上认真地做几个菜，喝着小酒，谈天说地。"一袭江南梦，醉卧烟雨中。"这样的日子可算逍遥？

春雨，淅淅沥沥下着。船长为了让小汪看到港珠澳大桥及香港最美的一面，在桂山岛等了两天。直到第三天上午10点，雨过天晴，丹云号才离港。

港珠澳大桥是一项伟大的工程，于2018年10月24日正式通车，占据世界八个"最"，即里程最长（55千米）、寿命最长、钢结构最大、施工难度最大、沉管隧道最长、技术含量最高、科学专利和投资金额最多（1269亿元）。

丹云号缓缓地从两端人工岛中间驶过，每端的人工岛后都连接一条蜿蜒的大桥，好似两条巨龙卧在海面上。据说桥面有六车道，车流量却极低，桥面上某一段经常看不见一辆车影。

香港青马大桥与港珠澳大桥相比简直天壤之别。青马大桥是全球最长的公路、铁路两用悬索式吊桥。大桥主体上层为机动车道，各种车辆川流不息。桥面下层为地铁专用道，属于香港8号干线青屿干线的一部分，跨越马湾海峡，将青衣和马湾连接起来。都说维多利亚港的夜景美，但对从未到过香港的人来说，见见光天化日之下的香港更有必要。

船长驾驶丹云号驶入维多利亚海峡时已近黄昏，虽然我们看不到香港大街小巷里的人头攒动，听不到喧嚣嘈杂的声音，但海面上熙熙攘攘的船只，天空中升降频密的飞机，码头边车水马龙的客轮，岸上鳞次栉比的高楼，无不向我们呈现着香港的繁华。

小汪独自坐在前甲板上很久很久，或拍照或思考，我很想问一问这位朝气蓬勃的青年郎：小伙子，此刻，你在想什么？

驶出维多利亚海峡，正是华灯初上时，我们赶路心切，渐渐远离这个灯红酒绿的大都市，驶向深圳大鹏湾。

3月25日晚，丹云号在东涌海面抛锚过夜，啊，快到家了！

3月26日中午，丹云号顺利返回惠州东部湾。这次长航，我们一共航行了2030海里、历时95天。至此，丹云号航行总里程已经超过一万海里。

从此，小汪告别了菜鸟，他已成长为一名拥有790海里长航经验的干练水手。他能升降主帆、调帆、操舵，还能在航行时进舱烧开水泡面，更能在风急浪高时躺在舱里刷手机。我这个老水手自叹不如，真心地为他点个赞！

小汪在我家住了一晚，晚饭时，他一再表示：此次航行收获良多，不虚此行！

27日早，船长开车送小汪到高铁站乘高铁返回上海。

52
与老友一起玩长航

何为老友？我想，老友应该是泛指相交多年的老朋友。而我今天说的老友另有含义。

2019 年 6 月 6 日，我们开启了一次长航，长航团队由 4 人组成。所谓"老"，是指年龄偏大，4 个人平均年龄为 59.25 周岁，也许是国内不间断航行超过一周、平均年龄最老的队伍。所谓"友"，是指趣味相投、热爱航海、不甘平庸和寂寞的帆友。

除了我和船长，另两位船员分别是来自台湾花莲的"花叔"陈先生和来自珠海某公司的高管苏先生，他们二人都通过了 105 的 ASA 帆船教程培训，也都是第二次乘坐丹云号。

我们这次长航计划是横跨南海，接近菲律宾吕宋岛北部，再返航。

丹云号以平均 3.5 节的速度不紧不慢地前行，轻柔的西南风给前三天的航行带来顶级的帆航享受。船上的人们，不念诗与远方，不念彼岸，只为大海。大海将本不会相遇的人连在了一起，而三位男士曾经从军的经历又拉近了彼此间的距离。也巧了，三个人刚好凑齐了海、陆、空三个军种。

眼前的花叔，一头银发，一副眼镜，一口台湾腔，从内至外透着儒雅。从 2015 年起，他开始航海，几年来，分段搭乘不同帆船走完了中国海岸线，累计航行近 4000 海里。他一上船，立马放下老板的身段，进入水手角色，绝对服从船长的指令。

海军某装备研究所硕士出身的苏先生则是集健谈、随和、泼辣、豪气于一身。在 10 年前，他就与帆船有约，有过一次泰国湾跳岛长航的经历，累计航行 1000 海里。

他期望通过此次丹云号的长航,积累实战经验,全面提高操控帆船的技术。我认为他的期望随着航行的继续,慢慢地都实现了。

除观星辰日月、听悦耳之音、品浪酒闲茶、食美味佳肴之外,三位睿智、博学的男人,聚集在一起聊东西南北。聊得最多的是军事话题,从世界著名战役到国共两党的党史和军史,从两军的装备到各自当兵的趣事,等等。20世纪90年代初就已是中校军衔的苏先生,与网红张召忠将军共事多年,共同参与研究、论证我国海军多项装备功能,他满肚子的干货足足讲了200海里。此次长航,成了他们的专场军事研讨会。

在东沙群岛附近的海面上,三人讨论太专注,以至于好大一群海豚在丹云号两侧嬉戏都无察觉。我出舱发现后,喊着海豚,他们才停止讨论与海豚互动起来,边录像边大喊海豚。原来海豚很喜欢人类的呼唤,它们使劲撒欢儿、使劲跳跃。

2018年的3月,我和船长曾沿着东沙岛的西边驶过,当时台湾"海巡署"的船驶近我们丹云号查看,得知我们退休夫妻驾船游玩的经历时,对方居然赞不绝口,有人说:"好佩服你们呢,好逍遥呢。但东沙岛是保护区,是不可以进去的。"船长解释说,"我们只是经过这里回家,没有进去的意思。"他们便礼貌地与我们挥手道别,并祝我们一路平安。

这次往返东沙岛都在傍晚,且在岛的东边航行,静悄悄什么也没看见。

未曾想,突如其来的机器故障打乱了我们的航行计划,接下来,我们经历了一系列的考验。

6月9日早上4点,在离岸直线距离210海里处,船长接班,无风,启动发动机时发现没有循环水排出,马上关机,进舱检查,经确认是循环水进水出问题了。天亮后,船长准备更换新叶轮,但想到水泵总成已经老化,担心若安装不好导致漏油或漏水会更麻烦。考虑再三,他决定:暂不更换,无动力返航。全体船员淡定自若,无任何恐慌。

丹云号开始掉头返航,慢慢地横风加大,浪高超过2米。船体一路倾斜前行,船速最高近9节。船长为让人舒适些的同时减轻舵盘拉力,不断指挥我们将主帆卸力,并微调了航线角度。长航经验不多的苏先生稍有紧张,问我:"嫂子,你经历过这么大的风浪吗?"我说:"我经历过50节的大风和5米高的浪,现在是正常行驶状态,你不用担心的。"听我这么一说,苏先生坦然。

6月10日傍晚，距离大亚湾口的小星山还有48海里，只要进入大亚湾，一只脚就算踏入家门，大家开始讨论明天上岸后的安排。

海神与风神也许认为我们还可以接受更强级别的考验，于是联手放大招：风浪戛然而止。这招实在是太狠了！老友队共同体验了无风无动力的煎熬。

丹云号不受任何控制地漂着，船长下令收了主帆，前帆留一个小角稳定船体，全体人员进舱睡觉。

午夜1:30，我来到舱外，GPS显示距离小星山变为54.6海里，洋流正以一节左右的速度使船倒退，我心里直发毛。远处乌云密布，电闪雷鸣，唯独我们所在的地段风平浪静。我把右边船舷外侧的国旗当作风向标，它一旦飘动，我便调整船头方向，试图让丹云号停止倒退。我曾无数次地见证飘扬的五星红旗，没有哪一次比我此刻更迫切地盼望它飘起来。

几个小时下来，我的努力是徒劳的，距离小星山的距离增加到了57海里。天哪，Spider-Man（蜘蛛侠），你在哪里？你在哪里？

次日，无风—暴雨—无风—小雨轮番登场，暴雨时，船长亲自操舵。这一天，我们顶风冒雨、辛辛苦苦赶出20多海里，谁知，一样化为徒劳。无风妖魔再次出动，洋流不仅吃掉了一日的里程，还向远离家的东边方向漂移。船长决定暂时放弃航线，向"零"度方向走，为的是尽快靠近陆地。

整整两夜一天，丹云号走走停停，漂到了非必经之路的汕尾红海湾。手机终于有了信号，得知：我们赶上了广东大面积的"龙舟水"天气。

因为几天没能连续充电，服务电瓶电量不足，为了确保导航仪正常工作，我们关闭了两个冰箱电源。6月12日，导航仪也罢工了，船长用手机及罗经仪导航，借着不正经的歪风弯弯拐拐地进了大亚湾。

入湾后，顺风顺浪推着丹云号前行，到晚上8点多，丹云号接近坪峙岛，距离惠州海湾大桥约一海里，我们都有些兴奋，过了桥就到了。可这一海里仿佛走了一个世纪。因风力突然变弱，风向也乱了，丹云号每前进一米都非常艰难。

历经千辛万苦，丹云号终于到了东部湾游艇会外的大桥前。当丹云号就要穿过跨度最大的两个桥墩时，一阵顶风吹得船失去舵效，开始漂离大桥。同舟共济的我们开动脑筋，尝试各种方法都没能通过大桥这一关。相反，丹云号却越来越靠近左侧的蚝田区，片片蚝田将丹云号包围住了，在这危急时刻，船长果断启动发动机，采用小马

花叔

苏总

力避让，直到 5 分钟后，发动机自动熄火。没多久，船又漂到蚝田边，危险再次出现。真正强大的内心不是能征服什么，而是能承受什么。我承认，我的耐心已到了极限。一路走来，船长传授了许多 101—105 学不到的操船技术与船长心得，过关斩将，到了家门口却不能进入。是真的不能入还是船长控帆的技术差那么一点点呢？

折腾了 5 个小时，已是 13 日凌晨 1:30，风向还没有变的意思，雨也没有停的意思，不愿意求人的船长，向东部湾维修部朱经理打出了求救电话。1 个小时后，朱经理带着 1 人驾驶钓鱼艇来解救丹云号，他用了洪荒之力才拉着丹云号逃离了危险地带。我佩服他考虑问题细致周到，另外还有 3 人驾浮筒船预先到达游艇会外的海面上，已将丹云号的锚绳捞出在原地等候（当时，东部湾游艇会仍在关闭中）。面对后半夜 5 人两船的救援队，花叔用他的三字口头禅加了两个字说："老杨，人品好！"

6 月 13 日早上 5 点多，我们顺利上岸。7 天时间 470 海里的长航结束，其中无动力帆行 260 海里。花叔与苏先生都创下了自己离岸距离最远、不间断航行时间最长的航行纪录，我和船长则有了一次在无风无动力的情况下航行 260 海里的经历。

老友们相互道别。我们，相约在冬季。

53
南海中最孤独的小渔村

2019 年的金秋十月，北方已是秋风秋叶秋草黄，广东依旧是烈日炎炎。

10 月 4 号上午 11 点，船长驾驶丹云号满载欢声笑语离开惠州东部湾游艇会，驶向西南方向 70 海里外的庙湾岛。

此次，团队成员除了香港的小王夫妇和他们的朋友——来自北京的邓先生夫妇外，还有一条 45 英尺的和达号帆船跟随我们同行。

和达号也是停泊在东部湾游艇会的一条帆船，船长叫阿春。该船平时很少离港，几年了，出海从未超过三门岛以远的海域；我们也不曾见过船东，但船东知道我们夫妻俩和丹云号，得知我们要去庙湾岛，即与船长联系来个结伴帆游。

庙湾岛

天高云淡，微风拂面，全程开发动机按航线自动行驶。啊！久违的、幸福的航海模式又回来了！自动舵真是个好东西，只要设置好航线，它即不吃不喝、任劳任怨地执行命令，能力之大超过我和船长两个劳动力。说起丹云号的自动舵，我和船长心中都有愧。几年来，对它关怀不够，粗暴有余。不仅经常让它连续工作超过 48 小时，大风大浪时也不让它休息。终于，把它累倒了，昏迷不醒达 20 个月。好在船长不抛弃不放弃，和儿子一道全力抢救，它才死而复生。

深夜 11 点，我们到达庙湾岛，正对着下风湾沙滩下了锚。

庙湾岛隶属珠海市，位于外伶仃岛南部，北距香港 48.8 千米。岛上有个孤独的村庄叫庙湾村，面积 2.3 平方千米。庙湾岛南临南海，环境独特，岛四周礁群星罗棋布，沙质洁白、晶莹，海水湛蓝、清澈，据说海底还有稀有的红珊瑚群。正值十一长假，下风湾沙滩上被五颜六色的帐篷占据，很多条渔民的快艇忙着接送游客。

10 月 5 日清晨，船上的人纷纷下海，围着丹云号游了几圈。早餐后，船长驾驶橡皮艇带我们上岛观光。我牵着多多走马观花地转了转。岛上大部分房屋因常年闲置破败不堪，如同废墟。岛上只有 10 多户居民，以开民宿、餐馆、潜水服务、租售帐篷及渔具等旅游项目为生。原住渔民所剩无几，岛上没有学校，孩子们要去西北方向的珠海上学。从珠海市区乘渔民小快船到庙湾岛单程都要 4 小时。

庙湾岛背面与酒心巧克力形状的北尖山之间，有几个人在潜水，海岛四周随处可见垂钓者，有些游客手拿小铲在落潮的石头上抓海螺、生蚝，上了岸用自带卡式炉煮煮便吃了。

因和达号帆船没带橡皮艇，也没有和我一样能干的水手兼厨师，一船 7 人要上岛吃饭，若用岛民的船接上岛，往返一次要 600 元。船长觉得价格偏高，主动充当摆渡老大，免费往返四次接和达号上的人上下岛。据说，他们吃饭时，岛民向每个人收取了 50 元上岛费。

航海人都知道，在一望无际的大海上，连续乘坐帆船超过三天，新鲜感就会消失，然后就是孤独、寂寞、空虚、无聊强烈地霸占了人的所有感知。国外有些船东为了缓解船员们长航时的寂寞感，会在出发前，拟定船上聊天话题。这种方式虽有效，但被动的聊天感觉更像是开会，显得很枯燥。所以长航时船上若有几位满腹经纶、博学多才、善于谈天说地的人，航海的品质将会大幅度提升，航海过程会变得轻松愉悦，短时间的航海经历将会给人留下刻骨铭心的美好。

同船的王太太——刘博士就属于这样的人。她与夫君是本科同学，在香港科技大学博士毕业后，任职于香港政府部门。她属于少有的情商与智商相匹配的工科博士，知识渊博，没有她 hold 不住的话题。配上她温柔细软的语气，与她聊天让人有如沐春风的感觉。她的知识面应该和时刻让大脑运转有关。比如，从她家到公交站有两条路，她会测出一条路需要走 850 步，另一条路需要走 900 步。又如，我们大家一起晨泳，谁都知道顶流游很累，仅此而已。她却说：同样的距离，顶流游泳时蹬双脚的次数是顺流游的两倍。没有对比就没有伤害，我算是服了。真正的行者不在于去过多少地方，而在于旅程中反观了多少内心，获得了多少启示。其实她还有一点我最欠缺

北尖岛

的过人之处，即会调教夫君。重点是他的夫君很享受夫人的培养与调教，从而达到夫妻间的和谐统一。

大风将至，我们提前返航。天气预报说，10月6日这天，南海海面将有30节以上的东北风，船长担心首次坐帆船的北京客人出现不适，于是在5日下午3点左右就起锚返航，当天夜里在三门岛南端的山脚下抛锚休息。

6日凌晨，大风真的来了，船体开始摇摆起来，绳索拍打着桅杆发出"啪啪"的响声。天还没亮，和达号便早早起锚返航了，我们用过早餐收拾妥当才起锚。

当丹云号绕过三门岛角驶向辣甲岛时，浪高已超过2米，船体摇摆加剧，邓先生的太太小杨仍在前舱熟睡。她起床后，似坐在自家梳妆台前般，不紧不慢、淡定自若地坐在前舱床边化着妆。天哪，我遇见高人了！我多么希望自己也有这样的本领，不为化妆，只为能做出不失水准的菜肴。小杨出仓看到大浪之后，她才惊讶地瞪大了眼睛，张开了嘴巴。

小王夫妇都有帆船驾照，二人正在酝酿着买帆船（现在他们帆船已买，停泊在香港）。当丹云号驶过辣甲岛，风向转为右舷侧顶时，他们兴奋不已，小王站在前甲板，刘博士站在舱门口夹绳器前，俩人配合默契地升起主帆，出了前帆，并在风浪中轮流操舵前行。

中午之前，我们回到了东部湾游艇会。三天当中，帆船自动舵运转正常，完美的小长航结束。

54
两对夫妻的航海

2019 年年末，突发的新冠肺炎疫情给全球带来的影响与损失无法预计。这场灾难不仅破坏了全球的经济运行，严重影响了老百姓的生活，也打乱了我们的航海计划。我们已经有 7 个月没有出海，船长都快憋疯了。

恰好这天，有一对夫妻联系我们，说他们很想体验一下帆船生活，于是我们双方一拍即合。

与我们同行的这对夫妻是 Peter 先生和太太 Michelle。Peter 是位高级工程师，在上海有自己的科技公司。Michelle 外形柔弱，内心刚强，泼辣朴实，在海上不戴帽子，不戴墨镜，也不怕晒黑，着实让我佩服！

2020 年 5 月 9 日，我们从东部湾游艇会起航出发，第一个目标是大辣甲，一路风平浪静，非常顺利，每个人都心情舒畅。

当晚，丹云号锚在大辣甲岛，饭后，我们齐心合力，钓了 13 条鱿鱼，一顿清水煮鱿鱼的宵夜非常美好，让 Peter 夫妇赞不绝口。

10 日早上，丹云号起航，直奔 90 海里外的南海油田，此刻，是侧风，丹云号满帆行驶。经过近 20 个小时的航程，我们于 11 号清晨到达海洋石油 943 井架附近。

船长原计划在此漂上一天，等晚上夜钓大鱼。他哪知道我们的想法和他并不一样。要知道，让丹云号在 90 米深的水域自由飘荡时的摇摆，真令人难以忍受。少数服从多数，船长决定驾驶丹云号离开井架，驶向 80 海里外的庙湾岛。

12 日早上，丹云号到达庙湾岛。岛上寂静无声，隐约见人影晃动。船长下好锚，放下橡皮艇，我们 4 人，还有多多一起上艇向岸边码头驶去。

即将靠码头时，突然从旧房屋区跑出一男一女，站在岸边朝我们大喊大叫，船长马上关闭橡皮艇发动机。噢！听明白了，疫情期间，他们不让我们登岛，也不允许下锚。好吧，服从当地管理。丹云号又来到庙湾岛隔壁北尖岛的海鳅口下锚。

哈哈！歪打正着，我们找到了一个天堂般的锚地。

北尖岛是我国大陆最靠近南海的一个岛屿，岛上有解放军驻守，海水清澈见底，人迹罕至。海鳅口三面环山，北面向海，只要不是北风，任何风都适宜抛锚，且口子窄湾里宽，湾里面积约三四平方千米，生态环境极好，渔品丰富，鸟集鳞萃，是帆游的绝佳休息地。

当晚霞尽染，万籁俱寂，船长点亮一盏灯放入水中，海面上数不清的青鳞鱼成群成片地围着灯旋转、跳跃，超过 20 多条小鱼跳到船尾游泳平台上。我们一只一只帮助它们重回大海。钓鱼高手 Peter 钓到 5 条土石斑鱼，一条黄鳗鱼。船长也钓到一条石斑鱼。

13 号日早餐后，大家开心地游泳、潜水。玩够了，洗漱完毕，丹云号起锚驶向 12 海里外的外伶仃岛。

这时的海面浪高有两米，风速有 30 节。就在我们接近码头时，岸上一个穿制服戴口罩的男子边喊边挥手，不让我们靠港。

丹云号登岛再次被拒，我心里有点凉，很担心这次跳岛游会变成海上漂。无奈，丹云号只得退出，再掉头，重新找锚地，又行驶了 4 海里，最后我们在万山群岛三门岛（不是大亚湾的三门岛）的三门湾避风抛锚，湾内风大无浪。

14 日上午，丹云号驶向桂山岛，12 海里，微侧风，薄雾。

中午，丹云号顺利进入无人把守的桂山岛渔港，停靠在浮桥边。Peter 夫妇带上换洗衣服下船走向上岸的出口，我和船长留在船上，观望他们是否能上岛，另外随时准备被驱赶离开。

他们二人进入渔港门卫室约 5 分钟后出来了，随后，我收到 Michelle 微信，他们与保安谈妥了，交了 3 个小时 200 元的停泊费，办理了登记手续，我们都可以登岛。

非常时期能放行登岛，已是满心欢喜，不去计较 3 小时 200 元是否贵。我上岸丢了垃圾、遛了狗。我和船长洗了澡，然后洗衣服、加水全解决了，也给多多洗了澡。

Peter 夫妇花 30 元钱在宾馆开了钟点房，洗了澡和衣服。因天气炎热，他们很

快带着青菜和西瓜回来了。

　　丹云号离开浮桥，我们将船拴在港池内的一条大渔船上，准备在此过夜。受渔船上多种飞虫骚扰，下午 3 点，迫使我们离开渔港，丹云号在养殖基地小蜘洲岛的细洲湾抛了锚。

　　15 日，用过早餐，起锚出发。今天计划穿过香港维多利亚海峡，晚上锚在大亚湾三门岛，继续钓鱿鱼，全程 60 海里。

　　这几天，丹云号在万山群岛间穿梭，经过几个大货船的锚地，停泊在锚地的船明显增多，疫情时期哪有生意啊。

　　当丹云号从西向东再次经过维多利亚海峡时，更是满目凄凉。空中不见客机，海面不见货轮，客船不见乘客，码头不见泊船，甚至陆地上行驶的汽车数量也比往日少了许多，四周安静得让人窒息。新冠病毒啊，你何时才能放过人类？

　　帆船驶入大亚湾口三门岛附近时，船长对 Peter 说："平时这个季节很多人会来此钓鱿鱼，晚上有几十条船亮着灯，很壮观，也是一景。"

当帆船下好锚，天还没完全黑，就已经有上百条灯光船集结在海面，每条船人数不等，5 人以上的偏多。

晚饭后，船越聚越多，致使整个海面被灯光照亮，这幕场景，极大地震撼到了我们。说实话，我也是第一次见到这么庞大壮观的钓鱿鱼的场面。

在丹云号上，我们这两对酒足饭饱的夫妻也开始钓鱿鱼了。我们钓鱼是饭后的娱乐活动，该睡时也就睡了。当晚钓了多少条鱿鱼没数，但比第一天多。我们的注意力都在 Peter 的收获上。除了鱿鱼，他竟然还用假鱼饵钓上来一条带鱼、一条红腊鱼、两条那歌鱼。真神啊！我第一次见人钓到带鱼。

次日天微亮时，钓鱼队伍一下就散尽了。今年的鱿鱼可能很多，但愿每条船都能满载而归，给长时间受限制的人们带来欢乐。

几年的航海经历告诉我，没有惊险的航行体验是不完美的。这不，都快到家门口了，惊险来了。

16 日上午，船长开船绕行到三门岛附近的钓鱼公水域，海面上有 3 条钓鱼船正在抛锚钓鱼。丹云号在海上漂了一会儿，Peter 甩了几竿无获。

船长开机往东部湾行驶。也许是我们一路太顺利，也许是苍天有意让客人体验得更全面，大大的麻烦悄然而至。

帆船的发动机突然死火了，船长第一个判断是没油了（出发时油箱没有加满）。他看了看油表并未到底，怀疑油表显示不准，于是拿出自制的加油泵，将船舷边上的两桶油加入油箱。开机半分钟又死机了，船长这才判定是水下的螺旋桨被缠住了。莫慌！船上有船长自制的潜水设备——空压机带动的气管潜水装置。船长按惯例穿上短装泳裤，戴好面镜，身上拴好绳子和铅块，嘴咬呼吸管，带着一把刀从船尾水梯处潜入海里，我坐在船尾甲板上，拿着绳子和呼吸管，随着船长的移动而收放。感觉船长在船底下停留了很久很久，我一直往船底方向张望。约 10 多分钟后，哇！一片足有 10 米见方的渔网从船底下漂了出来。随后，船长钻出水面上了船。他的手臂和双腿内侧被大面积划伤，左手小臂的一条伤口长度超过一寸，露出红肉。我既心疼，又忍不住埋怨："你为什么不穿长装泳衣下水呢？一点也不会保护自己。"被 Peter 封为"装备库库长"的船长却说："衣服刮坏了还得买，皮肉坏了会自己长好的。"我真服了。他接着说："龙骨和螺旋桨被渔网包住了。"他先把螺旋桨和渔网切割分开。然后绕到船头，骑在龙骨上双腿夹住龙骨，在上水逆流将渔网慢慢收到自己怀里，再从一侧把渔网推离船底（切记，绝对不能在下水顺流操作。那样的话，剪开的渔网会把操作的人包裹起来，陷入险境）。

休息了 10 分钟，船长换了个勾型刀片再次潜入水中，清理螺旋桨上缠绕的绳索。

福无双至，祸不单行。正当船长重新启动发动机行驶，兴奋地说着他水下割渔网的英雄事迹时，发动机发热再次死火，船长来不及洗澡就冲进舱里检查。他判断发动机循环水泵出问题了。拆开水泵才发现，叶轮的叶片碎了好几块，于是拿出备用叶轮更换。再开机，发动机冷却水出水口仍没有出水，关机，继续排查。

好在此时大亚湾口来了丝丝小风，我们两位女船员拉开前帆，竟有 2 节船速。一个多小时后，船长拆掉发动机的进水管简单清理再装好。开机，一切恢复正常。原来是进水管被脏东西堵住了。

Peter 工程师的身份那叫货真价实。他跟着船长上上下下地忙活，短短的时间里，他不仅明白了船长的两套发电系统，还送给船长一个高含金量的建议：可以考虑用自制发电机冷却系统代替原装发电机冷却系统工作，让发动机海水冷却体外循环。这样的话，叶轮就可以省去不用了。

待船长洗了澡换了干净衣服后，他四肢未做任何处理的伤口已经开始愈合结痂。他的伤口从来不做处理的，不疼，也不曾感染，他属半机器人体质。所以，Peter，你不要怪我对船长的伤口麻木不仁。

Peter 夫妇在国外曾体验过双体帆船，但参与驾驶帆船并长航还是第一次，俩人舵感极好，上手即能走直线。我认为他俩同时还具备了能吃苦、不晕船、会聊天、不挑食等航海人必备优点。同时，他们偏偏又是热爱大自然、心中有风景之人。航行中，我们会满怀激情地欣赏云之舞，聆听星之语，赞美石之奇，我们肆无忌惮的笑声飘荡在整个海面。天下所有的风景皆因懂得欣赏才变得美丽。

从长航的第一天开始，Peter 已对大亚湾两岸璀璨的灯光、清澈湛蓝的海水、千姿百态的小岛赞叹不已了，一遍遍地说着："我在深圳工作过 7 年，竟然不知道大亚湾有这么美！"

沿途，Michelle 一直用谷歌地图查看所到之处的地理位置、附近的岛屿和小湾的名称，每座自然的小岛都会吸引他们的目光。是啊！大亚湾与万山群岛的面积有3250 平方千米，一色儿的蓝色海水。大小岛屿有 240 多座，恬静的锚地数不胜数。这里，一年四季都适合帆行，一年四季都可以游泳、潜水、垂钓、登岛露营及品尝岛上美食。一年四季，海里的鱼儿、海胆、螃蟹及各种海螺都在等着与你相遇。这里，可以给你帆游所有的体感；这里，还可以无须办理任何证件穿越香港维多利亚海峡，换个角度观香港。国内最佳帆游海域非它莫属。

几天下来，Peter 夫妇帆游的感觉渐入佳境。

Peter 说："这里已足够美，还用去国外吗？"

Michelle 也说："我们去过几次马来西亚的刁曼岛，只有一次看到这样的海水。"

看来，这对夫妇爱上了这片海，爱上了自由的帆船生活。他们这是中毒了，中了"蓝色鸦片"之毒！我知道，Peter 夫妇已经在开始筹划未来的帆游大计。

我和船长一直倡导休闲航海。这次 8 天的小长航很好地诠释了休闲航海的真谛。

55
长航团队的最佳组合

　　这几年，我和船长一直是夫妻俩搭档帆游，通过这次长航，我真正体会到：两对志同道合的夫妻作为航海团队的组合才是最佳组合。

　　首先，是相互默契。在一起生活多年的夫妻之间，有极大的默契度，时常无须语言，一个动作、一个眼神便知对方所思所需。航海时最需要队员之间配合默契。比如，那天午夜，从南海油田海域去庙湾岛的途中，船长突然喊醒熟睡的我们，我看到黑压压的乌云正向丹云号扑来。船长说："要下雨了，快收帆。"我接过舵盘快速走迎风，船长跳上前甲板收主帆，这时，Peter先生帮着放主帆吊索，Michelle更是眼疾手快，迅速在我腰上系好了安全带。刚收妥主帆不到两分钟，狂风暴雨骤降，这种团队成员间的默契，让我们领先一步占据了主动。

　　其次，我们这个团队话题多。两对夫妻在一起海聊，话题是一对夫妻的 N 次方。我们双方都曾游览过许多国家及国内的著名景区。他们更牛，一家四口随科考船到访过南极。我们相互交流游览时的心境与体会，交流孩子的培养和教育心得。两个睿智的男人话题更多，激发彼此能量，灌溉彼此灵魂。

　　再次，就是包容。夫妻之间干活不攀比、不计较，俩人一组轮流值班时不会寂寞。风浪大时船长既开船，又做饭，也没有怨言。丹云号上没有执行定时值班制，谁累谁休息，我和船长已练就躺下能睡、喊时即醒的本领，随时换岗。

　　还有，伙食好。曾听帆友说，坐帆船太苦了，喝不上热水，吃不上热饭菜，吃碗方便面已是奢侈。那是抱怨的人没有乘坐过夫妻船。有一位能干的妻子在船上，航海

221

期间的食物一定会丰富充足，最起码热饭热菜是标配。丹云号长航时每天早晚两餐保证热食供应，且荤素搭配，营养均衡，鲜香可口。中午则以牛奶、咖啡、八宝粥、碗仔面、水果、面包、老婆饼及各类零食为主。我做饭菜常常得到 Peter 夫妇的夸奖。丹云号长航期间的一流伙食再次被证实。

最后一点，船舱整洁。一般来讲，操持家务的事由女人负责。对于丹云号的卫生，我们两个女人随时收拾，船内洗手间及舱内外总是干净整洁，使得航海过程的舒适度大大提高。

夫妻同行可以了却牵挂，以船为家，长航到天涯海角又何妨？

两对航海夫妻

56
船长第一次喝得酩酊大醉

受 2020 年 2 号台风"鹦鹉"临近广东沿海的影响，我们将丹云号 3 日小长航计划，更改为始于 6 月 12 日至 13 号的三门岛两日游。

如同每日清晨，我站在瑜伽垫上的感觉都不一样；又如同每朵白云，看似一样，却又从未曾一样。每次航行，即便是同一海域，因天气、海况的差异，特别是每次团队成员的不同，使得我的航海感受每次都不同。

本次航行只有 60 海里，行程简单：大亚湾里闲逛、夜锚三门岛喝酒、钓鱿鱼、返航。

团队成员增加了四人，分别是第一次相见的微信老友——梦想游艇 Dream Yacht Charter 中国区总裁小李及他的同事阿明和小林，还有我的一位老闺蜜晓杰妹妹。

说起开帆船，我和船长属于自学成才的土八路。土到什么程度呢？起初，船长竟然不懂如何启动发动机。帆船经验为零的我更是免提。但我有一点是坚定的，那就是相信船长的能力！凭借这种信任，我和船长在几年的航行中积累了丰富的经验，不断拓展航行范围，我们的帆船驶出了大亚湾，驶出了南中国海，驶出了国门，目前累计航行已达 1 万多海里。

然而，当我们这对退休航海夫妻遇到帆船专业教练时，才知道自己的不足。同行的小李，他不仅仅只是 ASA 教练和梦想游艇中国区总裁，事业成功，爱好广泛，而且是一名资深的户外运动爱好者，也是国内屈指可数的品格高尚的潜水专家，他可以带着 7 个潜水瓶下潜到大海的百米深处。他曾公益性参加了 2018 年 10 月重庆公交坠江事故及迁西潜水员遇难等潜水救援行动。

精干稳重的小李话虽不多，但每句都堪比教科书。针对驾驶帆船，他给了我们一些很受用的好方法。例如，锚链上用不同颜色标注记号，便于记录锚链长度；下锚前在已选择的锚地转一圈，便于了解周边水深是否在安全范围内；升降主帆时，主帆缭绳不要锁死，有一定角度的自由度，便于主帆迎风，帮你轻松操作；抛锚后，用一个卡扣扣在锚机边的锚链上，卡扣的另一端系上绳子绑在船头的羊角上，以减轻锚机拉力，起到保护锚机的作用，等等。这让我们受益匪浅。

团队里的小林姓邱，当过两年兵，见到有10年军龄的船长格外亲近，两位战友聊着聊着，聊出了奇迹：俩人居然同为湖北老河口机场警卫连战士，同为油库站岗，站的还是同一个哨位，不同的是，部队的番号变了，时间变了。对比两个人持枪的照片，船长感叹不已。照片上船长身着65式军装，脚穿黄胶鞋，手握56式冲锋枪，单纯朴实；小林身着新式军装，脚穿军靴，手握八一杠，威风八面。时光从2016年一下穿越到1976年，相隔整整40年啊！这真是铁打的营盘流水的兵。

或许是船长见到同岗哨的战友太热心，或许是船长见到船上有专业的帆船教练太放心，也或许是船长又结识了几位80后的帆友太开心，他彻底地放纵了自己，忘记了自己的年龄。10多年没醉过酒的他居然喝醉了，醉到第二天都无法上岗，是小李和阿明顶风冒雨，把丹云号开回了码头。

船长啊，你今天是失态又失职！

男人看重"过命之交"，女人珍惜"闺蜜之情"。我和晓杰相识于1990年。当时我俩是同事，都在某银行总行同一层楼办公，办公室只隔堵墙。相近的性格促使相互吸引，俩人越走越近，成了无话不谈的好闺蜜。

时光飞逝，30年过去了。晓杰，我仍记得那个咱俩喝尽一瓶孔府家酒倾诉心声的夜晚；我仍记得咱俩为参加全省金融系统运动会，被拉进广州体院集训的那段艰苦而快乐的时光；我仍记得你出差回来带给我的土特产；我仍记得那年美国发生"9·11"事件时，我正在美国加州给儿子陪读，我收到的第一条问候短信就是你发来的，你的短信比船长的电话还早了半分钟。这就是闺蜜，无论身在何处，心中总是装着彼此。

老闺蜜，你是第一位敢参加长航，敢在丹云号上过夜的我的女性朋友。你受不了抛锚后船的摇晃，出现了严重的晕船反应。我让你服了晕船药，陪你坐在前甲板上数星星、聊岁月，分散你的注意力，以减轻你的痛苦。你真是很坚强，愣是没让自己呕吐，到第二天，你还抢着帮我洗菜切菜。给你多大的"赞"都无法表达我对你的钦佩。不多言，只要你愿意，丹云号随时带着你去寻找诗和远方。

在中国，说到帆船，大多数国人想到的是帆船比赛和环球的航海英雄们，始终觉得帆船跟普通百姓的生活不沾边，认为帆船旅行也是外国人才有的生活。那么，如何才能让帆船旅行走近中国百姓呢？我认为，舆论导向和更多女性的参与，会改变普通百姓对帆船运动的认知。帆船既可以是运动工具，也可以成为移动的家。"梦想游艇Dream Yacht Charter"已经登陆中国，它一定会逐步缩短两者之间的距离。目前，"梦想游艇"第 66 个基地中的百合与海棠号已开始在青岛运营，帆船旅行的梦想已

年轻时的船长

经越来越接近中国的普通百姓了。

"梦想游艇 Dream Yacht Charter"隶属于全球最大的海洋旅行公司梦想集团。20 年前，该集团创建时，在塞舌尔仅有 6 条船，如今在全球已拥有 66 个基地，1250 多条船，遍布加勒比海、地中海、巴哈马、印度洋、太平洋、亚洲、北美洲、南美洲和欧洲。公司提供船舰租赁，配备船长租赁，船舱租赁，船员租赁，还有动力双体船租赁 ，并提供游艇管理计划、游艇经纪和企业活动服务等。这对于我们泛舟各个大洋，该是多大的诱惑力啊！

租赁的方式适合很多人，无须自己买船，无须长航的艰辛跋涉，一样可以驾驶帆船畅游世界各地海域，尽情享受异国风情的航海生活。

李添

李添与船长

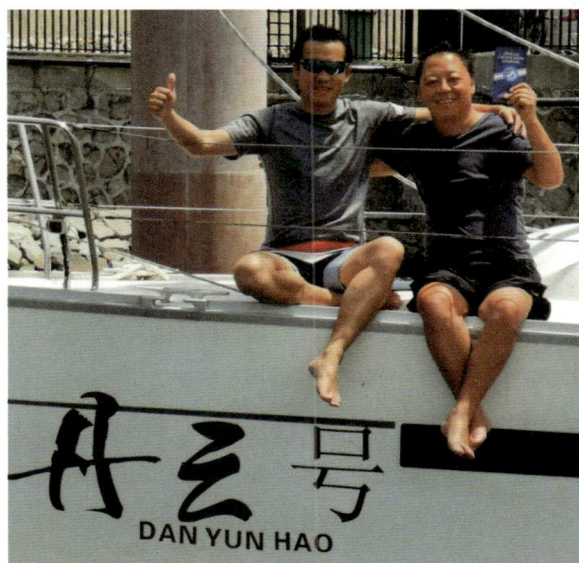

57
他想买帆船

如果你准备购买人生中的第一条帆船，前期需要做哪些准备工作呢？今天，我根据自己的体会来回答这个问题。

首先要确定买船的目的，然后了解帆船的功能和品牌，对比各品牌船的性价比，并全面学习帆船驾驶技术，考取帆船的驾驶执照，阅读有关航海知识的书籍和资料等，这些都是前期必备的工作。如果以比赛为目的，建议买专业赛船，以运营为目的建议买国产帆船。实力雄厚的土豪则可以忽略经济成本，直接出手即可。若你为自己买船，并想亲自操船浪迹天涯，那么，还有一环不容忽视，即至少要有几次 3 天以上的长航体验，当然，还有其他要素。

我和船长在前期恰恰缺失了长航体验这个重要环节，在没有上过大帆船的情况下，仅凭对大海的满腔热情，一冲动便买了丹云号。所幸，老公自身具有不晕船的好基因，而且聪明智慧，坚毅果敢，更有超强的动手能力。重点是还有一位能时刻陪伴他左右的吃苦耐劳的好水手，使得我们的丹云号充分发挥了帆船的使用功能，没有让丹云号长期停靠在码头晒太阳。

说来也巧，有一天，我们真就迎来了一位在买帆船之前准备长航的体验者。

来者姓方，深圳某公司的老板。那天，他来惠州东部湾看帆船，经过丹云号时，和我们聊了两句。随后，他通过卖船代理商，要到了船长的联系方式。他有意乘坐丹云号来个小长航，体验一下帆船航海的生活，并学习一下驾驶帆船的技术及相关知识，还有听老船长讲航海的经历，讲丹云号上发生的那些故事。

　　2020年7月18号上午，方总带着下属小吴登上了丹云号。随着丹云号慢慢离港，所有人神清气爽，话题即刻以帆船为中心展开。

　　4年前，方总曾参加过一次海帆赛，有一天半的帆行经历。尽管人员拥挤、生活艰苦的参赛过程并不是太美好，但在大海上那种天马行空极为自由的航海感受，一直在他心头魂牵梦绕，割舍不下。没多久，他在"人少无法操控帆船"的偏见下买了一条游艇，如今却有意换一条帆船玩玩。方总将带来的疑问逐一地亮了出来，船长不紧不慢有问必答，耐心讲解。我和船长还专门展示了在没有自动舵的情况下，如何升降主帆，让他确信两个人足以玩转大帆船。

　　不知不觉中，丹云号已到达三门岛。锚好船，我开始准备晚餐。我把清蒸海鱼、胡萝卜烧鸭、盐水宁夏菜心及蒜蓉炒丝瓜端上餐桌，把空调开启，把酒杯斟满。此刻，方总感叹起来：噢！原来帆船上的生活可以像在家里一样，品质一点也不打折扣啊！

　　的确，人的生命只有一次，本应快快乐乐全力以赴地活着，珍惜每一天。即使是在帆船上，我也会尽力安排好一日三餐，船上的生活空间也会打理得清洁、舒适，这也是丹云号在长航时，人员不超过4人的原因。

　　就在上一周，船长又完成了一项提高丹云号舒适度的改造工程：花了999元装了一台分体空调，舱内区域全覆盖。船长将主卧那个很久没用的马桶拆掉，位置腾出来用以放置并固定空调的外机。另外，船长又定做了一个耐高温材质的软风管，在空

方总

调工作时，风管一头伸向洗手间的天窗外，另一头固定在外机排风口上，带走热风，制冷效果更好，前舱温度也不会升高。空调不工作时，将风管收回叠好，丝毫不影响主卧洗漱功能。东部湾游艇会的几位帆船船长先后到丹云号上来体验我们的空调，一致认为制冷效果比原装船的空调效果还要好。

当天晚上的钓鱿鱼活动让方总和小吴开心不已。方总还是第一次钓鱿鱼，并钓上了人生中第一条鱿鱼。鱿鱼比春天时长大了许多，每条都在 10 厘米以上，小吴一直钓到午夜 1 点多。那天，是我们迄今为止，钓到鱿鱼数量和重量最多的一次，收获满满。

7 月 19 日上午，丹云号继续南行。原计划在担杆岛的南湾某地抛锚，因顶风顶浪船速很慢，再说，此次出行的目的是帆船生活体验，无须赶夜路，更不在意锚在何处。于是，老公改变航向。

傍晚，丹云号来到香港著名的旅游胜地果洲群岛，并在南、北果洲中间下了锚。锚地被几座小岛环抱，避风、平稳。远处，香港的高楼隐约可见。

果洲群岛，英文名为 Ninepin Group（九针群岛），由 29 个岛屿组成，从高空向下看，好似一盆生果浮在海面，因而得名。果洲岛最引人注目的是岩石奇观，属于六角形的柱状玄武岩。其中北果洲银瓶颈的大断崖最为壮观，据说可与爱尔兰的"巨人之路"相媲美。

　　7 月 20 号，我们开始返程。在途中，话题由帆船转向人生。离开拥堵的大城市的喧嚣，抛开白天上班、晚上刷手机的单调生活，方总一直让自己处在深度思考中，他在精心规划未来的休闲航海生活，期望让自己的人生更健康、丰富、充实。

　　3 天的帆行，让方总感觉收获颇丰。他说："这 3 天所学到的知识超过我 4 年来的积累。特别是在杳无人迹的天地之间，逍遥自在、无拘无束的感受实在是太好了，这才是高品质的生活。我对驾驶帆船充满信心，已有跃跃欲试的冲动了。"

　　这就是我所说的在买帆船之前最好要有长航体验的理由。

　　当 3 天以上的长航结束，你面朝蔚蓝的大海时，仍能心花怒放；回到家中，帆行时的画面不由自主地在你的脑海里闪现，让你欲罢不能。到了这个时候，我恭喜你，"蓝色鸦片"已将你拿下了。此时，你可以按着自己的心仪去买帆船了。否则，盲目买船，你很可能成为传说中两天最开心的船东，即"买船"和"卖船"这两天才开心。

58
深圳直航永乐环礁

欢庆牛年的爆竹声尚未停歇，新年祈福的喜悦仍在脸庞，2021年2月14号，即大年初三的中午12点，4位牛人驾驶丹云号离开东部湾码头，开启了牛气冲天的航行。我们将从深圳大亚湾直抵西沙群岛。第一目的地是永乐环礁，直线距离为412海里。

1. 这是我们准备最充分的一次长航

前两次西沙游都是从海南三亚启航，这次选择的帆船航线尚无人走过，也没有经验可循。而且我们知道，帆船在西沙无法补给，只能从西沙转去三亚后才能得到补给。西沙到三亚有180海里的航程。这样算下来，我们的总航程将超过600海里。再加上在西沙游玩的时间，整个行程预计10天左右。对于丹云号和团队来说，10天的无补给航行，无疑是一个大挑战。

因此，我们提前一个月就进入航行前的准备工作：①帆船上岸清理船底，刷防护漆。②更换循环水泵油封水封，新加工了水泵轴替换掉磨损严重的旧轴，多买一个循环水泵总成备用。③仿造自动舵的涡轮齿轮，加工生产了新的齿轮，修复了自动舵。④更换齿轮箱里的机油、给发动机除锈、更换传动轴油封。⑤生活物质准备，包括购买耐储存的食品，如碗面、八宝粥、蛋糕、面包、饼干、牛奶及零食；购买啤酒、饮料、饮用水、咖啡；自制卤菜并分别装于小袋中，用真空封口机包装好放入冰箱冷冻；自制水饺、花卷并冷冻。购买多种一次性湿巾和洗脸巾，纸巾用后不轻易丢掉，可用来擦洗手间镜子、台面及地板；购买水果及耐存放的萝卜、土豆、西红柿、包菜、洋葱等蔬菜；将葱、姜、蒜清洗干净，沥干水分入袋，放入冰箱，随用随取，可保鲜 10 天。

2. 老、中、青结合的航海团队

为确保整个航程期间人人舒适，人人享受 VIP 待遇，我们决定只带两位船客，船客每人分配一个卧室。4 人团队成员年龄有 50 后、60 后、70 后和 80 后，跨度 4 个年代。70 后的方总是我航海日志《他想买帆船》的主角。他事业有成却为人低调。80 后的小黄是一家外企亚洲区的 IT 管理者，性格开朗、聪明睿智。

还有一只航航狗——多多。

3. 这是一次乐大于苦的长航

前两天的航行，风平浪静，除夜间温度偏低要穿棉衣外，其他时间都非常舒适、愉悦，让我平稳度过晕船期。

2 月 16 日这天，我们的航程开始不太平了。一大早，船长感觉船舱地板在发抖，判断是螺旋桨被缠，马上熄火。最年轻的小黄马上下水查看，清理掉一块塑料袋和一截渔网上的绳索。我们奖励他一次蜻蜓点水式的热水澡（每个人都有节约用水的意识）。

到下午，自动舵值班，无所事事的两位客人新鲜感渐退，不停地看着手表。在海上漂了 3 天，寂寞、烦躁的种子要发芽啦。

现在的我，在长航时只有日出日落，没有几点几分。怎样才能缓解他们的焦虑呢？恰在此时，我们收到一份解闷的礼物——两条拖钓的渔线超酷地拧在一起了，难舍难分。船长舍不得用剪刀一咔嚓解决问题，安排我们把两条线分开。船长为大，不敢不从。4 人齐心协力，专注地忙了一下午才将两条鱼线拆开。看来，长航中没有困难创造些困难也是必要的，强化团队精神与排解空虚并举。

临近午夜，自动舵又出故障了，发出异常声响（仿制齿轮时，工程师把英制齿轮错当成公制计算，致使产品不吻合）。航行中无法检查，船长只能解除自动舵，开始轮流上岗人工掌舵。嘿嘿，这次我不怕了，有两位壮劳力正闲得发慌。

2 月 17 日，30 多节的风带着 3 米高的浪如约而至。丹云号被大风蹂躏、被海浪暴打了整整一天。

傍晚时，丹云号终于到达永乐环礁附近。降主帆时，船长发现，主帆有三个帆扣周围的帆布被大风撕裂。海图显示，丹云号左边是刚露出水面的礁盘，右边是近千米深的南海。海水拍打礁盘涌起的浪高 5 米有余。船长小心翼翼地操船，远离礁盘，以免突发大浪把船推向礁盘搁浅。

两个多小时的绕行，丹云号终于在船长事先找好的锚地处下了锚。天色已晚，四周漆黑，远处的灯光闪烁貌似繁华。

惊喜的是此处竟有网络信号，每个人给家里报了平安。饭后，大家洗了热水澡。睡梦中听到椰香公主号通过 16 频道，向海事交管报告抵达地和下锚坐标……

4. 我们集体登上银屿岛

2 月 18 日一早，起床后，我才看清丹云号锚泊的准确位置。船头的左边是银屿礁，船头对着银屿岛，右后侧是鸭公岛及全富岛。我们能清楚看到从三亚来的椰香公主号游轮锚在鸭公岛附近。

西沙群岛由永乐群岛和宣德群岛组成，有 22 个岛屿及 10 平方千米的陆地。永乐环礁是永乐群岛的主体，由 9 个礁盘组成，有晋卿岛、琛航岛、金银岛、全富岛、银屿、鸭公岛、珊瑚岛等 13 个岛屿，其中 9 个岛礁有人居住，4 个岛为军事禁区。目前，乘坐三亚邮轮的客人可以上银屿和全富岛。

30 节的大风依然刮着，礁盘挡住了外围滔滔大浪，丹云号四周虽无遮挡，但依然平稳。由于礁盘不到一米高，丹云号好像孤零零地锚定在广袤的南海上，感觉有点奇特。

当天我们休息。此刻，我们远离尘世，置身于西沙群岛，欣赏着海与天之间的幻化、融合，品着用便携式咖啡机制作的胶囊咖啡，吃着我亲自炒的葵花子，看着电影《夺冠》。晚上，我炒了几个菜，大家喝着小酒，聊着天，时不时地刷个微信抖音。这日子，仙！

2 月 19 日，风力减弱，船长决定上岛。于是给鸭公岛岛主打电话，询问是否能帮忙找条接驳船带我们上岛，岛主一口答应，最后却一直未见有船来。下午 2 点左右，急性子的船长决定开我们自己的橡皮艇上银屿岛。

于是四大仙人加一条航海狗挤进了小橡皮艇，满心欢喜地向着银屿岛开去。半个小时后，浑身湿透的人与狗连滚带爬地上了岛。

银屿岛在银屿礁体西南部，面积只有 0.01 平方千米，海拔 2 米。岛上有人工种植的树和其他绿色植物，建有三栋二层的居民小楼，另外还有一栋三层高的小楼，是岛上边防派出所和居委会的所在地。

西沙群岛的海浪、沙滩、天空不知给多少人以无限遐想，让我看不够的是那抹西

我们登上银屿岛

银屿岛

沙蓝，如醉如痴。岛屿周围通透、醉人的玻璃水，渐变着、欢腾着，与远处的墨蓝拥抱，变得蓝宝石般璀璨。我想，这儿就是马代，是中国的马代。

在岛上见到两只狗。那一黑一黄的两只本地狗见到多多很友好，寸步不离地跟着，直到最后把多多送上船。

在房子边搭建的简易棚下，有一位中年妇女，卖着海鲜和饮料。我与她聊天得知，她老公是岛上居委会的主任，出海打鱼未归。岛上现有10位居民，如果这10位居民每年在岛上住满半年以上，政府会给予每人每天45元的补助费，在住岛期间兼有守岛的责任。

我们在岛上转了一圈，拍照、摄像记录了此时此景后，便离开了银屿岛，返回丹云号。

上了帆船，我才看到橡皮艇里灌进很多海水，难怪方总还在惊魂未定。我想，你不跟我们玩儿，怎能体验到这等刺激呢？

这次橡皮艇登岛虽然刺激，但还是有安全保证的。船长决定自行登岛时，向我们解释说：虽然风向和流向都是小艇航向的侧面，在发动机失灵或者风力增大的情况下，有把小艇吹向下风的可能。但在远远的下风处有鸭公岛和椰香公主号轮船，可以保证不会把小艇吹到南海深处。

59
华光礁探秘

2月20日早餐后，船长决定通过晋卿岛与琛航岛之间的海峡去华光礁，直线距离为28海里。

当丹云号距离琛航岛约5海里处，16频道传来呼叫丹云号的声音，于是留下这么一段对话。

海事局人员：丹云号，丹云号，听到请回答。

我：你好！我是丹云号。

海事局人员：我是中国海事人员，你们船上有几人？从哪里来？

我：丹云号上现有4人，从广东惠州来。

海事局人员：你们是干什么的船？要去哪里？

我：我们是深圳的一对退休夫妻，退休后买了条帆船，到处帆游，看看祖国的大好河山。今天想去华光礁。

海事局人员：前方是军事禁区不能通过，请原路返回，在军事禁区10海里外航行。

我：收到，已报告船长，正在改变航线。

海事局人员：请注意，军事禁区不得拍照。祝你们航行愉快。

我：收到，遵守规定，不拍照。谢谢！

船长立即改变航线，回撤3海里后，远远地看见琛航岛右边有一条渔船，心想它能在那里打鱼，说明是安全距离。

船长便沿着那条渔船的右侧行驶。行驶中，又被16频道呼唤了两次：一次是海

进入华光礁

事人员让尽快离开，我回答说，帆船马力小，已经是最快速度了；另一次自称是气象台人员，问船长是哪里人，手机号码多少，我如实告知。

琛航岛现为西沙群岛主要驻军基地，建有 5 千吨级的军港。

我们用了 3 个多小时才绕过琛航岛回到原定航线。

午后，华光礁东端进入我们视线。举目望去，礁盘外侧宝石蓝海水冲击着礁坪，溅起浪花如雪，而礁盘内一片嫩绿，似初春的草原，生机勃勃，又似青海东台吉乃尔湖的水，碧绿。

华光礁又称"大圈"，呈椭圆形，东西向横卧在琛航岛以南 10 海里处。东西长 29 千米，南北宽 9 千米，总面积 180 平方千米，是一个隐没水中的暗礁，低潮时整个环礁可露出水面。它是发育较完整的环礁，南北两侧有礁门与外界海水进行交换。

船长来之前已做了攻略，雄心勃勃，计划驾驶丹云号进入华光礁中的环礁潟湖。帆船绕过华光礁的东端来到南端东侧的礁门，他跃跃欲试。整个环礁内没有被勘探，海图信息为空白，且暗礁颇多，不利航行。

方总是行事谨慎之人，反对船长冒险进入华光礁。持有 ASA 教练证书的小黄则强烈赞同进入环礁潟湖。

航行途中，为了收集教学素材，小黄已把丹云号里里外外拍了个遍，包含所有仪器的功能介绍。第一次长航便遇到这样的机会怎能错过？只听他兴奋地喊："进！进！"

我呢，开始投反对票，但看到海水的颜色偏蓝，水深应该没问题，就没有坚持自己的意见。再说了，上了"贼船"身不由己。船长也并非不顾安全的鲁莽之人。

船长仔细判断周围环境后，开始慢慢驶入。我负责观测前方水的颜色，选择颜色偏深蓝的地方走。方总紧张地盯着海图机显示的水深,大声地报着: 8 米,7 米,5 米……
我的心随着海水深度变浅而慢慢上提。我劝船长见好就收,船长却坚持航行了 5 海里,
到达环礁潟湖中间才抛了锚。

环礁外波涛汹涌,浪高 3 米,而环礁潟湖内浪高不足半米,船体平稳,实乃帆
船避浪好去处。据航海圈知名人士称,丹云号应该是国内外首条进入华光礁潟湖的帆
船。为此,大家都有些激动,我们 4 人共同创造了这一壮举!

据资料记载,原来华光礁潟湖内珊瑚成丛,艳丽多姿,礁盘上鹦鹉鱼成群,自由
自在。因渔民们过度捕捞,生态已遭到严重破坏。小黄下潜拍摄,水中只见微生物而
不见鱼。我深感痛心,难怪偌大的环礁潟湖内没有一条渔船。

我们在礁内休息,海面平静但风力未减,无人机无法起飞,没有拍到华光礁全貌,
留下遗憾。我们是来早了,三月下旬开始,西沙群岛风力减弱,才进入最佳旅游时段。

吃了晚饭,他们甩了几竿毫无收获,晚上 9 时许,我们起锚走人。

船长按照进入的航迹原路退出华光礁,定好航线,这时距离三亚 183 海里。途中,
船长又有了新主意,征求二位是否愿意绕行 50 海里去 131 油气井架钓鱼,二位没反
对。2019 年,船长曾开船去过那里,而且满载而归,捕获过一条 88 斤重的牛港鱼。
谁知道这次运气会怎么样呢?

21 日傍晚,我们的船开到了油气井架旁。没想到的是,丹云号刚靠近井架,马
上就被附近的救捞船驱赶,鱼是钓不成了。我们在海面上漂了几个小时,看见有几架
直升机先后降落在井架平台上,接送工作人员。得,我们也看到一景,没白来。

为赶在天亮时进三亚,船长故意放慢船速行驶。航行至西岛附近,一群海豚游到
船边来迎接我们。三亚,你太热情了。

2 月 23 日上午 10 点,丹云号顺利抵达好友老孙联系的肖旗港。老孙现在不仅
是三亚市自行车运动协会的会长,还是三亚桨板皮划艇运动协会的会长。2019 年我
们在三亚相识,在两年的时间里,他和船长处成了好兄弟。因他本人在住院,他年轻
貌美的妻子陈女士亲自开车来接我们。我也没客气,将船上能洗的沙发套、床单、被
子、衣服等捆了几大包,全部塞进陈女士的车中。

整整 10 天时间,670 海里无停靠、无补给的航行结束了。此次航行,丹云号开
辟了新航线,成功驶入了华光礁潟湖。4 个人一共使用淡水 200 升。值得推荐的节
水方法有:上船前将需要洗的蔬菜全部洗好、处理好并真空包装;将肉类菜加工好或

加工为半成品，真空包装并冷冻；碗筷及炊具先用干净海域的海水清洗，最后再用淡水冲洗一遍；每位船员都要有节水意识，按需要调节水龙头水流的大小，绝不轻易浪费一滴淡水；备足湿纸巾；最有效的方法是——不能每天洗澡。我甚至将节约使用淡水的好习惯带回陆地生活中，有些东西不是你出钱了就可以任性浪费。10天不靠岸的航程对我们每个人来说都是挑战。登岸时，尽管我们个个面目黧黑，甚至有些蓬头垢面，可我们都是内心强大的航海勇士！

分别时，方总无比感慨，说："这10天的经历，让我看淡了人间许多事情，有收获啊。"

是啊，我也在想，有这样多次的长航经历垫底，啥时跨个大洋就没那么恐惧了吧？

我衷心地感谢方总和小黄的陪伴和信任。此次航行，也必定会成为他们人生中难得的经历。这是一次难忘而有收获的长航之旅。

60
半途折返的西沙行

几年的航行，大海给了我太多惊喜、惊奇和惊险的体验。同样，丹云号虽不以运营为目标，船客也不多，但每次搭乘丹云号的帆友们人去有痕，短暂的相处留下的是挥之不去的美好回忆。接触过我们的帆友也喜欢与我们保持联系，大家越走越近，真诚相待。以至于每当有新的帆友要来体验帆船时，我都充满期待与想象。

2021年3月，我们计划第四次去西沙群岛，即将加入我们团队的新船客，又是几位怎样的人呢？

3月10日下午两点，我站在海南清水湾游艇会码头上迎接新客人。

只见3位来自北京的年轻人带着笑容，踏着春风，挽着光芒向我奔来。走在最前面的大长腿高鼻梁的女子笑着对我说：飘姐好！我是凡大白！后面的两位是大白的朋友——小崔和毛毛，是一对恩爱的小夫妻。

大白近几年爱上了航海，她胆大、能吃苦。她看过我写的航海日志，记得我日志中的许多细节。上船看到小狗便说：这是多多吧？

小崔和毛毛是大学同学，发展为连枝相依的夫妻，育有两个小宝宝。毛毛聪明好学，一边带娃一边学习，一不留神，拿到了博士学位。小崔看上去很平凡，但幽默、体贴、礼貌、勤奋、听老婆的话，多项优良品质集于一身。外加他长了一口整齐的大白牙，笑起来很真诚，感染力十足，妥妥地被贴上好先生的标签。小崔和毛毛的交流方式仍保留热恋中的模样，甜蜜。

下午3点多，丹云号载着三亚的老孙及3位年轻人离开清水湾码头，向着美丽

三亚自行车协会孙会长

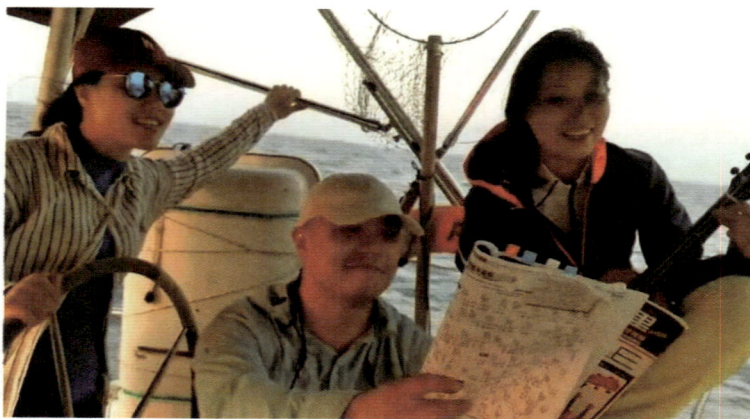

来自北京的帆友

的西沙群岛驶去。

此次长航，第一站为盘石石屿。一路横风，帆行船速理想。

傍晚时分，老孙、小崔和我先后晕船呕吐。奇怪，我吃了晕船药怎么还会晕船呢？我的头爆裂般的疼。我想操舵缓解一下，但年轻人体贴我年长，根本不给机会。毛毛和大白肩负起夜航操舵的重任。大白有 ASA 驾照，参加过多次国内外的帆船比赛，也有夜航经验，会自我调节睡眠时间，她与毛毛换着班。

我只好将懒人椅摊开，睡在了甲板上。半夜醒来，黑暗中我仰视着毛毛，见她双腿岔开，坚定有力，一手一舵，目视前方，她挺拔的身躯不再弱小，很有些伟岸。

持续两天，我都在晕船中煎熬，舱内的活都交给船长了。

大白随身带着四弦弹拨乐器尤克里里，有空就拿出来练练。3 位年轻人春风满面、眉欢眼笑地随着旋律歌唱。这朝气蓬勃的画面深深地触动着我，我的灵魂开始穿越，回到我的芳华年代。我和老孙自然地加入歌唱行列，并发现了唱歌的新功效——可以有效缓解晕船的不适感。

3 月 11 日的半夜，丹云号已行驶了 100 海里，船长启动发电机充电，冷却水盒因缺水开了锅，导致停机。

天亮后，船长进舱检查。仿佛半个世纪过去了，船长仍没出来，我不断向舱口张望，忐忑不安。补足冷却液很简单的事怎么要这么久呢？难道……我不敢往下想。谁知，真就出了事，而且是大事。

后来我才知道，原来舱内的船长仿佛被"小鬼附体"，神智已经错乱，当冷却水盒加够液体后，他居然来了一通匪夷所思的神操作。看到发动机机油注入口，立马拿起一桶 4 升的纯净水当油往里倒，倒完了不过瘾，又拿起一桶水"咚、咚、咚"全部倒下去。

此时，船长仍然未清醒，还让我启动发动机。这时，发动机愤怒至极，呜呼哀哉！

船长也吓坏了，在舱内用卫星电话打给东部湾的朱经理，向他求救。我在舱外操舵没有听到通话内容。过了许久，一脸严肃的船长出舱了，站在舱门口默默地说："发动机坏了，我们必须返航。"

几年前，船长加装的备用发电机和太阳能板因被海水腐蚀生锈，已被拆除。没有电力来源，导航、冰箱等设备将会全部停机，只有返航一条路，丹云号的第四次西沙行就这样以失败告终。

几个年轻人了解帆船非常安全，并相信船长的能力，都表现得很淡定。海上的风

清水湾码头航标灯

忽大忽小，为了保证白天进港，我们是一会儿升主帆，一会儿降主帆。在没有动力的情况下，帆船很容易失去舵效，升降主帆难度加大。

当临近清水湾游艇会出入口时，我打电话给码头的王经理，他派出橡皮艇将丹云号拖进了码头。

到了码头，孙会长返回了三亚。3个年轻人没有急着离开，在游艇会继续玩了两天。小崔强烈要求洗船，毛毛和大白帮忙整理绳索。刚好，船长买的浆板到货，几个人在码头内划来划去，留下笑声串串。

大白早就有爬一次桅杆的想法，一直没机会。船长得知很支持，拿出爬杆装备，两个小伙子助力，将大白摇上了桅杆顶，帮她实现了愿望。甭管她是不是自己爬上去的，能在桅杆尖上看风景的女人就是了不起，值得佩服。

白天，船长维修发动机，晚上，我们开怀畅饮。大家没有隔阂，畅所欲言。我和船长的生活态度令年轻人振奋，他们将我们视为标杆。我们也从他们身上汲取青春的养分，焕发活力。能无障碍地与年轻人交流，得益于航海。否则，退休的老头和老太太，向年轻人搭讪的成功率应该为零吧。毛毛和许多博士一样，爱动脑，喜欢和我聊天。我们讨论了许多关于烹饪、烘焙、瑜伽、孩子教育等问题。

半途折返的航程引起好友们的关注，纷纷询问船长何故。船长企图逃避责任，说："发动机坏了，有人往里加了水。"

有人问："谁这么大的胆子？"

船长支支吾吾地说："那个人就是我。"

懂行的人继续问："那你的发动机肯定是拉缸了，还能修吗？"

船长回答："水加少了才拉缸，我加了两桶水，发动机没事。"

听他的意思，这错误犯的似乎还挺伟大。

正如船长所说，发动机没有大碍。他放空发动机里的黑色混合液之后，买了两桶汽车机油将发动机清洗了两遍，又用柴油清洗了一遍，然后才倒入沃尔沃柴油发动机机油，发动机终于又活过来了。

两天后，几个年轻人带着欢笑离开了我们。又过了几天，我收到毛毛的微信，她说：遇见你们，我这趟出游值了，看到了你们令人振奋的生活态度……我回来之后缓了好一阵子，不舍得回归现实。

好吧，我和船长也找个地方过几天现实的日子吧，于是俩人决定去海南保亭县七仙岭的山里走走。

61
航行千里只为见你

　　海南岛对我来说很特别，那是我一生中去过最多次的地方。从20世纪90年代起，因公因私我陆续去过海南岛10多次，每次工作结束都会在海南岛各地转转。近几年，我们驾驶丹云号又去了4次。帆游海南与以往的海南岛旅游有所不同，最大的差异是我认识了很多人，爱海的人。因他们的存在，每当想起海南岛，我脑海里出现的就不再是只有椰林、沙滩，海南岛也因此有了灵魂，有了我的牵挂。

　　2月3日到达海南后，我们与孙会长一家、船长的同窗国强兄夫妇、刘总经理（原海琨号船长）一家、上海的Peter夫妇有过多次相聚。久别后的帆友重逢，我却有种与亲戚相见的感觉。

　　今年3月份，丹云号离开三亚来到清水湾游艇会。

　　清水湾游艇会号称亚洲最大的游艇会，坐落在海南省陵水县英州镇的一条大河上，船只从河流的入海口进出。码头内部空间很大，能容纳700多条船，目前已建好泊位299个，可停泊200英尺的超级大游艇。游艇会四周被建筑物环绕，港池实行门禁卡管理，私密性好，环境优美清静。

　　游艇会一楼有个很大的会所，配有沙发、茶几，有茶水及其他软饮供应，并可免费上网。周边有超市及中高低不同档次的餐厅、酒店，还有高尔夫球场、赛马场、卡丁车场等休闲娱乐场所。在码头，我又认识了一些帆友，他们陆续登上丹云号。

1. 他是清水湾游艇会的管理者

　　上官先生，现任清水湾游艇会的副总经理。他年轻干练，与其他码头管理者的区别，在于他本身热爱航海，并身体力行。工作中，他不仅限于港池内的日常运作和管理，还自觉肩负起海上运动传播者的使命。他借助清水湾及游艇会得天独厚的资源，通过各类线上线下活动、公众号推文、微信图片、视频号等宣传手段，向广大民众推介航海文化，并提供游艇、帆船出海体验的机会，使更多的人亲近大海。此外，上官先生还通过举办帆船赛及游艇展等活动，来提高清水湾游艇会的知名度。

2. 他想参加旺代帆船赛

在清水湾港池内，丹云号右舷泊位边，是一条 29 英尺的赛船，叫风浪号，他的主人是一位 90 后小伙儿——孟超。他放弃了上海某律师事务所体面的工作，来到清水湾码头，做了一名职业帆船教练与赛手。这是为何呢？原来，在他瘦小的身躯里装着一个惊人的大理想，他要参加旺代帆船赛，并每天做自我训练。作为战术师，他的团队获得过第十届海帆赛 IRC3 组亚军，三亚—海口 IRC3 组冠军。我和船长第一次亲耳听到中国人有此愿望，真希望有关部门或帆船组织对此类欲为国争光的有志青年，给予经济与技术上的支持。

旺代单人环球帆船赛起源于法国，自 1992 年起，4 年举办一届，已举办了 8 届，是全球最著名的单人不靠岸环球帆船赛，被公认为最残酷的航海赛之一。迄今为止，中国无一名选手参加。我祝愿孟超的梦想能成真，祝愿中国早日实现旺代帆船赛零的突破。

3. 他是商人，也是船东兼船长

2020 年的最后两天，丹云号迎来了 3 位帆友：大连海事大学的两位教授董先生和董女士夫妇，还有大连豹豪号帆船的船东兼船长徐总。他们一起驾驶着豹豪号帆船，从大连起航，南下海南陵水，中途来东部湾游艇会停留休整。

再次见到大连豹豪号的船东兼船长徐总是在 2021 年 3 月 8 日的下午，他和大连的钓友们出海 4 天刚回来。我这次是来得早不如赶得巧，帮他消化了 2 条鲣鱼和几大块上好的黄鳍金枪鱼肉。徐总性格开朗、说话幽默，是个热心肠的人，是他引荐我认识了上官副总经理，并把丹云号帆船开到了清水湾游艇会。6 年来，徐总是生意、航海两不误，国际贸易做得风生水起，同时航海足迹也遍布许多国家（他是梦想游艇的资深租客）。我们之间航海理念相同，皆为休闲航海的倡导者及践行者。可谓北有豹豪号，南有丹云号，从此休闲航海的路上不再孤单。

与上官总（左二）在一起

船长与徐京坤（左）

船长与徐船长及
董船长夫妇

4. 他是中国最大帆船"瑞资号"的船长

一天晚上，我们刚刚关灯躺下，忽听有人说话，我起身查看，见有两位客人来访，一位是赫赫有名的来自大连的薛船长，他现在是亚洲最大帆船110英尺瑞资号的船长。另一位是充满活力的年轻船长小赵。当晚聊天，我们聊出了一个中国之最。薛船长问：杨船长，你今年多大岁数了？

船长说：今年65岁了，属猴的。

薛船长笑着说：你比我大5岁呢，我一直对外称，我是中国在岗的最老的船长，从今天开始不是我了，是你。

如此说来，还有一最呢，我是中国在岗的最老女水手。

5. 他是感动中国的独臂船长

说到独臂船长，辨识度太高，圈内人无人不晓。没错！他就是徐京坤船长。我们买了丹云号后，我和船长开始关注"我要航海网"这个专业而小众的网站。在网站上我们学到了许多航海知识，也了解了包括徐京坤在内的国内知名航海人物。他的刚强与对航海的执着令我们敬佩。他的事迹网上有很多，在此免述。那天，徐京坤与朋友经过丹云号时，船长热情地请他们上船小坐。徐京坤上船见到多多说：这是跟你们一起航海的狗狗吧？我也在关注你们。

与他握手的那一刻，我还有点小激动，毕竟，他是环球航海英雄，是2020年感动中国的航海人物，更是航海界的骄傲。

6. 她也给老公当水手

3月21日下午，在游艇会，我见到了一位特殊来访者仇女士。她和丈夫老佟也在退休之后，于2020年10月买了一条帆船，叫露西亚公主号，停泊在青岛奥帆中心。目前俩人已考取帆船驾照，经常带朋友一起在近海操练，不断积累着航海经验。我和他们夫妇是微信好友，但未曾谋面，仇女士和姐姐正在三亚游玩，是专程从三亚开车来清水湾与我们相见的。见了面，方知这对夫妻俩还是船长的同乡，吉林四平人。同乡见面分外高兴。四平以英雄城名世。解放战争中国共两军四战四平，留下无数英雄事迹。四平人自小就沉浸在英雄主义的氛围中，都有当英雄的情节。所以船长说，英雄城的人最适合玩帆船。

谈笑中得知，仇女士跟我一样是晕船体质，也和我一样没有放弃航海。我俩都是吃苦耐劳且勇敢型的女士，必须为我们姐妹点个赞！而且，我们是中国不多见的夫妻

与仇女士（右）在一起

与退休人员分享我们的
航海经历

我和船长接受海南省电
视台采访

档航海人。在我国，大多数船东自己并不会开船，船长和水手都是聘请的。

7. 还有他们，分享会上的热情观众

3月27日下午，我和船长应邀参加了清水湾游艇会举办的海上生活分享会，同时还接受了海南电视台和雅居乐地产社区业主活动平台顽海汇管理者的采访，让我们认识了更多的爱海人。

参会人员多数为已退休的雅居乐业主，在热情洋溢的分享会上，他们频频提问，与我们互动，对我们夫妻俩的海上生活及休闲航海很感兴趣。我们夫妻俩的生活态度与勇气也令他们称赞。

会间休息时，我和船长被热情的参会者团团围住请求添加微信。此时，游艇会工作人员小李又拉着我们来到一架摄像机前，一位戴着口罩手拿话筒的女记者走到我们面前，对着船长就说"第一个问题……"待船长回答完所有问题，我们又被请回分享会现场。当时我都有点懵圈了，直到小李发给我一段视频后，才弄明白这是海南广播电视总台融媒体中心的采访。

此外，码头内的年轻人也喜欢到我们船上聊天，对我们这种健康的生活方式赞赏

有加。有人说："退休了像你们这样多好，很健康，又到处旅游，比买补药强多了。我的亲戚退休没事干，天天被人拉去开会，然后买了各种补药吃。"

哈哈，我们每天就是这样在被夸奖、羡慕中开心度过。

船长在几天前已看好风向，说3月29日起有4天的微弱南风，适合北上。在季风尚未转换之际，能遇上南风实属难得。于是，船长决定于29日返航。

返航时只有我和船长两人，又是久违的二人世界。一路上，少有的好风（侧风）、好流（顺流）、好鱼（钓到一条大鱼）。丹云号不知不觉就到了北尖岛，在私家锚地休息一夜，又继续航行。

4月1日晚上8点左右，丹云号顺利抵达东部湾游艇会码头。这次航行有一事令我欣喜，380多海里的航程，我没有吃晕船药，全程无晕船反应。

东部湾—西沙永乐环礁—西沙华光礁—三亚—清水湾—东部湾历时47天的航海生活结束，航行里程为1300海里。

在清水湾的日子，舒适而难忘。我心中的牵挂又多了一份，我又有了去海南的欲望。

257

62
航海人生之感悟

好久没有更新航海日志了。其主要原因是我又重拾个人的业余爱好，航海以来，我首次答应再上舞台，为我所在社区的一个老年艺术团编排并参演了一个表演唱节目《回娘家》。此节目在 300 多个候选节目中脱颖而出，进入深圳电视台第五季《深圳老有才》栏目的总决赛，并入选为 2021 年老有才春晚节目。我的精力实在有限，这段时间都献给了《回娘家》，自然冷落了船长、冷落了丹云号。

时光荏苒，如今，丹云号已陪伴我们在大海上度过了 7 个春夏秋冬。

茫茫大海千般思，浪花似雪梦如蓝。7 年的航海时光，给我和老公带来了什么改变呢？我们从中又收获了什么呢？

我认为，最重要的一点是航海改变了我们的退休生活方式。在退休人士的群体里，谈论最多的话题便是"养生"与"长寿"。微信朋友圈里的老同学、老同事、老朋友每天刷屏的"鸡汤"灌得人反胃。说实话，航海并非我所爱，但它是我老伴的挚爱，我是追逐着他的追逐，幸福着他的幸福。航海生活让他获得了健康、获得了快乐，也让他的精神世界得到了提升，开阔了人生视野。从每次备航时的满怀期待，到回港后一次次美好的航程回忆，船长哪天不是像打了鸡血似的？如今，医生不再要求他给心脏装支架了，他的降压药也断服了整整 4 年。

7 年来，我的人生观发生了巨大的转变，我明白了一个道理：人生一世，草生一春。能活多久不重要，但不能辜负自己，辜负这仅有一次的生命，如何在有限的生命长度内增加自己的宽度与厚度才是最重要的。尤其是在已近黄昏的时段中，积极寻找自己的新爱好，敢于尝试前半生没有经历过的人生体验，只争朝夕地"作妖"。在人生旅途的后半段活出自我，精彩到老。

7 年来的航海生活扩大了我们的社交圈，收获了一大批真诚的帆友。大多数人退休之后的生活状态，无非是帮子女带孩子，与老友聚聚会，唱唱老歌、喝喝老酒、聊聊老话。而我现在接触到的航海群体则截然不同，他们虽然小众，但他们阳光、豁达、热情、乐于助人。与他们为伍，看到的是青春的笑脸，耳闻的是充满时代感的潮流语言，聊到的都是新鲜事物。年龄和皱纹阻挡不了我们的朝气。在这个有爱有趣的航海群体里，有单人环球航海英雄，有外国著名的人工智能专家，有大学的校董、教授，有商人、律师、工程师，有集团公司老板，有飞行员、船长、潜水专家、码头管理者，还有国际知名品牌帆船的销售者……各行各业的帆友来自四面八方，因共同的爱好相聚在丹云号上。大家在一起其乐融融，相互分享航海中的酸甜苦辣及经验教训，分享航海时的见闻与快乐。帆友们见证了我和船长点点滴滴的成长与蜕变，我们也成为群体里受人尊敬的杨船长和飘姐（也有人叫我丹云姐）。航海 7 年，原来的日子与社交圈与我渐行渐远，恍惚已成隔世。

7 年的航海生活拓宽了我们的知识面，从航海小白成长为勇敢坚忍的航海人。回想起 2015 年 10 月，我和船长去厦门接丹云号时，是我俩第一次登上大帆船。面对从没见过的设备、仪表、两堆绳子、三面帆，还有风图、海图等，我们该从哪儿学起？要玩好帆船真不是件容易的事情啊！

大帆船的操作难度大，需要人手多，专业团队一般不少于 4 人。而我们丹云号团队里，只有一个老头、一个老太太，外加一条不干活的宠物狗，操作难度可想而知。酷爱学习的船长买来 10 多本航海方面的书籍，一有时间就如饥似渴地阅读。可以说，我们是边学习、边实践、边成长，从认识每条绳索功能到迅速地升降主帆，从每次训练两海里到不间断航行 800 海里；从我晕船呕吐发誓不再出海到勇敢穿行南中国海，从做过手术的癌症患者到能在恶劣天气下连续 8 小时操舵行驶的勇士，从 3 级风便心惊肉跳的胆小鬼到 10 级风仍然坦然面对的铁娘子。

丹云号的帆影掠过万山群岛与香港维多利亚海峡，量遍海南岛的海岸线，穿越了南海与越南的下龙湾，掩映在美丽的西沙与东沙群岛，驻足在菲律宾的巴拉望岛……迄今，丹云号的总航程已达 2 万海里。下一步，我们计划把中国的海岸线全部走完。总之，我们航海的路还很长很长。

　　谈到航海，最让我感到享受和难忘的是，在航海途中，我们领略过诸多难得一见的奇美仙境，令人陶醉，流连忘返。每每想起那个时刻、那些奇观，都让我激动不已。白帆高挂，风起云涌，潮起潮落，浩瀚的大海在我面前展现了无穷的魅力，让我欲罢不能。

　　航海生活苦乐参半，感受也因人而异。对我们而言，帆游时自由与快乐、健康与美好的感受，远远大于在船上缺水少电、风吹日晒之苦。清新的空气、简单的人际关系、不服老的心，让我们越活越有精气神。航海人生的经历倍感难忘与珍贵。我们的退休生活达到了最好的状态：物资简单，精神丰盈，灵魂有伴。

　　其实，每个人心中都有对蔚蓝大海的向往。那抹蓝，幽幽泛光，神秘无限，等着你，等着我，等着他……

海上瑜伽

63
丹云号的母港——东部湾游艇会

丹云号帆船对我们而言可谓劳苦功高。它载着我们四海为家，历经磨难，穿越万里海疆，带着我们饱览最美的日出日落、最炫的云卷云舒、最粲然的星光缀空，广交无数豁达的帆友……然而，航海人无论漂泊多久，终究要回陆地上的家。丹云号有家吗？有！丹云号的家就在广东惠州合正东部湾游艇会。

许冠杰著名的一首歌《浪子心声》中有句歌词：命里有时终须有，命里无时莫强求。我始终坚信老公船长与东部湾游艇会的邂逅是命里注定的。

2015年3月的一天，老公开车去碧桂园的十里银滩，停好车，并从汽车上搬下山地自行车，开始沿着海岸线骑行，计划去40千米外的巽寮湾。途中，他看到合正东部湾楼盘边有个游艇码头，港池内稀稀拉拉地停泊着10多条各种尺寸的船。他灵机一动，想找游艇会的工作人员，了解停船的相关信息。他要到了游艇会的业务咨询电话：0752-82×××39，188××××××03

回到家，老公兴奋地讲着他的意外发现。在同年一月份，我们去澳洲旅游时，海面上那点点白帆成为老公的心心念念，梦想拥有一条自己的帆船。几日后，老公带我去游艇会实地考察，我们商议后做出了一项改变我们退休生活的重大决定：我们要买帆船。后来，我们就成为合正东部湾游艇会的首创会员，结识了总经理梁先生。

2015年5月，老公去上海参加游艇展览会，与厦门慕恩海洋公司签署了帆船买卖合同。几个月后，一条41英尺的巴伐利亚帆船从德国漂洋过海来到我们身边，老公用我的乳名给帆船命名为丹云号。于是，合正东部湾游艇会成为丹云号的母港。

东部湾游艇会梁总

我们选择合正东部湾游艇会作为丹云号母港的首要理由是因其停泊费价格合理，我们退休人员可以承受；其次是此处交通便捷，配套服务设施齐全。游艇会紧邻广惠高速公路东延线，在广惠高速公路的管理中心口进出，坐落在惠州海湾大桥的北端，无须跨越大桥，免遭限号与假日堵车之苦。

一个半小时可到达粤港澳大湾区任一主要核心城市。我从家里开车到游艇会只需40分钟。目前，游艇会已建成各类游艇泊位 314 个，并建有游艇维护保养、储存、上下水坡道、游艇提升机、直升机停机位等多种配套服务设施。

合正东部湾游艇会置身于游艇小镇之中，三面环山，南面向海，风光旖旎。周边已建成集别墅、高层公寓、酒店、食街、儿童水上乐园、海滨浴场等吃、喝、玩、住于一体的度假胜地。小镇里草坪成片，绿树成荫，小鸟成群。处处让人赏心悦目，心旷神怡。

合正东部湾游艇会地处北纬22度，温暖湿润，四季皆可玩海。游艇会内有钓鱼艇、游艇、帆船、摩托艇等各类船型供客人挑选。驾船出了港池即为惠州大亚湾百里滨海旅游带的核心区域——稔山镇亚婆角风景旅游区。远近大小 100 多个岛屿均可下锚、

海钓、游泳、潜水、登岛，想怎么玩都随你。你也可以什么都不做，大海和涛声会帮你赶走体内的负能量，放空自己，让心灵得到净化。

如今，邂逅合正东部湾游艇会已 7 年了，每当船长开车驶入游艇会码头时，他的双眼依然泛光。这个地方，他每周必到，到了必住。这个地方，成为我们家人、朋友聚会的首选之地。太多的人通过我们走进了游艇会，方知这世上还有一种生活方式叫游艇生活。

在游艇会，除了保养帆船外，老公还玩划艇、玩浆板、游泳、钓鱼。他总是精神亢奋，不知疲倦。倘若不想过早地折腾子女，那就找个地方快活地折腾自己吧。合正东部湾游艇会便是老公折腾自己的快乐天堂。

我也喜欢待在游艇会，喜欢这里自由的空气、轻松的氛围。喜欢八方来客跨上我们的丹云号，坐在遮阳棚下那与码头融为一体的会客厅中，喝茶、聊天。还喜欢看船长拿着鱼叉在浮桥上轻盈地走来走去。更喜欢夜幕降临、码头空无一人时的静谧，可以听到自己的心跳，与灵魂对话。我醉于纯净的月、柔和的光、有诗意的夜。风风火火了大半辈子，只有此时的心才柔软。

　　合正东部湾游艇会也是公司团建、商务文化等活动的理想场所。商业合作伙伴们聚集在合正东部湾游艇会，乘坐游艇或帆船出海，在海上接待客户、洽谈业务已成为一种时尚。

　　我爱丹云号的家——合正东部湾游艇会。

惠州海湾大桥

64
多多——荣誉航海狗

关心丹云号的朋友们都知道，船上有一名特殊的船员，那就是我们的宠物狗多多。它跟随我们航海 6 年，航海里程超过 11000 海里，航海狗名不虚传。

说起多多的身世有点曲折。多多原来的主人是我儿子的一个朋友，因主人妻子怀孕，便把放在阳台上养的多多送给了我儿子。2012 年 2 月的一天，我儿子又把多多带到我们身边，给了我们一个惊喜。原来主人只告知多多是只贵宾狗，2008 年出生。

我们从未养过狗，不知道该如何对待它。有位邻居戴校长见到多多时说了一句话，让我们找到了养多多的定位。他说：我来深圳前家里养过狗，狗非常通人性，是重要的家庭成员。

从此，多多被接纳，被安放，被宠爱。在船长口中，多多时常被称为：亲狗。原有的退休二人世界变为三口之家。从此，它在这个家里不仅获得了重要地位，也有了很多自己的专属用品，如多种专用的食品、专用的小床和狗窝、专用的浴巾、专用玩具和专用的洗衣机。每天，我们要和它说很多话，像培养孩子似的教育它，规范它随地大小便等不良行为，让它成为有教养的狗。多多是最忠实的倾听者和执行者，从无怨言，绝对服从。久而久之，多多基本上掌握了一门外语——普通话，也改掉了一些坏毛病，我们也能从它的眼神和咿呀之中理解它的诉求。它的业余爱好是唱歌及与人做游戏，每当听到门铃或简单的电子音乐响起，它会伸长脖子，向着天空歌唱。我们相互陪伴、相互依恋。作为资深家庭成员，彼此间的默契度一个眼神、一个手势就能解决问题。

　　作为一只有见识的狗，它不屑与同类为伍，在小区生活近 10 年竟然没有交到一个狐朋狗友。相反，它却很会讨好人，懂得察言观色，与我们的家人、朋友们相处得非常好。很多从未摸过狗的朋友，把对狗的第一摸都献给了它。

　　混迹在人堆儿中的多多算是聪明的。别看它不是人，却按着自己的喜爱程度将人做了排名。在所有人里，我儿子永远排在第一位，只要听到说我儿子的名字，它就兴奋，并眼观六路、耳听八方地到处找，以为我儿子来了。记得有个周五下午，我告诉多多，明天杨子江（我儿子名字）回来看它，它默默地记住了。后来我儿子留言说周日才来，我忘了告诉多多。结果，从周六的下午 4 点多开始，多多就坐立不安，一会儿趴在窗台上向院子大门处张望，一会儿又走到客厅门口贴着门听听，不时地回头看着我，并哼哼唧唧地像是在询问：他怎么还没来呢？我录下了这个过程，并心疼地抱起多多，给它做了解释。

　　只要我儿子回来，多多就似香口胶般黏着他，寸步不离。每当儿子一走，多多便把我儿子和媳妇穿过的拖鞋叼在狗窝里，保护起来，若发现谁有偷鞋的举动，它会冲过去拼命咬着鞋不松口。

　　居家的时候，多多喜欢跟着船长。船长坐在哪里，多多就趴在他脚边上。晚上或者中午睡觉，多多也常常躺在船长床边陪伴。

多多是只非常懂礼貌的小狗，每天早晨相见，它都会摇着尾巴打招呼，再五体投地敬个大礼，然后开启彼此愉快的一天。船长有感而发写了一首小诗：人闲鸟啼早，多多来问好，包子才出锅，又听喵喵叫。

多多混得算是成功的。有多成功呢？这么说吧，街坊邻居都被它拿下，到谁家都是好吃好喝好招待。多多还记住了几个喜欢它的人名，让它去张家绝不会跑到李家。它想去谁家串门，遛弯回来时就在谁家门口坐着不走，用那一双极具杀伤力的大眼睛盯着我，直看到我心软同意为止。

多多有段时间一度爆肥，我很纳闷：每天给它的食量并未增加怎么会胖呢？追查原因得知：左邻每天用一个煮鸡蛋款待多多；右舍买了很多狗零食，如鸡胸肉干、狗饼干，还有狗吃的卵磷脂等，每次多多到访就没节制地喂它。还有一段时间，多多每天上午要去邻居王姨家，下午才回来，真相竟是王姨中午搂着多多睡午觉。在我和邻居们的眼里，多多就是个浑身长毛不会说话的哑巴孩子。

多多是幸福的。在近 10 年相互陪伴的日子里，我们从未将它寄放在宠物店，也从未让它自己在家过夜。无论我们去哪里，只要是开车，它都如影随形。我们一起出入餐厅、酒店，一起看雪山草原，一起游江河湖海。它特别喜欢照相，看着镜头就笑。很多友人都嫉妒多多，说走过的地方还比不上多多。

多多更是勇敢的。我们买了帆船后，多多便成为丹云号团队中的一员，随我们过起海上漂的日子。慢慢地，它也学会了欣赏海上风光，每到一处，它都会趴在船舷向远方眺望，特别神奇。

自从多多改掉随地大小便的毛病后，变得极为自律，习惯了每天两次在室外排便。没想到它的自律在船上受了大苦，以至于它在船上可以憋 3 天不上厕所，还有意地少吃少喝，让我心疼不已。长航途中，往往为了它能排便，我们专门用橡皮艇带它上岸。为此事，在香港的南丫岛，船长冲无人沙滩时湿了鞋子和袜子。在海南的东方渔港，橡皮艇的舷外机没油了，船长和多多乘坐的橡皮艇险些被退潮的海水带出渔港。2021 年 8 月，我们又改用桨板带它上平海湾的沙滩和小星山岛上方便。每次到港或回到东部湾游艇港时，多多都是第一个上岸，并急匆匆地跑出港池去方便。

帆船行驶中，多多无法像人一样抓住东西，保持身体平衡。在航海初期，它常常被船摇晃得像坐滑梯，从船的一头滑向另一头。经过它自己慢慢总结，找到了几种平衡且舒适的方法：把头伸进舵盘底座和长凳之间的空隙，抢占我们的头等舱——懒人椅，浪大时躲进舱内后卧室的床角处。随着年龄的增大，多多已不能自如地进出船舱，风浪大时，船长就用绳子把它拴起来，系在安全的位置，以防它落入海中，它似乎懂得这样做的理由，极其乐意与配合。

在丹云号上，多多非常友好地善待每位船客，花叔、小汪、老孙等帆友幸运地成为多多心中喜爱的人，尤其是花叔让多多又爱又伤心。花叔在船上的几天里，多多24小时黏着他。花叔睡觉，多多就趴在花叔的枕头旁边。花叔进洗手间，多多就在门外守候，甚至花叔的私人物品多多都不许别人碰。可是，花叔留下一条毛巾，下船了。多多趴在那条毛巾上伤心了好几天。

前段时间多多病了，不爱吃东西，我们非常心痛。带它去宠物医院才知道，多多老了，一些老年病也找上了它。好在，宠物医院医术不错，手术后，多多又能大声地欢叫了。

多多在航海圈的知名度还是挺高的，看过我航海日志的每个帆友来丹云号时，都会对着它说：这是多多吧？

多多的航海里程已经超过11000海里。作为团队成员，随丹云号一探下龙湾，二环海南岛，三下西沙，四游香港。我估计，在帆船界，至少10年内没有第二条狗能够达到多多的航海里程。所以，多多可以享有中国帆船界第一航海狗的荣誉。

附录 丹云号

私家航海经验分享

下面 9 篇航海经验分享，是船长在"我要航海网"上发的帖子。发帖的目的是把他航海中的教训告诉帆友，避免他们重蹈覆辙；把他的经验分享给帆友，和帆友切磋共同提高。现在将这些帖子作为附录，作为读者向帆船爱好者转变的进阶阅读资料奉献给大家。

螺旋桨被缠住的处理

中国沿海和整个东南亚沿海都有一个共同的问题，就是海里不干净。除了有污染、水不干净之外，对帆船航海影响最大的就是漂浮的废弃渔网和绳索。一旦中招，非常麻烦，严重时将破坏传动轴水封油封，导致齿轮箱进水，甚至使齿轮箱报废。

在动力航行时，如果发生船身突然抖动，有时候发动机立刻熄火的问题，第一个怀疑的就是螺旋桨缠东西了。这时就要关闭发动机，下水检查和处理。

有些水性好的船长，就直接跳下去，不用任何潜水设备；有些则在船上备潜水气瓶。这两种方法对船长游泳和潜水技术要求都很高，而且，有很大的局限性。

不用潜水设备，下潜时间有限。如果螺旋桨缠到很大的网，是无法处理的。丹云号就曾经缠约 10 米见方的一大块渔网。从底下包住龙骨，又向船尾延伸，缠到螺旋桨。当时发动机立刻熄火了。

备用气瓶的问题是，充满气的气瓶有一定的使用时限。超过一定时限，压缩空气变质，对身体健康不好。

丹云号方法是在船上配潜水气泵，通过气管潜水割渔网。前述的那张大网，就是我咬着气管，水下工作半个小时，才割开的。

我的气泵使用 4 年多了，没有什么保养，也从来没有出过问题。它的功率只有700 瓦，我现在用逆变器就带动了。所以，丹云号出航心里是比较有底的。

帆船掉螺旋桨

已经有朋友的两条帆船在航行中掉了螺旋桨。我询问他们，都说是渔网给挂掉的。

但是通过丹云号帆船最近上排，我才发现情况并非如此简单。

丹云号已经下水 7 年了，按照保养规定该换传动轴油封了；而且我发现齿轮箱润滑油有白化现象，也应该换齿轮箱油了。在拆卸油封的过程中，看到固定螺旋桨的螺杆螺母都严重磨损。回想，飘姐早就注意到发动机航行时候，船有震动。我还下水检查是否有缠到渔网。当时，检查螺旋桨的时候，知道螺旋桨是松动的，我还以为螺旋桨本来就是松动的。这次上排拆卸才知道，固定螺旋桨的螺丝只剩一道丝了。差不多很快也要掉螺旋桨了。

所以，如果发现发动机航行时候有震动，震动又不是缠渔网造成的，那就高度怀疑螺旋桨固定螺丝磨损，应该及时维修。

我用了最省钱的维修方式：螺旋桨轴和轴承是加热后套进去的，基本不能拆卸。所以，重新更换螺旋桨轴十分困难，成本也高。我的修理是用堆焊的办法，把磨损的螺丝螺母做好，再行机械加工。现在已经做好了。

补充一个重要注意事项：固定螺旋桨的螺丝，是在倒船时受力的，前进挡不受力。这样的话，就要求船长倒船的时候，尽量不加大油门，以减小对紧固螺丝的冲击力。

帆船巡航要控制速度

当白帆升起，进入帆行。帆船无声地划过水面，自己也好像一只大鸟乘风而起，觉得越快越有成就感。丹云号速度最快的一次帆行，就是在第一次从大亚湾去海南的路上。我自信自己已经掌握了远航技术，在 30 节的顺风中，前帆、主帆都是开了满帆。当时自动舵也是新的，控制有力，船上也没有别的船客，我们老两口躺在懒人椅上，任由丹云号去飞，自由自在，爽极了。我拍了速度表，11.7 节。

后来看到主帆明显的支索印痕和磨损，我才意识到，受力过大将缩短船帆和索具的使用寿命。降低帆船各种设备的可靠性。帆船是一只千里马，行远才体现它的能力，不必追求速度。就像龟兔赛跑，帆船就是那只龟。看国内外帆友的文字，加上我长航的经验，我认为合适的巡航速度才是帆游的真谛。丹云号是 41 尺的巡航船，合适的巡航速度是 4 ~ 6 节，此时航行平稳，可靠性有保证。在强风中航行，通过降帆减小船速，船身也不会太倾斜，舒适度也会有所提升。

帆船失去动力的应急处置

发动机作为机械设备，在航行中出现故障几乎是不可避免的事件。作为帆船船长要对此有所准备，做出最恰当的处置。下面我从丹云号帆船两次发动机失去动力的经验谈谈如何处置。当然了，这里是说帆船在远海发动机失去动力的处置。近岸就简单了，打电话请人拖回去就行。

帆船由于有帆和发动机两个动力系统，相比于动力游艇就具有了优势。失去发动机动力系统，另外的帆动力系统是能够把帆船带回安全地方的。所以，作为帆船船长，在发动机失去动力的时候理应保持镇静，并告诉所有船上人员，帆动力系统的可靠性，稳定船上人员的情绪，不至于惊慌失措，出现其他问题。重要的是，在估算的发动机失去动力的时间里，能够保证食品和水的供应，并让所有船上人员知晓。船长还要检查帆和索具的完整和完好情况，然后就是等风了。

丹云号远航时曾发生过两次发动机失去动力的情况：一次是 2019 年 6 月在南海北部航行。帆船刚刚驶过东沙岛，发动机就失去动力。丹云号选择返航。当时正是西南季风，所以返航是侧风。比较顺利的航行到汕尾对开 30 海里地方。近岸就没有风了。好在丹云号为了远航准备得比较充分，船上供应充足。没风就漂航等风。差不多两天以后才有足够大的风，返回大亚湾。其间船上 4 个人情绪稳定乐观，对船长保持信任。

另一次是 2021 年 3 月从海南陵水清水湾游艇会去西沙磐石屿。整个航程距离是 180 海里，在航行 90 海里的时候，发动机失去动力，只能返航。那时还好是东北风，可以侧风帆回清水湾。其间也有一个计算速度的问题。由于清水湾游艇会外面渔网非常多，晚上驶入清水湾缠渔网是大概率事件。所以，帆船要降主帆减慢速度。后来，风力减弱又要升主帆增加动力。总之，我们要让帆船保持合适速度，以符合目的地的要求。

在发动机失去动力的情况下，又出现一个新问题：就是升降主帆的操作，是在开前帆的状态下好还是收起前帆好呢？我的意见是开着前帆操作。这样在迎风失去舵效的时候，升起的前帆能够更快地获得动力，重新拉起船速，利于再次升主帆操作。

帆船在渔港停泊的注意事项

我们国家的游艇港，相对于一个大国来说是非常稀少的。而且价格昂贵，有些又是会员制，没有熟人介绍不让停靠。很多帆友苦于没有可靠的补给停靠点，而不敢长航。可以说游艇港的现状，也是对帆游的一个限制。

但是对于帆游老鸟来说，游艇港并不是帆游的必要条件。能在航行路线上找到合适的锚地，能够在锚地得到补给，这才是帆游的一项必备技能。今天，我把渔港停泊的经验，与帆友分享。

中国海岸游艇港不多，但是渔港非常多，而且一般渔港都能达到避风补给的条件。更有利的是，渔港不要求事先联系，基本不收停泊费。

我之前停泊的渔港有桂山岛渔港、万山岛渔港、东平渔港、潭门渔港、海尾渔港、北海渔港、东方渔港。

刚停泊渔港的时候，以为和锚地一样，就找一处宽点的地方下锚。殊不知，渔港海底非常复杂，有渔网、绳子、其他渔船的锚链和锚绳、虾笼、丝挂网，基本上在渔港下锚都会中招。如果没有突然天气变化，还能勉强锚住。风稍大点，就出状况。丹云号经历过多次风险。有一次，我们的锚正好下在虾笼上，半夜起风在渔港走锚；有一次挂住几条很粗的绳子，锚不起来；还有一次起锚，把别人的锚绳子直接勾起来。受过多次惊吓，非常惊险。

在东方渔港走锚，大风把船直接吹到渔船旁边。没有别的选择，我赶紧把丹云号绑在渔船上。那是条大渔船，应该是休渔，船上没有人。那次大风刮了两天，我们靠着渔船两天，安安稳稳。从此以后，我们在渔港里再也不下锚了，就是靠泊渔船。以前看到渔民衣衫不整，与我们常见的人群不同，不知道怎么打交道。多次接触才了解到，渔民是非常善良的群体。靠泊他们的船，没有不容许的，可能是渔船之间的惯例吧。打声招呼，把缆绳扔过去，他们就帮你绑住了。和他们聊聊，再递上一罐啤酒，比下锚轻松多了。

一般我都是找长期不开的渔船靠泊。只有一次在北海渔港，船多风也大。我们随便靠到一个渔船旁，那个船的渔民也不错，帮忙绑住船。可是，谁知道，渔船出海很早。更有意思的是，渔民把我船缆绳解开，往水里一丢，也不知会一声就开走了。好在我起来了。

再就是要注意一下渔港的监管。丹云号停泊过的渔港，只有东方渔港，有边防武警过来查验。桂山岛渔港，有人过来收了每天 30 元的卫生费。桂山岛渔港有浮码头，可以停靠，有水，但是一天收费几百元。

帆船用电问题

丹云号在用电问题上费了很大劲。在此和帆友分享我的经验教训。

先说帆船上的用电设备。丹云号出厂配置的用电设备有通讯导航、自动舵、给排水、微波炉、冰箱、照明、音响。我自己先后增加的设备有 AIS 发射、手机充电、潜水气泵、电磁炉、电水壶、电饭煲、电搅（钓鱼用的电动渔轮）、强光手电、空调、电动抽水马桶、海水淡化器等。再说帆船上的供电设备，丹云号出厂配置有三组德国电瓶、服务电瓶三块、侧推电瓶一块、启动电瓶一块，总容量 500 安时。电瓶由发动机上的充电机和岸电充电。船停靠游艇会就有 220V 电，出航和锚泊没有 220V 供电。

刚买船的时候，总是想着远航和长时间在船上生活。比照航海前辈和外国帆友的配置，自己装了太阳能发电系统、风力发电机和柴油发电机，希望这样能保证船上 12V 和 220V 供电。但是经过 7 年 2 万海里的帆船生活，觉得想法太简单了。也不符合实际需要，既增加了成本，又降低了可靠性和实用性。总结下来，我认为，如果不是跨大洋，两次油料补给间隔在半个月之内，没有必要安装太阳能发电系统和风力发电机。因为，在半个月中，每天开两个小时发动机就能保证基本用电。而每次丹云号航行的时候，携带的油料总量都能开 150 小时发动机。

关于太阳能发电系统：由于帆船面积有限，又要留足升降帆操作空间，太阳能板不好安装。丹云号的 600 瓦太阳能板是安装在驾驶区篷布上面的，是用胶水加小螺丝固定在篷布上的，还是比较结实的。由于安装了太阳能板，篷布就难以收放，还好 50 节的顺风也没有被刮坏。太阳能板的问题在于很难保养。电线接头很多，航海环境很容易锈蚀。太阳能板板面透光率也越来越差。最后导致发电量越来越少。只能拆除了事。

关于风力发电机：还是因为帆船形状和操作空间问题，一般帆船主都把风电机放在船尾，安装的时候要在船尾装支架，破坏帆船外观，而且开船的时候噪音很大。所以，我把风力发电机安装在船头，在前帆之前。可是实际上要在 8 级风情况下，发电机才有足够的电发出来，也就是 25 节风以上。这样的风，对于休闲航海来说就不是很舒服的，一般都避免在这样的时段出航。对于我来说，风电机的必要性大大下降。后来，航海大咖翁以煊来访，看到我在船头装风电机不以为然。他说，如果大浪大风打歪风电机，就会卡住前帆收放。我也觉得有潜在危险，就拆掉了。

购买丹云号的时候，由于价格的原因没有选配发电机。后来想到长航，我安装了海水净化器。这个海水净化器可是用电大户，主要是里面的高压水泵耗电，功率 2000 多瓦。当时我孤陋寡闻，没有别的选项只能上发电机。考虑供油问题，就选了 3000 瓦的柴油发电机。帆船专用发电机，都是海水冷却。我买的是普通风冷发电机，只是在排气管里面引进海水冷却，使用起来没有什么问题，可以带动海水淡化器和潜水气泵。但是，由于在发动机舱里安装，开动起来，整个船舱噪音很大。夏天的时候散出来的热量也非常大。只能应急的时候开动，不能作为日常供电来源。后来，我有新的选择的时候，就是将其拆掉了。

有了新的选择，就有了新的思路。新的思路是从房车来的。玩房车的人，也不喜欢发电机。他们通过加大电瓶和逆变器解决了日常用电问题。2019 年丹云号电瓶慢慢地老化需要更换了。我趁此机会，改变了思路，总共装了 7 个 100 安时的电瓶。服务电瓶 5 个、启动电瓶 1 个、侧推电瓶 1 个，再装一个好点的逆变器，终于解决了长期困扰我的供电问题。这样即使在航行中，使用上述用电设备（海水淡化器已经拆除）都没问题。航行中很重要的烧水做饭都很方便。

2021 年我在航行中发动机失去动力，又觉得老式电瓶不够用了。在帆行过程中，电压不断降低，以至于电动马桶不能使用，航行灯变暗，导航系统低压报警。回到码头我就换了锂电池。最近，我又买了一个 2400 瓦的汽油发电机。这样一来就完全可以保证丹云号电力供应了，既可以对付应急状况，也可以在夏天开空调了。

帆船是否需要海水淡化器

我们的生活不能须臾离开淡水，即使你在海上航行，也是如此，没有替代品。每个人都知道航海最怕没有淡水。帆船远航应该怎样解决这个问题呢？

买帆船的目的是，扬帆远航开启海上生活。按照一般想法，淡化器是优先解决项目。由于资金限制，我们把目光集中在国内淡化器厂家。为了尽量少占用帆船空间，我们要求厂家按照既定有限尺寸定制。巴伐利亚 41 尺帆船，在驾驶乘坐区有两个大的储藏箱。定制淡化器放在里面，是最好的安排。厂家按照我的要求，删繁就简，真的按照定制，把淡化器放到里面了。

　　最精简的淡化器是，先由低压泵提海水进入初级过滤，过滤后的海水进入高压泵。高压泵加压打进海水过滤膜，通过海水过滤膜分离出淡水。其间由低压管道和高压管道连接，再有一个简单的电控部分就能用了。

　　海水淡化消耗能源很多，所以世界范围海水淡化供水都是比较昂贵的。我安装的淡化器最少要 2000 瓦功耗。这个功率的淡化器已经是最小的了，即使这个功率，也需要开启发电机解决，基本上可以认为是柴油换淡水。再加上帆船携带物资有限，柴油也是很珍贵的。淡化器只能作为应急使用，不能提供日常供水。而且，由于海水过滤膜寿命限制，每年都要更换，实际使用成本就更高了。

　　此外，我国近海的海水质量很差。按照我的估计能达到海水淡化要求的海水，至少在离岸 20 海里以外，海水干净些的海南岛也在 7、8 海里之外。

　　丹云号有两个淡水箱，能携带 350 升水，再加上携带 4 桶 13 升的桶装水，在节水的情况下，两个人可以坚持一个月，8 个人一个星期，也行。所以，丹云号安装的淡化器就没用过几次。

　　那么，怎么解决远航的淡水呢？其实最有效就靠两条：一是节水，二是雨水。节水主要是不洗澡和有效利用干净的海水。例如，饭后餐具先用海水冲洗，然后再用少量的淡水清洗一遍。雨水靠雨水收集器收集。如果能发明一种帆船用的雨水收集器，那么对远航将有很大帮助。

当帆船航行遇见渔船

　　大海航行，会遇见很多船。其中，最复杂的相遇就是渔船了。我们通常认为，帆行的时候，帆船具有优先权。各类船只应该避让帆船。但是在渔船面前，就不能这样想了。就像开汽车，路上遇见老人代步车、三轮车，就不能讲太多交通规则，只能把安全作为第一规则。避碰规则需要临时让位给渔船优先了。实际上避碰规则中确实有一条，所有船只避让正在作业的渔船。

丹云号只是在南海范围航行，没有遇见过东海、黄海、渤海的渔船，不知道有什么特点。南海范围里面基本都是福建、广东、广西、海南、越南的渔船。他们共同的特点就是，没有作业的时候喜欢在帆船前面的航路上开过去。抢过龙头，意味有好的渔获。我们遇到这种情况，尽量避让。帆船安全，渔民高兴。

作业渔船又有不同种类。有的是单条渔船，后面拖一张渔网；有的是相距 200 米左右的两条渔船，共同拖一张网；有的是很多条渔船（丹云号曾经遇见上百条渔船）一起作业。

单条作业渔船，是比较容易避让的。这种渔船后面拖的渔网，差不多有四分之三海里远。不要驶入这个范围就行。

两条渔船摆队形迎面开过来，可能中间就拖着一张大网。如果从中间开进去，帆船就成渔获了。一定要赶紧绕行，并注意渔船后面拖网的长度。

最难的就是通过渔船群，基本都是单条渔船后面拖着网，有的时候渔船之间很密集。这种情况下，渔船之间可能也怕互相成为渔获，所以，虽然方向有反正，但是行驶航线都是平行的。有时候渔船虽然多，渔船之间却相隔很远。这样的渔船群没有航行规律可循，只要注意观察，别进入渔船后面四分之三海里范围就行。

夜航与作业渔船相遇的时候，渔船上都有人用强光手电照射帆船，然后再照射他们自己船后的拖网，告诉我们注意。

夜航与大型灯光渔船群相遇，才是帆船噩梦，尤其在帆船满帆航行的时候。丹云号曾经在北部湾有此遭遇。当时是 20 节左右的横风，帆船操纵受限。看到前面很多灯光船，令人眼花缭乱，而且很难判断距离。距离灯光渔船近的时候，很晃眼，也就看不见其他船了。

我也曾经和渔船船长聊过，问他们是怎么看我们这些游艇帆船的。他说，你们的船都很贵呀，碰到赔不起的。感觉是帆船、渔船互相怕。还是距离产生美，大家都离远点吧。渔民兄弟海上生活工作非常辛苦，我们要理解他们、尊重他们，关键时候，还指望跟他们买燃油救急。

南海中越南渔船的网阵

在南海航行，有时会被越南渔船布下的网阵困扰。丹云号帆船有两次与越南渔船网阵遭遇的经验，一次是白天，一次是晚上。

按照国际海洋法公约，在中国领海或者中国专属经济区是不应该见到越南渔船的。各国渔船不能到别国的专属经济区捕捞作业。但是，越南渔船常常越界捕捞或者设置渔网。由于越南渔业的作业方式与中国有所不同，所以，我还是谈谈我们的经验，供帆友们借鉴参考。

越南渔民放下的渔网很大，长有十几海里，宽也有四五海里。通常有值班船在附近。可能是语言不通，越南渔船不会用海事电台联系。白天可以见到做标识的小旗子，晚上有灯光和 AIS 信号。

白天视野好，可以清楚地看到整个渔网阵。这个时候，我们和网阵保持适当距离，耐心绕行就可以顺利过去。

晚上就不那么容易了。由于网阵上的灯光很弱，AIS 信号也很弱，不能一下子显

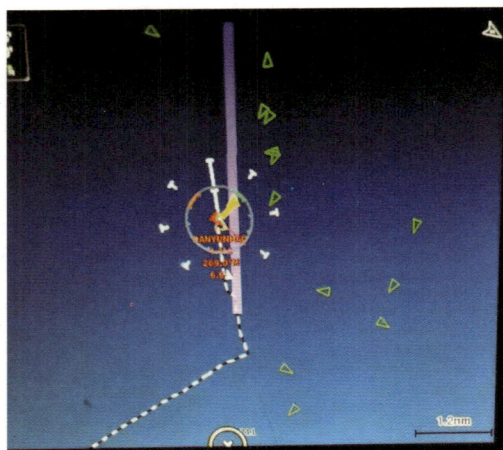

示网阵的全部情况。而是，一个灯一个灯在视野中出现，一个一个 AIS 位置在海图上出现，很容易造成判断失误，把这些灯光和 AIS 位置看成远处的船，不能保持安全距离。

下图是丹云号在三亚以南 40 海里的海域与越南网阵遭遇时的信息显示。

第一个图，丹云号从左下角向右上角直行。当时我在休息，舵手报告，航线前方渔船很多，情况复杂。这个时候如果按照避让渔船的方式，继续航行，必将直接冲入网阵。其结果是，帆船被渔网缠住无法脱身，又要引起国际纠纷，大概率是赔钱平事。

我在海图机上，打开了第二个图：AIS 列表。我在 AIS 列表上看到，所有这些 AIS 位置显示都没有船名，而且九位码也不是中国的。我判断这就是越南网阵，果断 90° 转向避让。在避让航行时才发现，第二图最上面的 AIS 位置，也不是网阵的尽头。随着，往左上角航行，网阵的 AIS 位置显示不断增加。经过 3 个多小时的避让航行，才绕过横在航线上的网阵。

后记

以上这些文字，我陆陆续续写了 5 年，书中的照片大部分由我和船长拍摄。

我写航海日志的最初想法很简单，就是想把这种国人比较少见的休闲航海经历记录下来，等老了走不动的时候，可以阅读这些文字，慢慢回味已远去的、美好的时光。

从 2016 年 5 月开始，随着我们走向大海，我写的帆船生活帖子陆续在"我要航海网"的网站上发表，引来一大批热爱航海的读者，每一篇日志都有读者留言、互动、探讨。几年下来，我们老两口的休闲航海实践在帆船界广为知晓，也鼓励了不少航海爱好者。因为看了我的帖子，他们中有人买了帆船，有人考取了中国帆船驾照或 ASA 国际帆船驾照，有人以参加各类帆船比赛的方式走近帆船，有人则将休闲航海定为自己退休生活的目标，还有更多的读者来到丹云号看望我们，和我们面对面地交流航海生活的美妙时刻，分享航海过程中的经验教训。他们的来访总能让丹云号上充满欢声笑语。赶上饭点，就在丹云号上小酌，其乐融融。能和年轻人交往，与年轻人为伍更让我们精神焕发。在此，我要真诚地道一声：谢谢你们，年轻的朋友！

虽然船长已年过 66 岁，但他仍雄心勃勃，并且心中已有多条航海计划。

疫情结束后，我们仍会扬帆起航，畅游世界各地的帆船巡航胜地，我们会选择在当地租赁帆船的方式帆游。杨船长持有 ASA—105 国际帆船驾驶证，他已经与梦想游艇公司联系过。一切都和设想的一样：直飞过去，落地上船，开启国外各个海域租船帆游模式。在此，我和船长诚邀更多的帆船爱好者加入我们新的航程，让我们共同享受帆船的魅力，游遍全球最美丽的海。希望有缘的你，能走进我以后的作品中。

作为休闲航海的倡导者和践行者，我会不忘初心，持续记录我们的航海生活……